Violet

- Vom Viscount begehrt -

Lynn Dermod

Ladys mit Vergangenheit

Bibliografische Information der deutschen Nationalbibliothek

Die Deutsche Nationalbibliothek verzeichnet diese Publikation

in der deutschen Nationalbibliografie, detaillierte bibliografische

Daten sind im Internet über http://dnb.dnb.de abrufbar.

© 2020 Dermod, Lynn

Herstellung und Verlag:
BoD - Books on Demand, Norderstedt

ISBN: 9783751978538

Bedlam, London, 1810

Violet zitterte in dem fadenscheinigen Hemd, das man ihr geben hatte, und das ihren mädchenhaften Körper nur ungenügend verhüllte. Eine Ratte huschte über ihre bloßen Füße, aber sie hatte es aufgegeben, sie wegzutreten. Es gab einfach zu viele als dass es etwas genutzt hätte, sie zu verscheuchen. Nachts, wenn sie frierend und weinend in einer Ecke des dunklen Verschlages lag, in den man sie gesperrt hatte, waren die Tiere besonders aufdringlich. Mehrfach hatten sie sie bereits gebissen und einige Wunden begannen schon zu eitern. Und auch einige der vielen Flohbisse hatten sich entzündet, eine besondere Qual zwischen Schmerz und Juckreiz. Violet hatte mit dem Leben abgeschlossen. Sie wusste nicht, wie lange sie bereits hier war. In der dunklen Kammer war es immer Nacht. Die wenigen Male, die man ihr Essen brachte oder ihren Notdurfteimer leerte waren die einzige Unterbrechung in dem immerwährenden Dunkel und der Eintönigkeit ihres Daseins. Am Anfang hatte sie noch gehofft, ihr Bruder oder irgendjemand anderes käme, um sie hier rauszuholen, aber dann hatte sie sich eingestehen müssen, dass die Welt da draußen sie vergessen hatte. Und daran trug alleine sie die Schuld. Naiv und in dem Glauben, etwas Gutes zu tun, hatte sie sich in diese Lage selbst hineinmanövriert und nun musste sie dafür büßen.

Sie hatte die Leute immer nur hinter vorgehaltener Hand von diesem Ort reden hören, an dem sie sich nun befand. Aber alle Geschichten, die man hörte, hatten, so grausam sie auch sein mochten, nichts mit der Realität zu tun. Bedlam war nicht die Hölle, Bedlam war schlimmer.

An dem Tag, an dem man sie hierher gebracht hatte, hatte sie noch gehofft, ihre Identität ließe sich leicht klären, wenn man ihrem Bruder nur eine Nachricht schickte. Er würde kommen und sie mit nach Hause nehmen, da war sie sich ganz sicher gewesen. Aber der bärtige Mann, der sie hier eingesperrt hatte, hatte nur gelacht, als sie ihn darum gebeten hatte, mit ihrem Bruder Kontakt aufzunehmen. *„Täubchen, nebenan sitzt die Königin von Saba!"*, hatte er ihr grölend vor Lachen geantwortet. *„Die will auch, dass ich ihrem Bruder ne' Nachricht schick'. Ich weiß aber gar nich' wo Saba is'!"* Violet hatte sich unter dem lüsternen Blick des ungepflegten Mannes ganz klein gemacht. Sie war nicht so naiv, dass sie nicht wusste, was ihr hier über kurz oder lang blühte. Er hatte sich kurz im Gang umgesehen, dann war er in ihre kleine Zelle getreten und hatte die Tür sorgfältig verschlossen. Es hatte ihr nichts genutzt, sich in den hintersten Winkel an eine Wand zu kauern. Er hatte sie gepackt und ihr das dünne Gewand vom Körper gerissen. *„Vielleicht, wenn du nett zu mir bist, überleg' ich's mir und schick' deinem Bruder 'ne Nachricht"*, hatte er an ihrem Ohr geflüstert, während seine schwieligen Finger über ihren Körper gekrochen waren. Violet hatte den Brechreiz unterdrücken müssen, den seine Berührungen in ihr hervorgerufen hatten, aber er hatte nur gelacht und seinen Mund auf ihre nackte Brust gepresst. Sie hatte sich gewehrt, geboxt und getreten, aber das hatte ihn nur noch mehr angestachelt. Lachend hatte er einen

6

Finger in sie hineingestoßen und Violet hatte inbrünstig um eine Ohnmacht gebeten, die ihr das Kommende zu erleben ersparen würde. Umso verwirrter war sie gewesen, als der Kerl plötzlich mit erstaunt geweiteten Augen von ihr abgelassen hatte. *„Du hattest ja noch nie 'nen Kerl zwischen den Beinen!"*, hatte er sichtlich irritiert festgestellt. Dann hatte er sich hinter dem Ohr gekratzt und Violet hatte in seinem Gesicht deutlich ablesen können, dass er einen inneren Kampf ausfocht. Schnell wechselten sich Lüsternheit und Berechnung, Gier und Verschlagenheit ab. Violet hatte zu zittern begonnen, ob aus Angst oder vor Kälte hätte sie nicht zu sagen vermocht, aber nach einer schier unendlich lang erscheinenden Weile hatte er sich fluchend erhoben und die Tür zu ihrer Zelle hinter sich zu geworfen. Nur Augenblicke später hatte sie gehört, wie er eine andere Tür geöffnet hatte, und das Wimmern und Flehen einer Frau, zusammen mit den eindeutigen Geräuschen, die man kurz darauf vernehmen konnte, hatten ihr verraten, dass an ihrer Stelle nun eine andere das Schicksal erleiden musste, das ihr vorerst und aus welchem Grund auch immer erspart geblieben war.

Fünf Jahre später

Sie bekam kaum noch Luft.
Angst schnürte ihr die Kehle zu. Es war nicht die Angst vor dem Tod, den hätte sie sogar freudig begrüßt. Es war die Angst vor den Schritten, die die schweren Stiefel ihres Peinigers auf den Steinstufen verursachten, bevor er zu ihr kam.
Dunkelheit umgab sie. Eine Dunkelheit, die nicht nur die Abwesenheit von Licht war. Diese Dunkelheit war mehr. Es war die Art von Schwärze, die sich in die Seele brannte, in das Herz, und die jegliches Leben aufsog, das sich noch verzweifelt in ihrem schwachen Körper gegen das Unvermeidliche wehrte.
Dann hörte sie die Schritte.
Sie versuchte, zu atmen, zu schreien, aber ihr Körper hatte keine Kraft mehr. Als er sie packte, schlug sie um sich, ein letztes Aufbäumen...
„Violet, Liebes, beruhige dich!" Eine sanfte Stimme drang durch die Panik und fand schließlich den Weg in ihren Verstand. Hände legten sich sanft um ihr Gesicht, strichen ihr die Haare aus dem Gesicht und fühlten sich so wunderbar kühl an.
„Alles ist gut, es war nur ein Traum! Du bist in Sicherheit, hier kann dir niemand etwas tun."
Vorsichtig blinzelte Violet gegen die schrecklichen Bilder an, die noch immer vor ihrem inneren Auge standen. Nur langsam wich die Angst aus ihrem Traum und machte der Wirklichkeit Platz. Ihre beste Freundin Ava saß auf ihrem Bett und sah sie besorgt an.
„Hast du diese Träume noch oft?"

Violet schluckte den bitteren Geschmack hinunter. Ihr Herzschlag beruhigte sich nur langsam und sie war schweißgebadet.

„Nein, eigentlich kommen sie nur noch selten. Ich denke, es liegt daran, dass wir morgen... nach London müssen. Die Erinnerungen..."

„Schscht, ich weiß ja, was du meinst. Aber dir wird nichts passieren, Nicholas und ich passen auf dich auf und wenn wir in London sind, ist dein Bruder da und niemand kann dir etwas Böses antun!" Beruhigend nahm Ava Violets Hand und drückte sie leicht. Violet wusste, dass das nicht nur so dahingesagt war. Viele Menschen hatte ihr Verständnis entgegengebracht, aber nur Ava konnte im Ansatz nachfühlen, was sie durchgemacht hatte.

Es war jetzt fünf Jahre her, seit sie eine endlos lang erscheinende Nacht zusammen in einem Kellerverlies verbracht hatten. Damals hatten sie sich noch nicht einmal gekannt, aber Ava hatte sich selbstlos an Violets Rettung aus den Fängen eines Zuhälters beteiligt. Violet hatte sich durch ihr naives, unbedachtes Verhalten in Gefahr gebracht, weil sie unbedingt das Elend der Bewohner eines der berüchtigtsten und ärmsten Viertels in London - Whitechapel - auf eigene Faust verbessern wollte. Sie war als Tochter eines Earls von Haus aus zur Mildtätigkeit erzogen worden, allerdings erwartete man nicht von ihr, sich selbst in dieses verruchte Viertel zu begeben. Vielmehr hatte man es ihr sogar verboten, aber Violet war von jeher ein rebellischer Charakter gewesen und hatte sich, als Mann verkleidet und entgegen aller Vernunft, selbst dorthin begeben. Es berührte etwas in ihrem Inneren, wenn sie in die leuchtenden Kinderaugen sah, nachdem sie ihnen eine Pastete geschenkt hatte. Oder die Dankbarkeit im Blick einer Frau, der sie Schuhe und Kleidung für ihre Kinder geschenkt hatte, damit sie im Winter nicht frieren mussten. Allerdings hatte sie diese Nächstenliebe teuer bezahlt. Sie war bei einem dieser Besuche einem Mann in die Hände gefallen, der Mädchen für eine Zusammenkunft lüsterner Männer von den Straßen Whitechapels entführte, weil sich niemand um deren Verbleib scheren würde. Zwar war es ihr gelungen, ihm zu entkommen, aber ihre wirre Geschichte, sie wäre die Schwester des Earls of Banbury in Verbindung mit ihrer Verkleidung hatte sie geradewegs nach Bedlam geführt, eine Anstalt für Geisteskranke. Und dort hatte sie diese Dunkelheit kennengelernt, die so viel mehr war als nur das Fehlen von Licht! Sie war in einem stinkenden Loch eingesperrt gewesen und fühlte noch heute die kriechenden Finger des Aufsehers auf ihrem Körper, *in* ihrem Körper, und roch seinen stinkenden Atem, als er sie zu vergewaltigen versuchte. Er hatte nur deswegen schließlich unverrichteter Dinge von ihr abgelassen, weil er erkannt hatte, dass sie noch jungfräulich war. Ihre außergewöhnliche Schönheit in Verbindung mit diesem Umstand hatte seine Gier auf Gold geweckt und er hatte beschlossen, sie an einen Bordellbesitzer in Whitechapel zu verkaufen. Seine sexuellen Gelüste konnte er an jeder Frau in dieser Anstalt befriedigen, aber nur sie versprach einen außergewöhnlichen Geldsegen. Violets Herz klopfte bei der Erinnerung an diese schrecklichen Stunden. O'Sullivan, der Besitzer des größten Bordells in Whitechapel, hatte sie

10

gemustert wie Vieh, und sie hatte sich bei dieser Fleischbeschau so schrecklich entwürdigt gefühlt. Er hatte sie überall berührt, seine fleischigen Finger fühlte sie noch heute in diesen Albträumen auf und in sich. Und sie hatte nichts dagegen tun können. Sie hätte selbst Hand an sich gelegt, wenn sie Möglichkeit dazu gehabt hätte, aber so gnädig war das Schicksal nicht. Noch nicht einmal der Gedanke, dass sie damit die größte Sünde vor Gott begehen würde, hätte sie davon abgehalten. Keine göttliche Strafe für diesen Frevel konnte schlimmer sein als die Hölle, die Bedlam für sie bedeutete. Gedemütigt an Körper und Geist hatte sie hinnehmen müssen, was ihr Schicksal zu sein schien. In sprichwörtlich letzter Sekunde war sie dann aber gerettet worden, und Ava, die nur durch Zufall in diese Sache hineingeraten war, hatte die Nacht mit ihr in diesem Keller verbracht, während sie auf Hilfe warteten. Sie waren sich fremd gewesen, aber keine Freundin hätte ihr in dieser Nacht näher sein können als Ava. Die Angst vor der Entdeckung durch O'Sullivan und das Schicksal, das ihnen dann drohte, hatte sie zusammengeschweißt. Ava hatte ihr, einer letzten Beichte gleich, ihre traurige Lebensgeschichte erzählt und Violet alleine durch den Klang ihrer Stimme Hoffnung vermittelt. Und dann waren sie tatsächlich gerettet worden. Allerdings hatte Violet erst im Laufe der Zeit erkannt, dass nur ihre körperlichen Wunden langsam verheilten. Ihre Seele schien ihr für immer Schaden genommen zu haben, was sich in diesen immer wiederkehrenden Träumen zeigte. Nie würde sie wieder die alte, unbekümmerte Violet sein. Und nicht nur die Narbe, die sich von ihrer linken Augenbraue hinauf bis zum Haaransatz zog, und die vielen, kleinen Unebenheiten, die sie von den entzündeten Flohbissen und dem Rattenfraß an Armen und Beinen zurückbehalten hatte, erinnerten sie täglich an diese furchtbaren Tage. Ihr gesamtes Wesen hatte sich verändert. Während sie früher neugierig auf andere Menschen zugegangen war, verschloss sie sich heute, mied so weit es ging jeden Kontakt zu Fremden. Insbesondere zu Männern. Zu präsent war die Demütigung, die ihr widerfahren war, und so hatte sie beschlossen, sich von Fremden fern zu halten. Gott sei Dank hatte ihr Bruder, der Earl of Banbury, Verständnis für ihre Situation und sie bisher nicht gezwungen, sich einen Ehemann zu suchen. Was allerdings, selbst wenn sie es gewollt hätte, ein schwieriges Unterfangen geworden wäre. Natürlich war der Skandal, der mit Bekanntwerden ihres Aufenthaltes in Londons berühmt berüchtigter Anstalt für Geisteskranke einherging, dafür verantwortlich, dass ihre erste und gleichzeitig letzte Saison im Londoner *Ton* zu einem Desaster geworden war. Zwar begegnete man ihr von Angesicht zu Angesicht mit Mitleid und aufmunternden Worten, hinter vorgehaltener Hand wurde allerdings hemmungslos getuschelt. Violet konnte sich nur zu gut vorstellen, was die Damen und Herren des Adels über sie mutmaßten. So glaubte wirklich niemand, dass sie noch jungfräulich war, was in den Augen der Gesellschaft unweigerlich ein Ehehindernis darstellte. Ganz zu schweigen von den Gerüchten, dass sie möglicherweise doch nicht ganz zu Unrecht dort gewesen wäre. All das verletzte Violet so sehr, dass sie sich zu keiner weiteren Saison überreden ließ. Sie war zufrieden, auf dem Landgut ihres Bruders ein abgeschiedenes Leben zu führen und sich um den Haushalt zu kümmern, während ihr Bruder und seine Frau in London ihren gesellschaftlichen Verpflichtungen nachgingen.

Nur gab es dieses Mal leider keine Ausrede, die sie hätte geltend machen können, London fern zu bleiben. Und ihr Bruder hätte auch in diesem Fall keine akzeptiert, das hatte er ihr sehr deutlich gemacht. Ihre ältere Schwester Victoria heiratete in wenigen Tagen und es würde zu neuerlichem Getuschel und Gerede kommen, wenn Violet diesem Ereignis fern bliebe. Victoria war so ganz anders als Violet und inszenierte ihre Hochzeit als das gesellschaftliche Ereignis der Saison, weswegen Violet gezwungen war, einige Bälle und Soireen zu besuchen, was ihr zunehmend Bauchschmerzen bereitete. Alleine die Tatsache, dass sie Ava und deren Gatten, den Duke of Ashford, an ihrer Seite wusste, erleichterte ihr diese Aufgabe. Beide waren sie zu engen Freunden geworden und nur Ava wusste Genaueres über ihre Zeit in Bedlam. Violet hatte ihrem Bruder gegenüber nur Andeutungen gemacht und er war verständnisvoll genug, nicht weiter zu insistieren.

Violet setzte sich in ihrem Bett auf und umarmte Ava. „Danke, dass du eine so gute Freundin für mich bist. Ich werde tapfer sein und die nächsten Tage so gut durchstehen, wie ich kann. Wenn du mir hilfst, werde ich es ganz sicher schaffen!"

Ava erwiderte die Umarmung herzlich. Sie hätten sich nicht näher stehen können, wenn sie wirklich Schwestern gewesen wären. Victoria dagegen, Violets leibliche Schwester, war immer mehr wie eine Fremde für sie gewesen. Zu sehr unterschieden sich die Charaktere der beiden, als dass sie sich hätten annähern können. Und nun musste sie zu deren Hochzeit und sich ihren Ängsten stellen. Oder sie wenigstens im Zaum halten, wenn sie keinen weiteren Skandal verursachen wollte.

London, einen Tag später

Müde stieg Violet aus der Kutsche. Die Fahrt vom Landsitz ihres Bruders nach London hatte sich erheblich verzögert, weil wahre Sturzbäche vom Himmel geregnet waren. Die Straßen waren schlammig und rutschig und sie waren nur sehr langsam vorangekommen. Für die Strecke brauchte man normalerweise nur einen halben Tag, sie hatten von morgens bis spät in den Abend benötigt. Nun war es zu spät, noch ein heißes Bad zu nehmen, aber Violet war ohnehin viel zu müde dazu. Ein heißer Bettstein würde reichen müssen um die Kälte aus ihren Gliedern zu vertreiben.

Sie verabschiedete sich wehmütig von Ava und Nicholas, in deren Kutsche sie zusammen angereist waren, und winkte beiden zum Abschied zu. Kaum war sie die Stufen zum Stadthaus ihres Bruders hochgestiegen, da öffnete sich auch schon das beeindruckende Eingangsportal und ein livrierter Diener empfing sie mit einer tiefen Verbeugung.

14

„Herzlich willkommen, Lady Violet. Ihr Bruder erwartet sie bereits im Salon." Er nahm ihr ihren Umhang und die Handschuhe ab und legte auch ihren Hut auf eine kleine Kommode an der Wand. Dann ging er ihr voran bis zum Salon und öffnete die Tür nach einem kurzen Klopfen. Violet betrat vor ihm den Raum und nahm dankbar wahr, dass ein lebhaftes Feuer im Kamin eine wohlige Wärme verbreitete.

„Da bist du ja endlich, Violet!" William, ihr Bruder, erhob sich aus seinem bequemen Ohrensessel und kam mit ausgestreckten Armen auf sie zu. Er zog sie in eine herzliche Umarmung und strich ihr sanft über den Rücken.

„Ich dachte schon, du machst im letzten Augenblick einen Rückzieher. Umso mehr danke ich dir dafür, dass du gekommen bist, obwohl..."

„Ich konnte Victoria doch den Skandal nicht zumuten, wenn ich ihrem großen Tag ferngeblieben wäre!", unterbrach sie ihren Bruder sarkastisch.

„Immerhin muss ich dafür nur meine Ängste unterdrücken, mich dem Klatsch des *Tons* stellen und gute Miene zu bösem Spiel machen!"

William streichelte ihre Wange und sah ihr in die Augen.

„Sarkasmus steht dir nicht, Violet. Ich weiß, was es für dich bedeutet, hier zu sein." Er fuhr sich durch die Haare, so dass sie in alle Richtungen abstanden. Eine unangenehme Angewohnheit von ihm.

„Also ich weiß es vielleicht nicht wirklich, aber ich kann es mir vorstellen. Und ich verspreche dir, außer zu der kirchlichen Zeremonie und dem anschließenden Ball werde ich dich zu keiner weiteren Veranstaltung zwingen. Wenngleich ich die Hoffnung nicht aufgegeben habe, dass du vielleicht doch noch einen Mann findest, den du heiraten möchtest."

„Will, ich hege nicht den Wunsch zu heiraten und vertraue auf dein Wort, diesbezüglich keine Andeutung zu machen. Du hast mir versprochen..."

„Und das halte ich auch, Violet. Unser Notar hat von mir eine eindeutige Anweisung erhalten. Du bekommst eine außergewöhnlich hohe Mitgift, solltest du dich zur Ehe entschließen", er hob die Hand, als sie etwas einwenden wollte, „ und nein, nicht weil ich glaube, dass du beschädigte Ware bist!, sondern weil ich dich glücklich und gut versorgt sehen möchte." Er strich ihr eine widerspenstige Strähne ihres blonden Haares hinter ihr Ohr.

„Und für den Fall, dass du an deinem fünfundzwanzigsten Geburtstag noch unverheiratet sein solltest, bekommst du dieselbe Summe als jährliche Apanage."

Violets Herz ging auf. Es war rührend, wie sehr sich ihr Bruder um sie sorgte.

„Ich danke dir, Will. Du bist der beste Bruder, den man sich nur wünschen kann. Ich liebe dich!" Sie küsste ihn auf die Wange und sah ihn dankbar an. Er räusperte sich verlegen und drehte sich um.

„Verzeih, Violet, du bist bestimmt müde von der Reise. Möchtest du noch einen kleinen Imbiss oder lieber gleich auf dein Zimmer? Ich kann Bridget rufen, sie geht ja sonst Margret zur Hand und ist nun begierig darauf, sich um jemanden zu kümmern, weil Margret nicht mitgekommen ist." Margret war Violets Schwägerin und schwanger. Nach der Geburt ihrer

16

ersten Tochter vor fünf Jahren hatte sie zwei Fehlgeburten gehabt, was sie bei dieser erneuten Schwangerschaft nun umso vorsichtiger sein ließ. Violet sah ihren Bruder besorgt an, aber er schien entspannt zu sein. Er hatte schon vor Tagen aufbrechen müssen, weil ihn Geschäfte nach London gerufen hatten, aber nun sah er sie fast flehentlich an, begierig darauf zu hören, dass es Margret gut ging. Violet legte ihm beruhigend eine Hand an die Wange. Sie konnte die Angst in seinen Augen sehen, die die Fehlgeburten und enttäuschten Hoffnungen auf einen Stammhalter und Erben ihm bereitet hatten. All seine Hoffnungen waren nun auf diese neuerliche Schwangerschaft gerichtet und er behandelte Margret wie ein rohes Ei. Sie wünschte beiden sehr, dass sie nun endlich ein gesundes Kind bekommen würden. Und im günstigsten Fall einen Sohn, einen Erben des Titels.

„Es geht deiner Frau prächtig. Sie schläft viel, aber das ist in ihrem Zustand ganz normal. Und unsere Köchin ist mit ihrem Appetit auch ganz zufrieden." Sie zwinkerte ihm beruhigend zu.

„Ich bin müde, Will, und würde gerne auf mein Zimmer gehen. Könntest du Bridget bitten, mir einen kleinen Imbiss hinauf zu bringen? Und vielleicht einen heißen Bettstein?" Lächelnd wandte sie sich ab und ergänzte leise, damit William es nicht hören konnte:„Ich möchte mich ja nicht erkälten und dann womöglich Victorias Hochzeit verpassen."

Aber offensichtlich hatte ihr Bruder doch gehört, was sie gesagt hatte, ging aber nicht auf ihren sarkastischen Ton ein und blieb ernst.

„Violet, es tut mir leid, wenn du dich von mir

gezwungen fühlst. Ich weiß sehr wohl, dass du lieber auf dem Landgut geblieben wärst, aber..."

„Ach William, ich weiß doch, dass du es nur gut meinst. Vielleicht können wir einen kleinen Handel abschließen? Du lässt durchblicken, dass ich nicht auf dem Heiratsmarkt bin und ich bemühe mich, die kommenden Tage irgendwie durchzustehen." Sie lächelte ihn an und versuchte, ihre wachsende Unruhe zu verbergen, die sie bei dem Gedanken an die gesellschaftlichen Verpflichtungen, denen sie sich stellen musste, überkam. Sie setzte all ihre Hoffnungen darauf, mit Ava, die ebenfalls schwanger war, am Rande der Tanzfläche stehen und unsichtbar sein zu können. Oder hinter einer Säule... oder im Ruheraum für die Damen der Gesellschaft, der für diese zur Verfügung stand...

„Also gut, wie du willst. Ich werde mich bemühen, nicht den Eindruck zu erwecken, dass ich dich verheiraten möchte, wenn das auch so nicht stimmt. Aber du entscheidest das, das habe ich dir versprochen." Er nahm ihre Hand und hauchte einen Kuss darauf.

„Und jetzt geh ruhig hinauf, ich rufe Bridget, damit sie dir beim Auskleiden hilft." Violet küsste ihn auf die Wange und wandte sich zum Gehen.

„Ach, Violet, ich vergaß: Du hast morgen einen Termin bei Madame Angelique. Nach der langen Zeit, die du dich nicht in London hast sehen lassen, brauchst du dringend eine neue Garderobe. Das, was du auf dem Land zu tragen pflegst, erfüllt nicht im mindesten die Ansprüche, die man hier an die Schwester es Earls of Banbury stellt. Du brauchst Tageskleider, Ballkleider,

Schuhe, Hüte und... äh das ganze andere Beiwerk, das Frauen so benötigen. Und noch eins, Violet: Ich habe Madame Angelique bereits mitgeteilt, dass sie keine Kosten scheuen soll, dich angemessen auszustaffieren!"
Violet seufzte. Das hatte sie befürchtet. Natürlich hatte sie gewusst, dass ihre Garderobe für die feine Londoner Gesellschaft nicht exklusiv genug war, aber sie hatte gehofft, mit weniger Aufwand etwas eher Unscheinbares erwerben zu können. Das würde die angesagte Modistin nun zu vereiteln wissen, wenn sie wegen der Kosten quasi freie Hand hatte. Nun würde sie sehen müssen, dass sie wenigstens unscheinbare Farben und unauffälliges Beiwerk in Auftrag gab. Resigniert knickste sie kurz, bevor sie den Salon verließ. Sie nahm sich vor, Ava gleich am Morgen eine Nachricht zu schicken und sie um ihren Beistand bei der Auswahl der Stoffe und Kleider zu bitten.

„Mademoiselle, das ist nicht... en vogue! In Pari' trägt man keine langen 'andschuhe zu diese wunderbare Kleider!" Entrüstet sah Madame Angelique ihre beiden Kundinnen an. Ava verbarg ein unschickliches Grinsen hinter ihrem Fächer. Madame Angelique hatte sich im Laufe der Jahre diesen gestelzten französischen Akzent angewöhnt, wohl weil sie glaubte, ihrer illustren Kundschaft so den besonderen Hauch von Exklusivität zu vermitteln. Dabei hätte sie das gar nicht nötig, denn sie war auch so die angesagteste Modistin Londons.

„Und ich sage Ihnen, werte Madame Angelique, dass mir das egal ist!" Energisch legte Violet einen Ballen lavendelfarbener Seide beiseite und griff nach ihrem Spencer.

„Ich nehme die Kleider, aber nur mit langen Ärmeln oder Handschuhen." In diesem Punkt war Violet nicht bereit, von ihren Vorstellungen abzuweichen. Sie hatte sich ohnehin schon zu mehr Zugeständnissen verleiten lassen, als sie vorgehabt hatte. Aber wenn sie ehrlich zu sich war, machte es nach dieser langen Zeit auf dem Land, wo ihre einfache Garderobe ausreichend war, Spaß, sich neu einzukleiden. Wenn sie auch die Summe, die ihr Bruder dafür ausgeben musste, etwas schwindelig machte. Aber Ava und Madame Angelique hatten sie davon überzeugt, dass Unscheinbarkeit keine Option war. Damit würde sie in dem Reigen aufgeputzter Damen und Debütantinnen noch mehr auffallen. Und das war etwas, was sie partout zu vermeiden versuchte. Nur bei der Länge der Handschuhe machte sie keine Zugeständnisse. Sie schämte sich für ihre Arme, deren Haut noch von den Flohbissen und den daraus resultierenden Entzündungen von kleinen Narben übersät war. Es würde ohnehin für genug Aufsehen und Getuschel sorgen, wenn sie nach vier Jahren Abwesenheit plötzlich wieder auf Veranstaltungen des *Tons* auftauchte. Sie wollte das bisschen Selbstbewusstsein, das ihr geblieben war, nicht durch verletzende Bemerkungen bezüglich ihres Äußeren zertrampeln lassen. Und genau das würde passieren, denn die

20

Mitglieder dieser Schlangengrube weideten erbarmungslos jede Schwäche der Anwesenden aus, solange es nicht sie selbst betraf.

„Also gut, Mademoiselle, wie Sie wünschen." Nicht überzeugt begann Madame Angelique, die Stoffe, die Ava und Violet ausgesucht hatten, auf einen kleinen Tisch neben dem Verkaufstresen zu legen.

„Isch werde die Kleider, die wir nur ändern müssen, morgen liefern. Das Kleid für die 'ochzeit von Ihre Schwester dauert etwas länger, aber Sie 'aben Glück, Mademoiselle, die meisten von meinen Kundinnen 'aben schon ihre Kleider für die Saison. Isch 'abe also etwas freie... Kapazität. Sagt man so?"

Avas Gesicht verschwand nun fast vollständig hinter ihrem Fächer. Ein undamenhaftes Glucksen, das in ein verschämtes Husten überging, war zu hören und Madame Angelique kniff ärgerlich die Augen zusammen.

„Isch weiß wirklich nicht, was so... ridicule ist, Euer Gnaden."

„Oh nichts, Madame Angelique, es ist nur... verzeihen Sie mir, aber seit ich schwanger bin... schwanke ich oft zwischen Lachen und Weinen." Ava versuchte, zerknirscht auszusehen, was ihr nur leidlich gelang.

„Auf Wiedersehen, Madame Angelique." Violet hatte sich ihren Spencer inzwischen übergezogen, ihre Handschuhe übergestreift und wandte sich zur Tür.

„Immer zu Ihren Diensten, Mademoiselle." Sie wandte sich an Ava und rang sich mit verkniffenen Lippen einen Knicks ab. „Euer Gnaden."

„Hat sie etwas gegen dich?" Violet blinzelte in die tief stehende Sonne, als beide wieder vor dem Laden standen.

„Oh, ich würde sagen, seit ich die Duchess of Ashford bin, hat sich unser Verhältnis merklich verbessert." Ava kicherte.

„Als ich noch Lady Aylesburys Gesellschafterin war, habe ich ihr einmal bei der Auswahl eines Kleides für die Dowager Countess widersprochen. Das hat sie nur sehr schlecht verdaut!" Nun lachte auch Violet.

„Das hast du nicht wirklich, oder?"

„Doch, aber Lady Aylesbury hatte mich um meine Meinung gebeten... und die Kleider, die Madame Angelique für sie ausgesucht hatte, waren... äh, unpassend! Allerdings hätten damals weder Madame Angelique noch ich gedacht, dass ich jemals bei ihr ein Kleid in Auftrag geben würde, also konnte ich gut damit leben, dass sie mich nicht leiden konnte."

„Und dann warst du plötzlich die Duchess of Ashford!" Violet griff nach Avas Arm. Wider Erwarten hatte ihr der Besuch bei der Modistin Spaß gemacht, was auch an Avas Begleitung lag.

„Und Madame Angelique musste die Kröte schlucken, dass du plötzlich eine der einflussreichsten Damen der Gesellschaft bist." Violet hakte sich unter.

„Ich würde sagen, sie hat sie noch nicht hinuntergewürgt, die Kröte steckt ihr bis heute im Hals! Aber sie hat keine Wahl, sie muss freundlich zu mir sein!" Suchend griff Ava an ihr Handgelenk.

„Oh, ich habe mein Retikül im Laden vergessen." Sie drehte sich um.

„Ich hole es schnell. Wollen wir danach noch zu Gunter's?" Ohne eine Antwort abzuwarten verschwand sie im Geschäft. Fast gleichzeitig wurde Violets

Aufmerksamkeit auf lautes Rufen und Schreien zu ihrer Linken gelenkt. Entsetzt sah sie, dass ein herrenloses Kutschgespann über die belebte Bond Street raste. Menschen sprangen zur Seite, Dreck spritze von der schlammigen Straße auf die Passanten, die sich ängstlich an die Häuserwand pressten. Ein Rad löste sich mit einem lauten Knirschen und rollte auf sie zu. Durch das plötzliche Ungleichgewicht wurden die Pferde noch panischer und änderten ebenfalls leicht ihre Richtung. Jetzt rasten auch sie direkt auf Violet zu. Sie hatte kaum Zeit zu reagieren, riss nur entsetzt die Augen auf und versuchte, einen Schritt zurückzutreten. Ein vorbeieilender Mann stieß sie bei dem Versuch, sich selbst zu retten, hart in den Rücken und sie wurde auf die Straße katapultiert. Nur einen Wimpernschlag bevor das Unvermeidliche eintrat, wurde sie von starken Armen gepackt und zurückgezogen. Ein schwerer Körper warf sich schützend über sie und zusammen rollten sie aus der Gefahrenzone. Direkt in den Eingang zu Madame Angeliques Salon. Die Tür öffnete sich und das Glöckchen, das das Eintreten von Kunden anzeigen sollte, tat, wozu es bestimmt war: es bimmelte fröhlich ohne sich um darum zu kümmern, dass der helle Laut so gar nicht zu der Szene passte, die sich nun darbot. Der Lärm hatte sich noch nicht ganz gelegt, da lösten sich die Arme von ihrem Körper und der Mann, der sie gerettet hatte, stand auf. Violet wagte einen vorsichtigen Blick auf ihren Retter. Und das, was sie sah, raubte ihr für einen kurzen Augenblick den Atem. Der Mann, der sich gerade den Staub von den Hosen klopfte, war das attraktivste Exemplar, das sie je gesehen hatte. Groß, breitschultrig, mit verwegen auf die Schultern fallendem, dunklem Haar und haselnussbraunen Augen. Er hatte markante Gesichtszüge, ein kantiges, energisches Kinn und einen verwegenen Dreitagebart. Und einen sinnlichen Mund. Himmel, wie konnten ihre Gedanken nur so abschweifen?! Es musste wohl der Schock sein, der sie etwas derart Unschickliches denken ließ. Er streckte ihr seine Hand entgegen und half ihr auf. Inzwischen war Ava hinzugetreten und Madame Angelique, die dahinter stand, hatte voller Entsetzen die Hand vor den Mund gepresst.

„Violet, um Himmels Willen, was ist passiert?" Ava sah besorgt aus und blickte prüfend von dem Unbekannten zu ihrer Freundin.

„Ich...", Violet schluckte und nun setzte der Schock voll ein und sie begann zu zittern. Ihre Zähne schlugen aufeinander und sie war offensichtlich nicht in der Lage, etwas zu sagen.

Der Unbekannte verbeugte sich formvollendet.

„Wenn Sie erlauben, ich hatte die Ehre, die junge Dame vor einem durchgehenden Gespann zu retten." Seine Stimme klang so unbeteiligt, als wäre es vollkommen normal, Menschen vor Kutschen und anderem Unbill in Sicherheit zu bringen.

„Oh, mein Gott, Violet!" Ava nahm die zitternde Violet in ihre Arme und strich ihr beruhigend über den Rücken.

„Viscount Fairmont, wenn ich mich vorstellen darf. Stets zu Ihren Diensten." Mit einem leicht spöttischen Grinsen verbeugte er sich vor den Frauen.

„Ich entschuldige mich bei Ihnen, dass ich quasi mit der Tür ins Haus gefallen bin. Ich versichere Ihnen, es

24

geschah in ehrenhafter Absicht und entspricht nicht meiner Art, Damen kennenzulernen. Wenngleich ich es nicht bedaure, Ihre Bekanntschaft gemacht zu haben." Er verbeugte sich vor Violet. Ava sah ihn mit hochgezogenen Augenbrauen an, während er sich auch vor ihr verneigte.

„Und natürlich auch die Ihre."

Eine Pause entstand und er schien darauf zu warten, dass sich die Frauen vorstellten.

„Ich bin die Duchess of Ashford und die Lady, der sie wahrscheinlich das Leben gerettet haben, ist die Schwester des Earls of Banbury, Lady Violet."

Violet hatte sich etwas beruhigt und knickste artig vor dem Viscount.

„Ich danke ihnen, Mylord." Ihre Stimme zitterte immer noch etwas, aber sie hielt sich tapfer angesichts des Erlebten. Etwas in ihrem Kopf gemahnte sie an die Höflichkeit, obwohl das in dieser absurden Situation vollkommen nebensächlich war, aber wie von selbst kamen die Worte über ihre Lippen.

„Ich... ich denke, mein Bruder würde Sie gerne kennenlernen und Ihnen persönlich danken. Würden Sie uns die Ehre erweisen und heute Abend mit uns speisen?" Verlegen sah sie ihn an. War es nur die gebotene Höflichkeit, die ihr die Worte in den Mund gelegt hatte? Ein Teil von ihr wünschte, er würde ablehnen, weil sie immer noch seine starken Arme um ihren Körper spürte und sie das Gefühl, das sie dabei gehabt hatte, verunsicherte. Ein anderer Teil von ihr wünschte sich, er möge die Einladung annehmen, weil sie unbedingt mehr über ihren Retter erfahren wollte. Er sah ihr einen Wimpernschlag zu lange in die tiefblauen Augen, als dass es unverfänglich gewesen wäre und auch Violet konnte den Blick nicht abwenden. Ihr Herz pochte schnell in ihrer Brust und sie hatte das Gefühl, nach Atem ringen zu müssen. Kurz meinte sie, Bedauern in seinem Blick lesen zu können, dann war der Augenblick vorbei und er räusperte sich.

„Ich bedauere sehr, Lady Violet, aber ich bin heute Abend schon verplant." Violet spürte einen kleinen Stich des Bedauerns und sie senkte den Blick, weil sie nicht wollte, dass er es sah.

„Ich muss mich jetzt von Ihnen verabschieden. Lady Violet. Euer Gnaden." Er verbeugte sich und entfernte sich mit schnellen Schritten.

„Was war das denn?!" Ava riss die Augen auf.

„So ein unverschämter Kerl! Wie kann er deine Einladung ablehnen? Das ist..."

„Ganz in Ordnung. Ich habe ihn sowieso nur aus Höflichkeit eingeladen. Ich habe kein Interesse, den Abend mit einem Fremden zu verbringen."

Ava wusste, dass Violet Fremden gegenüber scheu und zurückhaltend war, was eine Folge ihrer Zeit in Bedlam war. Aber sie würde die Hoffnung nicht aufgeben, dass Violet ihre Zurückhaltung aufgeben und sich vielleicht doch noch verlieben würde. Sie wünschte sich für ihre Freundin so sehr, dass sie das gleiche Glück erleben könnte, das ihr widerfahren war. Aber leider weigerte Violet sich seit Jahren beharrlich, den Gedanken an eine Ehe zuzulassen. Sie schien zufrieden mit dem Leben zu sein, das sie auf dem Landgut ihres Bruders führte.

„Dieser Viscount Fairmont ist ein sehr attraktiver Mann", versuchte sie Violet aus der Reserve zu locken.

26

„Das ist er." Violet klopfte sich notdürftig den Staub von ihrem Kleid. Dann zog sie eine Augenbraue hoch und sah Ava an.

„Ich weiß genau, was du versuchst, liebste Freundin, aber es bleibt dabei: Er ist ein attraktiver Mann und daher wahrscheinlich bereits verheiratet. Und wenn nicht, dann soll er sich woanders eine Frau suchen. Ich bin nicht interessiert!"

„Ach Violet, ich dachte nur... Weißt du eigentlich, dass ich Nicholas das erste Mal hier vor Madame Angeliques Salon gesehen habe?" Sie erinnerte sich noch genau an diesen Augenblick.

„Er hat mich damals auch umgerannt. Ich landete auf meinem... äh, du weißt schon." Avas grauen Augen weiteten sich plötzlich..

„Violet, ich glaube, das ist ein Zeichen!"

„Ja, ein Zeichen dafür, dass das Geschäft dieser Modistin ein lebensgefährlicher Ort ist! Den wir schnellstens verlassen sollten, bevor noch ein weiteres Unglück geschieht!" Violet winkte eine Mietdroschke heran. Den Hinweg hatten sie plaudernd zu Fuß zurückgelegt, aber nun fühlte sie sich doch etwas wackelig auf den Beinen. Ihr Körper schmerzte von dem harten Aufprall auf dem Boden, aber gleichzeitig fühlte sie ein seltsames Gefühl von Wärme in sich aufsteigen. Seit Jahren, genau genommen seit ihrer Zeit in Bedlam, hatte sie keinen Mann mehr so nah an sich herangelassen. Zu demütigend waren die Erinnerungen. Man hatte sie behandelt wie Vieh, ihren Körper abschätzend gemustert und berührt. Sie hatte sich so ausgeliefert gefühlt und daher beschlossen, nie wieder einem Mann zu gestatten, sie so zu anzusehen, gierig, lüstern, geschweige denn, sie anzufassen. Aber das heute, mit diesem Fremden, war ganz anders gewesen. Sie hatte sich tatsächlich beschützt gefühlt, wie etwas Wertvolles, das man vor Schaden bewahren wollte. Er hatte fest und entschlossen zugepackt, seine Hände hatten kurz ihre Brüste gestreift als er sie zurück riss, aber seltsamerweise war ihr das nicht unangenehm gewesen. Vielleicht auch deshalb, weil er sie ja nicht in dieser eindeutigen Absicht berührt hatte, in der Männer die Körper von Frauen zu berühren pflegten. Und dennoch... als er ihr seine Hand hingehalten hatte, um ihr beim Aufstehen behilflich zu sein, hatte sie durch ihre Handschuhe hindurch diese tröstliche Hitze gespürt, die ihr ein Gefühl von Sicherheit vermittelt hatte. Und als er sie losgelassen hatte war mit seiner Wärme auch dieses Gefühl verschwunden, was sie sehr bedauerte. Als sie bemerkte, dass Ava sie interessiert musterte, räusperte sie sich. Woher kamen bloß diese dummen Gedanken an seine Hände und ihre Brüste? Vielleicht war sie bei dem Aufprall doch auf den Kopf gefallen? Jedenfalls drehte sich alles in ihrem Kopf und ihr war auch etwas flau im Magen.

„Geht es dir wirklich gut, Violet? Ich meine, du bist ziemlich blass. Vielleicht solltest du dich gleich hinlegen, auch wenn es erst Nachmittag ist? Wir können auch morgen noch ein Eis bei Gunter's essen." Etwas im Blick ihrer Freundin war lauernd, fast so, als ob es in ihrem Gesicht ein Geheimnis zu ergründen gäbe. Violet strich sich über die Augen und bemühte sich, ein Lächeln aufzusetzen.

„Ich bin tatsächlich etwas müde. Oder geschockt, oder auch beides. Und so, wie ich aussehe, wäre es bestimmt auch angebracht, den Besuch bei Gunter's zu verschieben." Beide sahen wie aufs Stichwort an Violet hinab. Ihr Kleid war nicht nur staubig, es hatte auch einen Riss und auch ohne sich selbst zu sehen, ahnte sie, dass es auch mit ihrer Frisur nicht mehr zum Besten stand. Ava hatte Mühe, sich ein Grinsen zu verkneifen und auch Violets Mundwinkel zuckten.

„Also ich hätte nicht gedacht, dass es einmal ein Mann schaffen würde, dich derart derangiert aussehen zu lassen", kicherte Ava.

„Wenn ich dich erinnern darf: Er tat es ohne amouröse Hintergedanken, allein um mich zu retten!", konterte Violet, nun ebenfalls lachend.

„Wenn du dich da mal nicht irrst, meine Liebe. Ich habe gesehen, wie er dich angeschaut hat. Und wie du *ihn* angesehen hast!"

Violet wurde schlagartig ernst. Was wollte ihre Freundin damit andeuten? Wie hatte er sie denn angesehen? Sie dachte an den kurzen Augenblick, den sie in seinen braunen Augen versunken war und ihr Herz so aufgeregt geklopft hatte. Aber das war... unbedeutend gewesen. Sie war ganz sicher nur außer Atem von dem Sturz gewesen!

Die Kutsche hielt mit einem Ruck und Violet wurde aus ihren Gedanken gerissen.

„Macht es dir etwas aus, wenn ich nicht mit hineinkomme?" Ava wusste, dass im Stadthaus der Banburys gerade Victoria lebte, Violets ältere Schwester. Sie hatte sich für die Zeit vor ihrer Hochzeit dort einquartiert, obwohl sie auch hätte in dem Haus ihres verstorbenen Gatten residieren können. Sie hatte den sehr viel älteren Viscount erst vor vier Jahren geheiratet, ob aus Trotz oder verletzter Eitelkeit, konnte Violet nicht sagen, aber in jedem Fall hing es mit der Zurückweisung zusammen, die ihre Schwester durch Avas Gatten erfahren hatte. Lange Zeit hatte Victoria sich Hoffnungen auf Nicholas gemacht gemacht, wohl wissend, dass er einmal den Titel eines Dukes erben würde. Ermutigt durch eine Absprache zwischen ihren beiden Vätern hatte sie sich sogar zu einer Intrige hinreißen lassen, die Nicholas zwingen sollte, sie zu heiraten, obwohl er sich in Ava verliebt hatte. Nachdem all ihre diesbezüglichen Hoffnungen zunichte gemacht worden waren, hatte sie sich in diese Ehe mit dem viel älteren Mann gestürzt, der nun vor gut einem Jahr verstorben war.

Violet wusste, dass Ava nicht darauf erpicht war, Victoria zu treffen, und daher nickte sie.

„Natürlich. Wenn ich könnte, würde ich auch nicht freiwillig in die Höhle des Löwen gehen. Immerhin ist da der Sage nach noch nie jemand lebend rausgekommen!" Violet seufzte während der Kutscher den Wagenschlag öffnete und die kleine Stufe hinunter klappte, die das Aussteigen erleichtern sollte.

Mit klopfendem Herzen betrat Violet die Eingangshalle und nachdem Samuel, der Butler, ihr den Umhang abgenommen hatte, wollte sie möglichst ungesehen ihr Zimmer im oberen Stockwerk erreichen. Aus dem Salon drangen Stimmen und Lachen, demnach hatte Victoria ihre Freundinnen zu Gast und sie ergingen sich in Klatsch und Tratsch und den letzten Hochzeitsvorbereitungen. Die Tür war nur angelehnt, was ungewöhnlich war, aber wahrscheinlich hatte eine der Damen es nicht für nötig gehalten, sie zu schließen, denn dafür waren ja die Bediensteten da.

„Und du meinst, er hat ernste Absichten?" Das war die Stimme ihrer Schwester.

„Aber ganz sicher, Vicky. Er ist heute Abend bei uns zu Gast. Ich denke, er wird um meine Hand anhalten."

Jemand kicherte. Wahrscheinlich Lady Catherine, wenn Violet sich nicht irrte.

„Und es macht dir gar nichts aus, dass er von niederer Geburt ist und vielleicht nur dein Geld will?" Eine dritte Stimme, die Violet nicht einordnen konnte.

„Ich bitte dich, liebste Heather, was er einmal war, spielt keine Rolle. Jetzt ist er ein Viscount und noch dazu ein so attraktiver. Und wenn er meine Mitgift will... die soll er haben, wenn er mich dafür zu seiner Viscountess macht." Lady Catherine stieß einen Seufzer aus.

„ Lord Fairmont ist der mit Abstand begehrteste Mann diese Saison, auch wenn er nur ein Viscount ist."

Violet hielt inne. Viscount Fairmont? Der Mann, der sie gerettet hatte?

Die Tür flog auf und Victoria trat mit ihren beiden Freundinnen in die Eingangshalle. Nachdem sie Violet entdeckt hatten, riss ihre Schwester peinlich berührt die Augen auf.

„Violet! Wie siehst du denn aus!" Sie hielt sich bestürzt die Hand vor den Mund. Violet wusste, dass diese Geste ihrem äußeren Erscheinungsbild und nicht der Sorge um ihr Wohlergehen galt.

„Ich... hatte einen kleinen Unfall." Resigniert wandte Violet sich ab und ging auf die Treppe zu, die ins obere Stockwerk führte. Heute war wahrlich nicht ihr Glückstag.

„Einen Unfall? Du wolltest doch zu Madame Angelique? Wie kann man da einen Unfall haben?" Lady Catherine berührte Victoria am Arm.

„Vielleicht war deine Schwester gar nicht bei Madame Angelique. Vielleicht war sie wieder in Whitechapel oder hat ihre Bekannten in Bedlam besucht?!" Ihre Stimme troff vor Verachtung. Violet schloss für einen kurzen Moment die Augen. Es würde nie aufhören! Es gab immer irgendjemanden, der sie an ihre Zeit dort erinnern würde!

„Lady Catherine, Lady Heather, Victoria." Sie nickte den Frauen kurz zu.

„Ich wünsche Ihnen noch einen schönen Tag." Sie musste sich Mühe geben, die Treppe nicht hinauf zu rennen. Sie wollte nur weg, weg von diesen Damen der Gesellschaft, die sie seit nunmehr fünf Jahren mit Spott und Hohn und unverhohlener Verachtung verfolgten. Es gab immer noch genug Menschen, die glaubten, niemand käme zu Unrecht nach Bedlam. Ihr Bruder William hatte sich alle Mühe gegeben, den Gerüchten und dem Gerede entgegenzutreten, aber er würde sie nie alle zum Schweigen bringen können. Das war der Grund, warum sie London mied, es hasste, sich der Gesellschaft auszusetzten, die sie mit Worten mehr verletzten konnte als es ihre Zeit in Bedlam jemals vermocht hatte.

Kaum war sie in ihrem Zimmer angekommen, warf sie sich aufs Bett und ließ den Tränen, die in ihr brannten, freien Lauf. Sie wusste nicht, wie sie die Zeit bis zu Victorias Hochzeit überstehen sollte, ohne innerlich noch mehr zu zerbrechen. Wie sehnte sie den Tag herbei, ab dem sie über das Geld, das ihr Bruder ihr

versprochen hatte, frei verfügen konnte! In knapp zwei
Jahren, an ihrem fünfundzwanzigsten Geburtstag würde
es soweit sein, und dann würde sie sich ein kleines
Cottage kaufen, in Cornwall, Wales oder auch
Schottland, Hauptsache weit weg von London und
diesen fürchterlichen Menschen! Nein, sie war
ungerecht, es gab durchaus einige wenige Personen, die
immer hinter ihr gestanden und sie, so gut es ging, vor
den Anfeindungen des *Tons* beschützt hatten. Ihr
Bruder, Ava und Nicholas, und auch Margret, ihre
Schwägerin.
Flüchtig kamen ihr wieder diese starken Hände in den
Sinn, die sie heute gehalten und beschützt hatten.
Viscount Fairmont. Das war also die Verabredung, die
ihn hinderte, ihre Einladung anzunehmen! Er würde
heute Abend um die Hand von Lady Catherine
anhalten!
Ohne zu wissen warum, wurde ihr das Herz schwer. Sie
fühlte sich so allein wie schon lange nicht mehr.

„Du siehst hinreißend aus!" Ava nahm sie beiseite, kurz
nachdem Violet mit ihrem Bruder und Victoria den
Ballsaal des Earls und der Countess of Henley betreten
hatte. Victoria hatte sich bereits zu ihren Freundinnen
begeben und sonnte sich in der Bewunderung, die ihr

neues Kleid allseits hervorrief. Ihr Bruder hatte sie zu Ava und Nicholas geführt und war dann mit seinem Freund verschwunden, um einige Bekannte zu begrüßen, so dass sie nun mit Ava alleine war. Beide standen etwas abseits der Menge an einer Säule und betrachteten das bunte Treiben um sich herum.

„Meinst du? Ist es nicht etwas zu... auffällig?"

Zweifelnd sah Violet an sich herab. Sie trug eine veilchenblaue Kreation aus edler Seide, dezent mit Spitze verziert und dunkelblauen Volants am Saum und den Ärmeln. Ihr blondes Haar war zu einer kunstvollen Frisur aufgesteckt und Bridget, ihre Zofe, hatte darauf bestanden, ihr kleine künstliche Veilchenblüten ins Haar zu stecken. Sie fühlte sich verkleidet, was nicht gerade dazu beitrug, sich wohlzufühlen.

„Ich bitte dich, Violet, du könntest in einem braunen Sack hier erscheinen und du würdest auffallen!" Kaum waren ihr die Worte entschlüpft, biss sich Ava verlegen auf die Lippe. Sie hatte gemeint, dass Violet eine wahrlich außergewöhnliche Erscheinung zwischen all den geschminkten, affektierten Damen war, aber sie wusste auch, dass ihre Freundin es anders interpretieren würde, was sie viel zu oft tat, weil sie sich immer angegriffen fühlte.

„Du meinst, weil ich nach der langen Zeit wieder hier in London auf einem Ball erscheine, so als ob nichts passiert wäre?! Und dass die Leute mich deshalb anstarren als wäre ich ein Tanzbär im Zirkus?", sagte sie daraufhin auch prompt. Und es stimmte. Nicht wenige der Anwesenden sahen, verschämt oder auch ganz offen, neugierig in ihre Richtung. Aber noch bevor Ava protestieren konnte, fügte Violet seufzend an: „Entschuldige bitte, Ava, ich habe es nicht so gemeint. Ich weiß ja, dass du mich nur aufmuntern willst. Aber sei ehrlich", sie sah ihre Freundin mit einer Mischung aus Ernst und Schalk an.„Wir sind schon ein seltsames Gespann. Du, die Duchess of Ashford, ehemalig verstoßene Tochter eines Viscounts und Mutter einer unehelichen Tochter, und ich, die Verrückte aus Bedlam..."

Ava grinste sie an, froh, dass Violet sich ihren Humor bewahrt hatte.

„Nun, dann können wir wohl froh sein, dass da drüben mein Retter naht." Sie deutete mit einem Nicken zu den beiden Männern, die auf sie zuhielten.

„Und deiner offensichtlich auch", fügte sie erstaunt hinzu.

Violet drehte ihren Kopf in die angedeutete Richtung und erstarrte. Dort kamen Nicholas und Viscount Fairmont, fröhlich miteinander plaudernd, auf sie zu.

Mit einer höflichen Verbeugung begrüßte der Viscount Ava.

„Mylady, entschuldigen Sie bitte, dass ich Sie gestern nicht gleich darauf angesprochen habe. Aber ich hatte vermutet, dass Ihr Titel sich auf Nicholas' älteren Bruder bezieht, sonst hätte ich mich gleich als ein Freund Ihres Gatten zu erkennen gegeben."

„Oh, ich bedauere, aber ich kann mich nicht erinnern, dass Nicholas mir von Ihnen erzählt hätte." Sie wandte sich an ihren Mann.

„Oder habe ich es nur vergessen?"

„Nein, Liebste, ich habe dir zwar von dem Viscount erzählt, aber damals war er noch ohne Titel. Erinnerst du dich daran, dass ich dir von meiner Zeit in

Frankreich berichtete? Und wie Colin Atworth mir das Leben rettete, indem er den Mann ausschaltete, der meine Tarnung durchschaut hatte und mich der Obrigkeit ausliefern wollte?" Nicholas war früher auf dem Kontinent als Spion für seine Majestät in Frankreich tätig gewesen, bevor sein älterer Bruder starb und er den Titel erbte.

„Oh ja, wie könnte ich mich nicht an den Mann erinnern, der dir das Leben gerettet hat!" Sie sah den Viscount dankbar an.

„Ich kann Ihnen gar nicht genug dafür danken, dass Sie meinen Gatten davor bewahrt haben, unter der Guillotine zu sterben." Sie neigte anmutig den Kopf, dann griff sie an den Arm ihres Gatten.

„Ach Nicholas, ich höre gerade, die Musiker stimmen einen Walzer an. Würdest du es wagen, mit einem Weinfass wie mir ein paar Schritte zu tanzen?" Sie spielte auf ihre schon umfangreiche Körperfülle an und Nicholas sah sie besorgt an.

„Aber du hast doch gesagt, du wolltest heute nicht...", wandte er ein, aber Ava zog ihn energisch in Richtung Tanzfläche. Kopfschüttelnd folgte er ihr und sie ließen Violet mit dem Viscount alleine.

„Ist Menschen retten Ihr Hobby oder machen Sie das beruflich?", schnappte Violet und ärgerte sich im gleichen Augenblick über ihre Worte. Sie war verärgert, weil Ava sie so schamlos mit diesem Mann alleine gelassen hatte, obwohl sie doch versprochen hatte, ihr den ganzen Abend lang Gesellschaft zu leisten und sie keinen Augenblick aus den Augen zu lassen. Violet fühlte sich des Schutzes beraubt, den ihr Avas Anwesenheit gegeben hätte. Aber dieser Mann konnte schließlich nichts dafür, dass sie so verletzlich war und er hatte es nicht verdient, dass sie unhöflich zu ihm war. Aber noch bevor sie sich entschuldigen konnte, sah sie es amüsiert in seinen Augen aufblitzen.

„Ich helfe, wo ich kann, Lady Violet. Meistens, ohne eine Vergütung zu fordern, aber in Ihrem Fall muss ich darauf bestehen, dass Sie mir meine Hilfe vergelten."

Violet lief es kalt den Rücken hinunter. Dieser unverschämte Kerl!

„Und wer sagt Ihnen, dass ich von Ihnen gerettet werden musste? Oder auch nur wollte? Ich war gerade im Begriff, mich aus der Gefahrenzone zu bringen als Sie..."

„Sie lügen!" Er grinste sie spöttisch an.

„Sie waren zur Salzsäule erstarrt und wären überfahren worden, wenn ich nicht gewesen wäre. Und daher fordere ich eine kleine Wiedergutmachung. Ich habe schon mit Ihrem Bruder gesprochen, er hat nichts dagegen, dass ich mit Ihnen tanze." Er sah ihr tief in die Augen.

„Denn das ist es, was ich mir von Ihnen wünsche. Einen Tanz, mehr nicht." *Fürs erste,* fügte er in Gedanken hinzu. Er hatte diese Frau irgendwie nicht vergessen können, seit er sie gestern vor dem herannahenden Fuhrwerk gerettet hatte. Während er noch am Mittag fest entschlossen gewesen war, dieser unerträglichen Lady Catherine den Hof zu machen, weil sie das Geld mit in die Ehe bringen würde, das er dringend für die Instandsetzung seines geerbten Landsitzes benötigte, hatte er dann doch gezögert. Zwar war er am Abend zu der Essenseinladung in ihrem Elternhaus erschienen, und er hatte durchaus bemerkt, dass alle Anwesenden gespannt auf seinen Antrag gewartet hatten, aber er hatte es angesichts dieser veilchenblauen Augen, die vor Schreck weit aufgerissen waren, nicht über sich gebracht, die Worte auszusprechen, die ihn für immer an diese Catherine binden würden. Er hatte inzwischen herausgefunden, dass auch Lady Violet über eine beträchtliche Mitgift verfügen würde, sogar viel mehr noch als Lady Catherine zu bieten hatte, aber man hatte ihm ebenso zugetragen, dass diese Frau eine harte Nuss war, was ihre Absicht hinsichtlich einer Eheschließung anging. Und zu allem Übel hatte sie einen Bruder, der ihr das durchgehen ließ und keinerlei Anstalten machte, sie in eine Ehe zu zwingen. Aber das wollte er ohnehin nicht. Er erwartete keine Liebe oder romantische Gefühle, wie sein Freund Nicholas und dessen Frau sie zur Schau trugen, aber gegen ihren Willen würde er keine Frau heiraten. Als ihm bewusst wurde, dass sie immer noch keine Anstalten machte, seinen angebotenen Arm zu nehmen, griff er ihre Hand und wollte sie auf seinen Arm legen, als sie sich versteifte und sie ihm entzog. „Ich bedauere, ich tanze nicht!"

„Weil Sie keinen Walzer tanzen können oder weil Sie ihn nicht mit mir tanzen wollen?" Es war etwas ungewöhnlich, dass der Earl und die Countess in ihrem Ballsaal diesen neumodischen Tanz spielen ließen, der erst seit dem Wiener Kongress in Mode war und in den feinen Kreisen wegen des engen Körperkontaktes als unschicklich galt. Die ehrenwerten Damen und Moralinstanzen der Gesellschaft jedenfalls, die Patronessen von Almack's, rümpften angewidert die Nasen, wenn die Sprache auf diesen Tanz kam. Sie hatten ihn rigoros aus dem Repertoire der Veranstaltungen gestrichen, die regelmäßig mittwochs in ihrem Salon südlich der King Street stattfanden und dem Verkuppeln heiratswilliger Adeliger dienten.

„Beides." Violet nickte ihm zu und ließ ihn einfach stehen. Ihr war heiß geworden unter seinem forschenden Blick und sie musste sich etwas frische Luft verschaffen. Auf dem Weg zu den weit geöffneten Türen zum Garten musste sie an einer Gruppe Frauen vorbei, in deren Mitte sie ihre Schwester erkannte. Alle drehten sich wie auf Kommando zu ihr um.

„Oh, Lady Violet, wie schön, Sie wieder einmal hier zu sehen. Wir haben Sie schon so vermisst!", flötete Lady Heather und Violet wappnete sich. Ganz sicher würden wieder irgendwelche Gemeinheiten folgen. Suchend sah sie sich um und entdeckte zu ihrem Glück Ava, die ihren Tanz mit Nicholas beendet hatte und sich ebenfalls suchend nach ihr umsah. Als sie sie erblickte, hob sie grüßend die Hand und bahnte sich einen Weg durch die Menge auf sie zu.

„Sie sind aber doch bestimmt nicht nur zur Hochzeit Ihrer Schwester nach London gekommen? Wie ich hörte, gibt es demnächst eine große Eröffnungsfeier für alle Gönner." Lady Heather sah sich beifallheischend nach ihren Freundinnen um.

„Ich meine, Sie werden doch sicherlich dabei sein, wenn die Neueröffnung des Bethlam Royal Hospital gefeiert wird!"

Bedlam! Sie hätte sich denken können, dass der Abend nicht ohne irgendeine Kränkung für sie ablaufen würde. Oder ohne sie daran zu erinnern, dass die Gesellschaft niemals vergaß!

Während die Damen in Gekicher ausbrachen hob Violet in gespielter Gleichgültigkeit den Kopf und versuchte, so unbeteiligt wir möglich die Terrasse zu erreichen. Sie brauchte Luft! Sie trat in die kühle Nachtluft hinaus und atmete einmal tief ein und aus. Aber das beruhigte sie nicht. Ihr Herz klopfte noch immer vor unterdrückter Wut und Scham. Sie rechnete nicht damit, dass man sie willkommen hieß, verlangte keine Freundschaft oder Aufmerksamkeit, alles, was sie wollte, war, ignoriert zu werden! Aber warum hatte man sich so darauf versteift, sie immer wieder zu verletzten? Warum taten die Menschen ihr das immer wieder an? Als sie Schritte hinter sich hörte, verschränkte sie die Arme vor der Brust, trat an die Brüstung und sah in den von Laternen und Lampignons erleuchteten Garten.

„Ach Ava, warum tun die Leute das? Warum müssen sie immer alte Wunden aufreißen? Warum lassen sie mich nicht einfach in Ruhe?" Jetzt rollten ihr sogar ein paar Tränen über die Wangen, die sie energisch wegwischte. Aber es kamen immer wieder neue.

„Vielleicht weil sie eifersüchtig auf die schönste Frau des Abends sind?" Eine sonore, dunkle Stimme strich wie ein Hauch über ihren Nacken. Himmel! Das war nicht Ava, das war...

„Was machen Sie denn hier?" Wütend drehte Violet sich zu dem Mann um, den sie in diesem Augenblick am wenigsten sehen wollte. Sie brauchte keinen weiteren Zeugen ihrer emotionalen Schieflage.

„Nun, ich brauchte nach Ihrer Abfuhr dringend frische Luft. So wie Sie offenbar auch."

„Gehen Sie!"

Als er keine Anstalten machte, sie alleine zu lassen, funkelte sie ihn wütend an. Warum setzte er sich so unverschämt immer über ihre Wünsche hinweg? Sollte er doch seine Zukünftige mit seiner Aufmerksamkeit beehren!

„Ich bitte um Entschuldigung, aber ich meine mich zu erinnern, dass die geöffneten Türen darauf schließen lassen, dass die Terrasse heute allen Gästen zur Verfügung steht." Er blickte auf die anderen Anwesenden, die hier in einiger Entfernung beisammen standen und sich unterhielten.

„Wird Ihre Verlobte Sie nicht suchen? Ich habe sie gerade bei meiner Schwester stehen sehen. Sicherlich hat sie gesehen, dass Sie mir gefolgt sind. Und ganz sicher wird sie es nicht gutheißen, wenn Sie Ihre Zeit mit einer Verrückten verbringen!" Wütend drehte Violet ihm den Rücken zu und eilte zurück in den Saal. Nun blieb ihr als Rückzugsort nur noch der Ruheraum und das auch nur, wenn gerade niemand der weiblichen Gäste sich dort aufhielt um sich zu pudern oder die Frisur zu richten. Sie hatte keinen Blick für die Umgebung und eilte den Gang entlang bis zu der Tür, die sie schwungvoll aufriss und dann in dem kleinen Zimmer verschwand.

So hatte sie nicht auf den Mann geachtet, der sich bei ihrem Näherkommen in eine Nische gedrückt hatte und sie unverwandt anstarrte. Er hatte sich erkundigt. Das war sie. Die andere stand ja nicht mehr zur Verfügung. Aber das Geld, das sie mit in eine Ehe bringen würde, würde ihm für den Moment reichen. Und sie war auch viel schöner als ihre Schwester. Und so scheu! Man konnte die Gerüchte fast nicht glauben, nach denen sie in Bedlam gewesen war. Ganz sicher hatten sich die Aufseher dort an ihrem Körper schadlos gehalten, aber für ihn spielte es keine Rolle, ob sie noch Jungfrau war. Sie war perfekt. Und im Grunde genommen hatte er Frauen lieber, die sich nicht zierten, wenn er sie nahm. Kein keusches Getue. Er brauchte eine, die wusste, worauf es ankam! Aber er musste noch etwas Geduld haben. Erst galt es, mehr über sie herauszufinden, denn ihm war auch erzählt worden, dass sie nicht heiraten wollte und ihr unseliger Bruder sie sogar darin noch unterstützte. Er musste also etwas herausfinden, dass sie dazu zwingen würde, ihm ihre Hand, ihren Körper und ihr Geld zu überlassen!

Colin saß in einem bequemen Sessel im Arbeitszimmer seines Freundes. Nicholas hatte ihm einen Brandy eingeschenkt und zusammen hatten sie alte Zeiten wieder aufleben lassen. Colin war erst seit einigen Wochen wieder in England, vorher war er als Kapitän eines Kaperschiffes über die Meere gesegelt und hatte im Auftrag seiner Majestät und des Parlaments fremde Schiffe aufgebracht und geplündert. Und wenn es nach ihm gegangen wäre, wäre das auch noch eine Weile so geblieben. Aber niemand hätte ahnen können, dass nicht nur sein Cousin dritten Grades sondern auch

42

dessen vier Söhne in kurzer Zeit das Zeitliche segnen würden und somit ihm, dem armen Verwandten und einzigem überlebenden Erben, der Titel und die damit verbundenen Ländereien zufallen würden. Am allerwenigsten er selbst. Und ganz bestimmt war niemand betrübter über diesen Umstand als er. Er liebte das Meer und die Weite, das Rollen des Schiffes und das Blähen der Segel im Wind. Und vielleicht, wenn er nach dem Instandsetzen des Landsitzes, was er als seine Pflicht gegenüber seinem Erbe und dem Titel ansah, noch Geld übrig blieb, würde er sich wieder ein Schiff kaufen und seiner Leidenschaft nachgeben. Daher war es ihm auch bis zu diesem Tag, bis zu dieser Begegnung mit dieser Lady Violet, gleichgültig gewesen, wen er heiraten würde. Er würde jedenfalls nur lange genug bleiben, um die Arbeiten am Landhaus zu überwachen und seine Angelegenheiten zu regeln. Selbst auf die Zeugung eines Erben hatte er es nicht angelegt. Von ihm aus konnte der Titel ruhig aussterben, er legte keinen Wert darauf. Das lag vermutlich daran, dass er nicht in diesem Sinne erzogen worden war.

„Man munkelt, du willst Lady Catherine einen Antrag machen." Nicholas setzte sich bequem zurecht und kreuzte seine Knöchel. Er konnte einen lauernden Unterton nicht vermeiden.

„Das hatte ich vor, ja." Colin nahm einen Schluck Brandy, drehte das Glas in seinen Händen und betrachtete den Inhalt ausgiebig. Das hatte er tatsächlich vorgehabt. Aber nun konnte er es nicht mehr.

„Du *hattest* es vor? Das heißt also, du hast davon

Abstand genommen?"
Colin beobachtete sein Gegenüber genau. War das ein zufriedenes Grinsen, was sich da auf dem Gesicht seines Freundes abzeichnete?

„Ich habe kurz mit dem Gedanken gespielt, ja. Lady Catherine ist eine attraktive Frau und ich brauche Geld. Aber ich werde sie nicht fragen."

„Die Vorzeichen haben sich nicht geändert. Lady Catherine ist immer noch attraktiv und du brauchst immer noch Geld. Was also hält ich davon ab, um ihre Hand anzuhalten?"

„Nun, ich glaube nicht, dass wir zusammenpassen." Mehr konnte er nicht sagen. Er war sich nicht einmal sicher, ob das der wahre Grund für seinen plötzlichen Sinneswandel war.

„Ich bitte dich, Colin! Wenn ich so reden würde, aber du? Du hast dir nie viel Gedanken darum gemacht, ob eine Frau zu dir *passt!* Ich möchte nicht wissen, wie viele gebrochene Herzen du in Frankreich zurückgelassen hast. Darunter war bestimmt eines, das zu dir gepasst hätte! Und doch hast du nie ans Heiraten gedacht."

Colin zuckte bei diesen Worten zusammen als hätte ihm jemand einen Dolch in den Rücken gestoßen. Nicholas konnte es nicht wissen, aber er hatte durchaus schon einmal ans Heiraten gedacht. Damals, in Frankreich... Aber die Zeit war vorbei, und die Ereignisse hatten ihre Spuren hinterlassen. Tiefe, unheilbare Narben hatten sich auf seine Seele gelegt und ihn schließlich zur Seefahrt gebracht, weil er es nicht länger ausgehalten hatte, das Leben, das er mit Aimee gehabt hatte, ohne sie einfach weiterzuleben. Er vertrieb die trüben

44

Gedanken, indem er einen großen Schluck Brandy nahm und kurz die Augen schloss. Dann sagte er: „Und das würde ich auch heute nicht, wenn sich die Vorzeichen nicht geändert hätten. Ich habe es nicht gewollt, aber nun bin ich ein Viscount. Ich habe einen baufälligen Landsitz geerbt und wenn du auch glaubst, ich sei ein ehrloser, verantwortungsloser Bastard, so bin ich diesem Titel doch soweit verpflichtet, als dass ich für die Menschen Sorge tragen muss, die von diesem Titel abhängig ihr Dasein fristen. Auf dem Gut gibt es Bauern, Knechte, Mägde und ein ganzes Dorf, das sich darauf verlässt, dass ihr Herr für sie sorgt. Und diesen Menschen ist es gleich, ob mein Cousin ihr Überleben sichert oder so ein dahergelaufener Tunichtgut, der zufällig eben diesen und vier seiner Söhne überlebt hat!" Er trank seinen Brandy aus und stellte das Glas auf den Tisch.

„Und dass Fortuna oder wer auch immer sich als Nachfolger für den Titel einen armen Tropf ausgesucht hat, interessiert diese Menschen zu recht auch nicht. Ich brauche also Geld. Und eine Frau, die es hat, weil ich sonst nicht weiß, wie ich das alles finanzieren soll."

„Ich könnte dir...", begann Nicholas, aber Colin winkte ab. „Nein, biete mir bitte nicht an, mir einen Kredit zu geben. Ich könnte die Summe, die ich nach ersten Schätzungen brauche, nie zurückzahlen. Das Gut hat schon lange keine Gewinne mehr abgeworfen, mein Cousin hatte Spielschulden und selbst wenn es mir gelingt, die Finanzen in den Griff zu bekommen, wird Fairmont House niemals genug Gewinn abwerfen, dass ich das geliehene Geld zurückzahlen könnte!" Colin sah seinen Freund an und versuchte ein kleines

Lächeln.

„Und im Grunde genommen habe ich nichts gegen eine Ehe. Es muss nur nicht gerade Lady Catherine sein." Er dachte an veilchenblaue Augen, einen sinnlichen Mund und blonde Locken. Und an die Frau, die all das besaß. Und die ihm so unmissverständlich aus dem Weg ging. Und die etwas an sich hatte, das seinen Beschützerinstinkt ansprach. Und der beschränkte sich nicht nur darauf, sie vor durchgehenden Kutschpferden zu retten. Vielmehr hatte er das Gefühl, dass es mehr zu retten gab als ihren sinnlichen Körper. Er hatte sie an diesem Tag nur kurz in seinen Armen gehalten, aber das hatte ausgereicht, dass sie ihm nun nicht mehr aus dem Kopf ging.

„Hast du schon eine andere Kandidatin auf deiner Liste?" Scheinbar entspannt griff Nicholas wieder nach seinem Glas und trank einen Schluck.

„Was? Oh, äh..." Colin war in Gedanken noch bei Violet. Vielleicht konnte er Nicholas etwas mehr über sie entlocken.

„Vielleicht die Freundin deiner Frau? Lady Violet?", wagte er einen Vorstoß.

Verblüfft stellte Nicholas sein Glas ab.

„Violet? Wie kommst du auf sie?"

„Nun, sie ist schön und wenn ich den Gerüchten glauben darf, auch reich."

Nicholas winkte ab.

„Vergiss es. Violet ist nicht auf dem Heiratsmarkt. Sie weigert sich schon seit... seit längerem, eine Ehe einzugehen. Und William, ihr Bruder, unterstützt sie bei dem Wunsch, unverheiratet zu bleiben. Er hat sogar ihre Mitgift in einen Fond umgewandelt, über den sie mit fünfundzwanzig Jahren frei verfügen kann, sollte sie bis dahin nicht geheiratet haben."

„Aber warum will sie denn nicht heiraten? Was ist so schrecklich an der Ehe, dass sie sie vermeiden will?" Er grinste.

„Wenn selbst ich nicht davor zurückschrecke?!"
Aber Nicholas ging nicht auf den leichten Tonfall seines Freundes ein und blieb ernst.

„Sie hat ihre Gründe, Colin, das versichere ich dir. Und ich glaube nicht, dass du der Mann bist, für den sie ihre Prinzipien aufgeben würde. Violet ist... sie braucht jemanden, der sie liebt und ich glaube nicht, dass du dazu im Stande bist." Jetzt grinste auch Nicholas.

„Nichts für ungut, alter Freund, aber schlag sie dir aus dem Kopf. Du bist kein Mann, der einer Frau lange treu sein kann. Also such dir jemanden, der damit leben kann. Eine Frau, die dich um deines Titels willen heiratet und weiter keine Ansprüche an dich stellt. Davon gibt es wahrlich genug in London."
Colin stand grinsend auf.

„Dann gehe ich jetzt besser und mache mich erneut auf die Suche. Hast du vielleicht einen Namen für mich? Schön, anspruchslos und reich?" Er lachte, als Nicholas in gespieltem Entsetzen den Kopf schüttelte.

„Versuch dein Glück bei Miss Amelie Windhurst. Ihr Vater hat sein Geld mit Aktien und Beteiligungen an der East India Company gemacht. Wenn es dich nicht stört, dass sie nicht dem Adel entstammt. Sie hat all das, was du suchst. Ihr und ihren Eltern ist ein Titel, der ihnen den Weg in den Adel ebnet, mehr wert als ein treu sorgender Ehemann. So wie ich sie kennengelernt habe, hätte sie wohl auch nichts dagegen, wenn du

wieder in See stichst. Solange sie Viscountess ist..."
Colin konnte nicht verhindern, dass er sich insgeheim
über Nicholas Worte ärgerte. Er hielt ihn also nicht für
gut genug, um um Lady Violet zu werben. Nun gut.
Miss Amelie war auch eine Option. Vielleicht sogar die
bessere, denn viel Zeit für lange Brautwerbung hatte er
nicht. Er konnte und wollte den romantischen
Anwandlungen einer Frau nicht entgegenkommen, weil
es nicht seine Art war und weil das Gut zusehends
verfiel. Also Miss Amelie.
„Kannst du mir vielleicht auch sagen, wo ich sie
unverfänglich treffen kann?"
„Das weiß ich nicht, aber sie wohnen in Mayfair in der
Brook Street."
Colin pfiff durch die Zähne. Eine gute Adresse, eine
sehr gute Adresse. Wenn Miss Amelie keine schiefen
Zähne oder Mundgeruch hatte oder schielte, dann wäre
sie seine nächste Kandidatin.
Und veilchenblaue Augen durfte sie auch nicht haben.

❦

Das durfte doch nicht wahr sein! Violet lehnte sich mit
einem undamenhaften Schnauben in die Polster ihrer
Kutsche zurück. Sie hatte sich überreden lassen, mit
Ava einen kleinen Ausflug in den Hyde Park zu
unternehmen, was sie angesichts des Anblicks, der sich
ihr bot, schon bereute. Das Wetter war ausnahmsweise

einmal sonnig und trocken und so fuhren sie mit offenem Verdeck. Was sie ebenfalls bereute, denn der Mann der ihnen entgegenkam und an dessen Arm eine schöne brünette Frau hing, war niemand anderer als Viscount Fairmont. Die junge Frau lachte über etwas, das er gesagt hatte und der helle Ton perlte zu ihnen hinüber. Nun hatte auch Ava die beiden gesehen und runzelte die Stirn.

„Das ist doch Viscount Fairmont?! Aber wer ist die Frau bei ihm?"

„Jedenfalls nicht Lady Catherine." Violet biss sich auf die Lippe. Warum hörte es sich so an als sei sie eifersüchtig?

Irritiert sah Ava sie an.

„Wieso sollte es ausgerechnet Lady Catherine sein? Sie ist ein berechnendes kleines Biest und der Viscount würde bestimmt nicht..."

„Ich habe gehört, dass er Geld braucht, viel Geld. Und das macht wohl einige Charakterfehler bei seinen Auserwählten wett."

Ava zog eine Augenbraue hoch.

„Und woher willst du das wissen?"

„Oh, als wir vor ein paar Tagen von Madame Angelique zurückkamen, wurde ich Zeuge eines Gespräches zwischen Lady Catherine, Lady Heather und meiner Schwester. Lady Catherine rechnete zu diesem Zeitpunkt damit, dass der Viscount am Abend um ihre Hand anhalten wollte."

„Was er offensichtlich nicht getan hat." Ava beugte sich etwas vor.

„Das ist Miss Amelie Windhurst, wenn ich mich nicht irre. Was will er denn von der?"

„Wenn sie reich ist, dann wohl heiraten." Violet versuchte, ihre Stimme unbeteiligt klingen zu lassen, was ihr aber nicht ganz gelang. Das brachte ihr einen prüfenden Blick von ihrer Freundin ein.

„Bist du eifersüchtig?"

„Himmel, nein! Ich hege nach wie vor nicht die Absicht zu heiraten. Und selbst wenn, wäre er ganz bestimmt nicht der Mann, den ich mir als Ehegatten wünschen würde." Sie sah demonstrativ zur Seite, denn Colin und diese Miss Amelie hatten fast ihre Kutsche erreicht.

„Und warum nicht? Du kennst ihn doch gar nicht. Oder habe ich da etwas verpasst?"

Violet wurde einer Antwort enthoben, denn schon lüftete er seinen Hut und verbeugte sich vor Ava und Violet.

„Euer Gnaden, Lady Violet, darf ich Ihnen meine bezaubernde Begleitung vorstellen?" Miss Windhurst errötete mädchenhaft und senkte schüchtern den Blick.

„Miss Windhurst, das sind Euer Gnaden, die Duchess of Ashford und Lady Violet. Ihr Bruder ist der Earl of Banbury." Miss Windhurst versank in einen vollendeten Knicks und sah sie dann aus wunderschönen grünen Augen zurückhaltend an. Violet wurde der Mund trocken. Diese Miss Amelie war eine wahre Schönheit und ganz offensichtlich war sie von ihrem Begleiter hingerissen, jedenfalls wenn man den Blicken Glauben schenkte, die sie ihm zuwarf. Ein unbekanntes Gefühl sorgte dafür, dass sich Violets Herz zusammenzog.

Ava durchbrach das entstandene Schweigen.

„Miss Windhurst, ich bin erfreut, ihre Bekanntschaft zu machen. Was für ein schönes Wetter heute, nicht wahr? Wie ich sehe, nutzen Viscount Fairmont und Sie es für einen kleinen Spaziergang."

Violet warf ihr einen ungläubigen Seitenblick zu. Diese Art der Konversation war ganz und gar nicht Avas Art.

„Werden wir Sie und den Viscount heute Abend bei dem Ball des Dukes und der Duchess of Marksbury sehen? "

„Oh nein, Mylady, der Viscount war so freundlich, meine Eltern und mich in die Vauxhall Gardens einzuladen. Dort soll heute Abend ein großes Feuerwerk gezündet werden. Ich bin schon ganz gespannt. Sie müssen wissen, ich habe noch nie ein Feuerwerk gesehen!" Mit vor Aufregung geröteten Wangen sah sie ihren Begleiter an. Kurz lächelte er ihr zu, dann sah er zu Violet und sie verspürte wieder dieses seltsame Flattern in ihrem Bauch.

„Werden Sie heute Abend auch auf diesem Ball sein?", fragte der Viscount und hielt Violets Blick fest. Ihr wurde der Mund trocken und sie leckte sich über die Lippen. Dann räusperte sie sich.

„Nein."

„Aber ja doch!"

Violet sah Ava irritiert an.

„Entschuldige, aber ich werde nicht dort hingehen! Hast du vergessen, was bei dem Ball der Henleys passiert ist? Der nächste und letzte Ball, den ich besuchen werde, wird der am Abend von Victorias Hochzeit sein. Und auch dort werde ich nur erscheinen, weil ich meinen Bruder nicht in Verlegenheit bringen will."

Colin sah vor einer zur anderen. Welche Frau würde freiwillig auf den Ball bei den Marksburys verzichten? Dieser galt, wie er gehört hatte, als der Höhepunkt der

Saison?Er erinnerte sich, dass irgendetwas auf dem Ball der Henleys vorgefallen sein musste. Er hatte beobachtet, wie sie kurz bei ihrer Schwester, Lady Catherine und einer anderen Frau stehen geblieben war, die etwas zu ihr gesagt hatten. Es schien irgendetwas gewesen zu sein, dass sie verletzt hatte, denn sie war, wenn auch mit hoch erhobenem Kopf, aus dem Saal geflüchtet. Und sie hatte danach geweint. Und von Wunden gesprochen und von sich als verrückt. Er konnte sich keinen Reim darauf machen, aber er war entschlossener als vorher, dieses Rätsel um die junge Frau zu lösen.

„Das ist sehr schade, Lady Violet. Ich hatte nämlich später am Abend vor, ebenfalls auf diesem Ball zu erscheinen." Seine Stimme war warm und strich über sie wie eine leichte Brise. Miss Windhurst warf ihm einen irritierten Blick zu, den er aber ignorierte.

„Ähh, Mylord, ich... habe aber gar keine Einladung zu diesem Ball erhalten." Miss Amelies Verunsicherung war deutlich aus ihren Worten herauszuhören. Offenbar ging sie davon aus, den ganzen Abend mit dem Viscount zu verbringen.

„Ich entschuldige mich bei Ihnen, Miss Windhurst, wenn ich vergessen habe, Ihnen von meinen weiteren Plänen für den heutigen Abend zu berichten." Wieder warf er seiner Begleiterin nur einen kurzen Blick zu. Nicht unfreundlich, genau wie sein Tonfall, eher... unverbindlich. Miss Windhurst zuckte kurz zusammen und schluckte. So unbedarft sie auch sein mochte, seine Worte hatten sie doch verletzt, wie Violet deutlich erkennen konnte. Warum tat er das? Erst umgarnte er diese Lady Catherine und jetzt Miss Windhurst. Und an beiden schien sein Interesse nicht wirklich groß zu sein. Lady Catherine hatte er schon abgewiesen und auch in Bezug auf Miss Windhurst erweckte er nicht den Eindruck, an der jungen Frau wirklich interessiert zu sein. Jedenfalls nicht so, wie jemand, der im Begriff war, sich eine Braut zu suchen.

Die junge Frau tat Violet leid, darum lächelte sie sie aufmunternd an.

„Das tut mir leid, Miss Windhurst, ich könnte durchaus..." Ein unauffälliger Ellbogenhieb ließ Violet verstummen. Irritiert sah sie Ava an.

„Oh, das tut mir sehr leid, Miss Windhurst. Ich hätte wirklich gerne dafür gesorgt, dass Sie ebenfalls eine Einladung erhalten. Aber leider wäre es unhöflich, die Duchess of Marksbury so kurzfristig um eine Einladung für Sie zu bitten, das verstehen Sie doch sicherlich?" Sie lächelte die junge Frau freundlich an. Was war nur mit Ava los? Lag das an der Schwangerschaft oder warum war sie so anders? Im Allgemeinen war sie die Freundlichkeit in Person, immer darauf bedacht, nett und freundlich zu allen zu sein. Das war ihr Wesen. Diese Ava hier kannte Violet noch nicht. Zwar war ihr Tonfall durchgehend freundlich, aber natürlich hätte sie eine Einladung für Miss Windhurst erhalten können, wenn sie die Duchess darum gebeten hätte. Warum also log sie so dreist?. Miss Windhurst sah dagegen beschämt zu Boden.

„Verzeihen Sie, Mylady, ich... es lag nicht in meiner Absicht, ich meine...", jetzt wurde die junge Frau bis über beide Ohren rot, „... ich wollte nicht aufdringlich sein. Natürlich erwartete ich nicht, dass Sie mir eine Einladung für diesen Ball zukommen lassen. Ich entschuldige mich, wenn bei Ihnen der Eindruck entstanden sein sollte." Sie sah Colin scheu von der Seite an.

„Und bei Ihnen entschuldige ich mich auch, Mylord. Ich wollte mich nicht aufdrängen." Traurig senkte sie den Blick. Jetzt reichte es Violet. Diese Frau hatte es nicht verdient, so in Verlegenheit gebracht zu werden, nur weil dieser Colin ein ungehobelter Rohling war und auch die sonst so freundliche Ava etwas gegen Miss Windhurst zu haben schien.

„Miss Windhurst, es würde mich sehr freuen, wenn sie nächste Woche unser Gast sein würden. Meine Schwester veranstaltet am Abend ihrer Hochzeit einen Ball und ich werde dafür sorgen, dass Sie eine Einladung dafür bekommen."

Überrascht sah die junge Frau sie an.

„Wirklich, Lady Violet? Das ist...", sie strahlte plötzlich vor Freude, „... das wäre wundervoll. Ich danke Ihnen!" Sie klatschte begeistert in die Hände.

„Sie haben doch ganz sicher auch eine Einladung bekommen, Mylord?! Oh, es wäre wundervoll, wenn wir zusammen dort..." Als sie bemerkte, dass der Viscount immer noch Violet fixierte, brach sie ab. Nur langsam löste sich sein Blick von der Frau, die ihn so beschäftigte und er wandte sich seiner Begleiterin zu.

„Wir werden sehen, Miss Windhurst." Dann verbeugte er sich vor Ava und Violet und sah seine Begleiterin an.

„Ich denke, es wird Zeit, dass ich Sie nach Hause bringe. Sicher möchten Sie sich noch etwas erfrischen, bevor ich Sie und Ihre Eltern heute Abend abhole." Miss Windhurst schien sich gefangen zu haben, denn sie lächelte ihn wieder an. Violet sah deutlich, wie verliebt die junge Frau in ihren attraktiven Begleiter war. Ein kleiner Stich stahl sich in ihr Herz. Miss Windhurst legte vertraulich ihre Hand auf Colins dargebotenen Arm und folgte ihm den Weg zurück.

„Was sollte das denn, Ava?", fuhr Violet ihre Freundin an als sie wieder alleine waren.

„Ich weiß nicht, was du meinst." Scheinheilig besah sie sich ihre Finger.

„Du weißt genau, was ich meine. Was hast du gegen Miss Windhurst? Du hättest mit Leichtigkeit dafür sorgen können, dass sie eine Einladung für diesen Ball erhält."

„Ich habe gar nichts gegen sie. Ich habe nur andere Pläne."

Violet schüttelte aufgebracht den Kopf.

„Falls diese Pläne etwas mit mir und diesem Viscount zu tun haben, dann lass dir gesagt sein: Ich will ihn nicht und ich werde ihn auch niemals wollen und wenn er der letzte Mann auf der Erde wäre! Ist es so schwer zu begreifen, dass ich einfach nur in Ruhe und Frieden leben möchte, ohne einen Mann, der mir sagt, was ich zu tun und zu lassen habe? Außerdem könnte ich nie", sie wurde rot, „also ich könnte nie das tun, was ein Ehemann vor mir verlangen würde. Wenn ich daran denke..." Sie verstummte und Ava nahm tröstend ihre Hand in die ihre.

„Ich weiß genau, was du meinst, Violet. Ich habe ebenfalls schlimme Erfahrungen gemacht, aber Nicholas... es war etwas völlig anderes mit ihm. Ich wusste einfach, dass er mir niemals wehtun würde. Und es ist einfach wunderbar. Ich wünsche mir wirklich, dass du deine Zurückhaltung ablegen könntest. Nicht alle Männer sind so. Lass die Kerle, die dir das angetan haben, nicht gewinnen, indem du dir wegen ihrer Behandlung das Leben versagst, das du *wirklich* führen möchtest!" Sie sah Violet ernst an.

„Wenn du wirklich alleine bleiben möchtest, dann werde ich das akzeptieren. Aber ich glaube nicht, dass es das ist, was du möchtest. Du hast nur Angst. Angst davor, etwas zuzulassen, das du nicht kennst."

Violet wollte ihr heftig widersprechen, aber kein Wort kam über ihre Lippen. Avas Worte hatten sie gegen ihren Willen tief getroffen. Konnte es sein, dass ihre Freundin recht hatte? Und wenn ja, wie sollte sie es schaffen, den Panzer, der sich um ihr Herz gelegt hatte, zu sprengen? Wollte sie das überhaupt? Sie brauchte diesen Panzer, an dem all die Verletzungen und Bosheiten abprallten, die man für sie bereithielt. Nein, es war besser, auf etwas zu verzichten, dass sie nicht kannte und daher auch nicht vermisste, als sich zu öffnen, nur um wieder verletzt zu werden. Das war der Preis, den sie zahlen musste.

Violet nippte an ihrem Glas Ratafia und starrte wütend auf ihren Bruder, der sich gerade mit Nicholas und einem weiteren Herrn unterhielt, den sie nicht kannte. Er hatte sie entgegen seines Versprechens gezwungen, an diesem Abend doch auf dem Ball der Marksburys zu erscheinen, und Violet wurde das Gefühl nicht los, dass Ava etwas damit zu tun hatte. Er hatte gedroht, dass sie sonst die gesamte, noch lange Saison in London verbringen müsste. In Anbetracht dieser Aussicht war es das kleinere Übel, heute Abend hier zu erscheinen. Und zumindest im Moment bestand wenigstens keine Gefahr, dass ihre Schwester oder deren Freundinnen sie wieder drangsalieren würden. Victoria hing nämlich strahlend und um Bewunderung heischend am Arm ihres Verlobten und würdigte Violet keines Blickes. Und ihre beiden Freundinnen waren Gott sei Dank ebenfalls zu beschäftigt, um sie zu bemerken. Daher konnte sie sich etwas entspannen. Zumal auch von Colin nichts zu sehen war. Während sie noch irritiert darüber nachdachte, seit wann sie ihn in Gedanken Colin nannte, kam ihr Bruder mit Nicholas und dem Fremden zu ihr hinüber.

„Violet, stell dir vor, wen ich gerade hier getroffen habe. Das hier", er deutete mit der Hand auf den Mann neben sich, „ist unser Cousin Henry Newton. Unsere Großväter waren Brüder."

Violet nickte dem Mann freundlich zu. Er war etwa so groß wie sie, sein Haar war von einem stumpfen Blond und ganz offenbar neigte er zu gutem Essen und Trinken, denn er trug einen stattlichen Bauch vor sich her. Aber das Auffallendste an ihm waren seine strahlend blauen Augen, die sie interessiert musterten.

„Ich freue mich, Sie kennenzulernen, äh...?" Hatte sie seinen Titel überhört oder hatte er keinen? Verlegen hielt sie inne. Er überspielte galant ihre Unsicherheit.

„Ich fürchte, ich kann in dem erlesenen Kreis meiner Verwandten nicht mit einem Titel glänzen, Lady

Violet." Er beugte sich über ihre Hand und drückte einen Kuss darauf. Abgesehen davon, dass kein Gentleman mit seinen Lippen jemals den Handrücken einer Frau berührt hätte, durchfuhr sie ein unangenehmes Gefühl. Schnell zog sie ihre Hand zurück, was ihm erneut ein Lächeln entlockte, das auf Violet irgendwie anzüglich wirkte.

„Mein Großvater war der jüngere der beiden Brüder. Der Titel ging natürlich an den Älteren, und für uns blieb nur ein Ehrentitel, den ich allerdings nicht führe. Ich bin gerade aus Amerika zurückgekehrt, da legt man keinen Wert auf derlei Standesdünkel." Er verbeugte sich vor Violet.

„William, würdest du mir erlauben, mit meiner schönen Cousine zu tanzen?" Ohne auf Williams oder Violets Einverständnis zu warten, nahm er ihren Ellbogen und dirigierte sie in Richtung der Tanzfläche. Violet schnappte nach Luft. Cousin hin oder her, sie war es nicht gewohnt, übergangen zu werden. Sie hatte er schließlich nicht gefragt und ihre Antwort wäre ganz sicher nicht Ja gewesen!

„Ich möchte nicht tanzen, Mister Newton." Sie versuchte, sich seinem Griff zu entziehen, aber er hielt sie unbarmherzig fest wie in einem Schraubstock.

„Ich bitte Sie, Violet, nennen Sie mich doch Henry. Schließlich sind wir verwandt, wenn auch nur weit entfernt."

„Verzeihen Sie, mein Herr, aber Lady Violet hat mir diesen Tanz versprochen." Violet erkannte die Stimme sofort. Colin! Ihr Begleiter dreht sich um und musterte den Mann, der ihn angesprochen hatte, herablassend von oben bis unten.

„Ich denke, die Tatsache, dass Sie jetzt hier mit mir steht beweist, dass sie sich nicht länger an ihr Versprechen gebunden fühlt." Er drehte sich wieder um und wollte seinen Arm um sie legen, aber da war schon Colin an ihrer Seite und hielt Henrys Arm in der Luft auf, bevor er Violet berühren konnte.

„Ich denke, wir sollten die Lady fragen, mit wem sie tanzen möchte, mein Herr. Ich hörte, dass Sie noch nicht lange in England sind. Ganz sicher gelten in Amerika andere Regeln als hier. Denn in England", er nahm Violets Hand in seine und sofort durchströmte sie ein warmes Gefühl, „setzt man sich nicht über den Willen einer Lady hinweg." Er sah Violet durchdringend an.

„Also, Lady Violet, mit wem wollen Sie tanzen?"
Mit niemandem, hätte sie am liebsten gesagt, denn ihr war wahrlich nicht nach noch mehr Aufsehen zumute. Schon jetzt starrten einige der Anwesenden in ihre Richtung. Ganz offensichtlich war es ihnen nicht entgangen, dass dieser Mann sie ungebührlich behandelte. Sie benetzte ihre Lippen.

„Ich würde es vorziehen, mit dem Viscount zu tanzen." Widerwillig ließ ihr Cousin sie los. Auch er hatte inzwischen bemerkt, dass einige der Gäste tuschelnd zu ihnen herübersahen. Er verbeugte sich mühsam beherrscht vor Violet, nicht ohne Colin warnend anzusehen.

„Dann fordere ich den nächsten Tanz, Violet."
Colin sah ihn kalt an .
„Ich fürchte, auf der Tanzkarte von Lady Violet steht heute nur ein Name. Meiner." Damit zog er sie auf die Tanzfläche und legte seine Hand um ihre Hüfte. Erst

jetzt merkte Violet, dass die Musiker einen Walzer anstimmten. Sie wollte nicht mit diesem Mann tanzen, der in ihr so eigenartige Gefühle auslöste. Aber noch weniger hätte sie mit ihrem Cousin tanzen wollen, der ihr mit seiner überheblichen Art Angst einflößte. Eine Weile sprachen weder Colin noch sie ein Wort. Seine warmen Hände führten sie mit festem Druck über die Tanzfläche und sie merkte, dass sie begann, sich trotz seiner Nähe zu entspannen. Colin musterte sie die ganze Zeit besorgt. Erst als er fühlte, dass ihr Körper in seinen Armen weicher, nachgiebiger wurde, wagte er es, sie näher an sich heranzuziehen. Noch nie hatte er sich mehr gewünscht, eine Frau zu beschützen. Nicht nur vor diesem Kerl, in dessen Gegenwart sie sich ganz offensichtlich unwohl fühlte, sondern vor jedem, der sie ängstigte und sie verletzten wollte. Als der Tanz zu Ende war, ließ er sie los, nicht ohne sie fragend anzusehen.

„Ich muss mich entschuldigen, Lady Violet, dass ich Sie so überrumpelt habe. Sie haben mir vor einigen Tagen sehr deutlich zu verstehen gegeben, dass Sie keinesfalls mit mir tanzen wollen, aber in Anbetracht der Umstände..."

Violet wagte es nicht, zu ihm aufzusehen. Sie hatte Angst, ihm in die Augen zu blicken und da etwas zu sehen, was sie nicht sehen wollte.

„Mein Cousin... er hatte mich nicht wirklich gefragt, ob ich mit ihm tanzen wollte. Er hat einfach..."

„Ihr Cousin?" Fragend sah er sie an. Aber sie hielt ihren Kopf gesenkt.

„Er lebte bis vor kurzem in Amerika. Daher kannte ich ihn noch nicht." Sie standen noch immer auf der

Tanzfläche und um sie herum fanden sich die Paare erneut zusammen.

„Möchten Sie noch den nächsten Tanz tanzen oder lieber etwas frische Luft schnappen?"

Jetzt sah sie ihn doch an und fühlte wieder dieses ihr inzwischen so vertraute Ziehen in der Magengegend. Die Musik hatte erneut eingesetzt und immer noch sahen einige Leute neugierig zu ihnen hinüber. Violet wurde es heiß.

„Ich möchte nicht mehr tanzen. Frische Luft wäre gut."

Er nahm ihren Arm und führte sie auf die große Terrasse, immer darauf bedacht, von allen gesehen zu werden. Er versuchte geflissentlich, eine Situation zu vermeiden, die sie kompromittieren und in die Verlegenheit bringen würde, seinen Antrag annehmen oder mit dieser Bloßstellung leben zu müssen. Er sah sich um und als er weitere Paare in einiger Entfernung entdeckte, entspannte er sich sichtlich.

Colin lehnte sich an das steinerne Geländer und musterte Violet schweigend. Sie war eine schöne Frau, aber das waren andere auch. Es war vielmehr ihre zurückhaltende Art, die ihn interessierte. Sie hatte so eine melancholische Ausstrahlung, etwas Düsteres, Geheimnisvolles umgab sie, während sie gleichzeitig strahlend schön aus der Menge herausstach. Nicht zum ersten Mal fragte er sich, warum sie nicht verheiratet war, ja nicht einmal den Wunsch zu verspüren schien, es jemals zu sein.

„Ich danke Ihnen", sagte sie in die Stille hinein und sah ihn nun mit diesen veilchenblauen Augen an, die ihn seit Tagen verfolgten. Er hatte unruhig auf das Ende des Feuerwerks gewartet, auf den Augenblick, in dem er sich ohne allzu unhöflich zu erscheinen, von den Windhursts verabschieden konnte. Colin konnte sich das seltsame Interesse, das Violet in ihm hervorrief, nicht erklären, aber es hatte ihn mit Macht zu ihr hingezogen. Dabei sollte es sein vordringlichstes Interesse sein, Amelie zu umwerben und ihr möglichst rasch einen Antrag zu machen. Sie war bildschön, jung und wenn er sich nicht sehr irrte, würde sie mit Freuden seine Frau werden. Er hatte sehr wohl bemerkt, dass Amelie einer Verbindung mit ihm gegenüber nicht abgeneigt war und sie war sehr enttäuscht gewesen, als er sich eilig von ihr und ihren Eltern verabschiedet hatte, nur um noch auf dem Ball der Marksburys zu erscheinen. Er würde sich etwas einfallen lassen müssen, um sie zu besänftigen und von seinen ernsthaften Absichten zu überzeugen. Gleich morgen würde er bei ihren Eltern vorsprechen und sie darum bitten, mit Amelie eine Opernaufführung besuchen zu dürfen. Natürlich mit ihrer Zofe als Anstandsdame, aber das würde ihn nicht stören. Im Grunde begrüßte er es eher, wenn er nicht mit Amelie alleine sein würde, jedenfalls noch nicht. Denn dann würde es kein Zurück mehr geben und er würde ihr einen Antrag machen müssen. Was er jetzt noch nicht wagte. Er wollte sich und ihr noch ein wenig Zeit geben, sich aneinander zu gewöhnen. Warum er plötzlich so dachte, wo er doch eigentlich möglichst schnell eine Frau, besser gesagt, ihr Geld, brauchte, war ihm selbst ein Rätsel, aber irgendetwas in ihm sträubte sich gegen den Gedanken an eine schnelle Hochzeit mit Amelie. Schließlich würden sie im Falle einer Heirat ihr restliches Leben miteinander verbringen müssen und wenn von seiner

Seite auch keine Liebe im Spiel war, so sollten sie sich doch wenigstens freundschaftlich begegnen können.

„Ich hatte vorhin nicht das Gefühl, dass Sie gerne mit mir tanzen wollten. Also müssen Sie mir nicht danken. Es ist vielmehr an mir, Ihnen dafür zu danken, dass Sie es dennoch taten."

„Sie haben recht, ich wollte gar nicht tanzen, aber..."

„Ich war das kleinere Übel, scheint mir." Ein kleines Lächeln verstärkte die Fältchen um seine Augen. Violet konnte nicht wegsehen, zu sehr war sie von dem Anblick gefangen, den er bot. Er war schon attraktiv genug, wenn er ernst war, aber dieses Lächeln...

„Nun, klein sind Sie ganz gewiss nicht und Übel... so würde ich es nicht nennen." Sie versuchte das beklemmende Gefühl, das sie in seiner Gegenwart verspürte, mit einem Lächeln zu überspielen.

„Tatsächlich habe ich den Tanz sehr genossen." Die Worte waren ihr entschlüpft, bevor sie sie zurückhalten konnte.

Colin sah in ihre Augen, die hier im Licht der zahlreichen Lampignons dunkel wie Saphire schimmerten.

„Warum wollten Sie dann nicht tanzen?" Der Blick aus seinen braunen Augen bohrte sich in ihre Seele.

Verlegen riss sie sich von seinem Anblick los.

„Ich mag es einfach nicht, wenn alle mich anstarren." Das schien ihr unverbindlich genug. Er brauchte den wahren Grund nicht zu wissen. Unvermittelt trat er nah an sie heran. So nah, dass sie die Wärme spürte, die von seinem Körper ausging und sie in dieser kühlen Nacht wie ein wärmender Mantel umfing.

„Welche alten Wunden wollen nicht heilen, Violet?"

Sie zuckte zusammen, weniger weil er sie so vertraulich ansprach, sonder vielmehr, weil er sie mit seinen Worten ins Mark getroffen und sie der Wärme beraubt hatte, die noch Augenblicke zuvor verspürt hatte.

„Wovon reden Sie?" Ihre Stimme klang gepresst.

„Auf dem Ball bei den Henleys, als Sie glaubten, Ihre Freundin wäre Ihnen auf die Terrasse gefolgt, sprachen Sie davon, dass immer wieder alte Wunden aufgerissen würden." Er strich zart mit seinem Finger über die Narbe, die sich zwar dezent, aber doch deutlich sichtbar über ihre Stirn zog.

„Diese hier können Sie nicht meinen." Sie zuckte vor seiner zärtlichen Berührung zurück, als ob er sie geschlagen hätte.

„Das geht Sie nichts an, Mylord", wütend blitzte Violet ihn an. Dann ging sie schnellen Schrittes auf die breiten Flügeltüren zu, die in den Salon führten und Colin hatte den Eindruck, dass sie nicht nur vor ihm sondern auch vor einer Antwort floh. Auf der Schwelle drehte sie sich noch einmal um.

„Lassen Sie mich in Ruhe," schleuderte sie ihm entgegen.

„Und fassen Sie mich nie wieder an, hören Sie?" Sie hörte sich aufgebracht an, aber Colin bemerkte den ängstlichen Unterton in ihrer Stimme. Er folgte ihr in dem Gefühl, ihre düstere Aura hätte sich noch ein Stück weit mehr verdunkelt. Ärgerlich sah er, wie sie zu ihrem Bruder ging und etwas zu ihm sagte. Der nahm daraufhin ihren Arm und begleitete sie hinaus. Colin atmete heftig ein und aus um das Gefühl zu vertreiben, das sich in seinem Inneren heiß lodernd ausbreitete. Er

wollte nicht wissen, was es damit auf sich hatte. Es
sollte ihn nicht interessieren, was diese Frau verbarg,
vielmehr sollte er jetzt im Salon der Windhursts sitzen
und mit Amelies Vater den Heiratsvertrag aushandeln.
Stattdessen stand er hier und sah der Frau nach, die
offenbar als einzige ein Problem mit ihm hatte. Und
wahrscheinlich ein noch größeres mit sich selber. Er
hatte keine Zeit, sich mit ihren Launen zu
befassen.Wütend folgte er ihr zurück in den von
unzähligen Kerzen und Gaslichtern erhellten Salon.
Gleich morgen würde er sein Versäumnis nachholen
und bei den Windhursts vorsprechen. Es brauchte
keinen Opernbesuch mehr. Er würde Amelie heiraten,
ihre Mitgift bekommen und Fairmont House wieder
instand setzen. Colin war sich sicher, dass Amelie eine
hingebungsvolle Ehefrau und Mutter sein würde, falls
es dazu kommen würde, dass sie Kinder bekamen, eine
würdige Viscountess und genau die Frau, die er
brauchte. Er versuchte, sich das glückliche Gesicht
seiner zukünftigen Frau vorzustellen, wenn er sie um
ihre Hand bat, aber alles, was er sah, waren
veilchenblauen Augen, in denen er ein Flehen und
Sehnen erkannte, das ihm einen schweren Stein auf die
Seele legte.

Violet saß in der Bibliothek im Stadthaus ihres Bruders
und hatte ein aufgeschlagenes Buch in ihrem Schoß

liegen. Ihr Finger lag noch auf den Zeilen, die sie gerade gelesen hatte und die sie noch nie so empfunden hatte wie heute. Ihr Lieblingsdichter Wordsworth hatte sie in dem Gedicht *Ode* verfasst und niemals zuvor war ihr das Herz bei der Lektüre so schwer geworden wie heute. Es war ihr nie aufgefallen, wie sehr damit ihre eigene Situation beschrieben wurde und eine kalte Faust schloss sich um ihr Herz.

Es gab die Zeit, da Wiese, Fluss, des Waldes Saum,
auch wenn es ungewöhnlich nicht,
was ich da konnte schaun,
gekleidet schien mir in ein Himmelslicht,
in Glanz und Frische wie im Traum.
Doch jetzt ist alles anders, als es früher war,
wohin ich mich auch wenden mag,
zur Nacht, am Tag,
die Dinge kann ich nicht mehr sehn, wie ich sie einmal
sah.

Violet kamen unvermittelt die Tränen. Auch für sie hatte es eine Zeit gegeben, in der sie alles sorglos und mit jugendlichem Optimismus betrachtet hatte. Naiv und arglos war sie in ihr Unglück gelaufen. Sie hatte an das Gute im Menschen geglaubt, hatte den vom Schicksal Benachteiligten in Whitechapel helfen wollen und war schließlich über ihre eigene Courage gestolpert und grausam eines Besseren belehrt worden. Seit ihrer Zeit in Bedlam war nichts mehr, wie es vorher gewesen war.
Hatte sie vorher noch davon geträumt, einen Ehemann zu finden, eigene Kinder zu haben und ein glückliches,

zufriedenes Leben zu führen, so hatte sie heute nichts davon. Einzig Avas Kinder und ihre kleine Nichte linderten das heiß brennende Verlangen nach einer Familie, das sie trotz allem noch verspürte. Aber sie waren nur ein temporäres Glück, das sie sich stundenweise ausleihen durfte. Dabei wünschte sie sich so viel mehr!

Der Regenbogen kommt und geht,
in Blüte schön die Rose steht;
der Mond schaut um sich, wenn der Himmel klar,
und was er sieht, ihm Freude macht;
in einer sternenklaren Nacht
die Wasser glitzern wunderbar.
Im Glanz die Sonne wird uns neugeboren,
und doch ich seh, wohin ich immer geh:
Die Erde hat den alten Glanz verloren.

Ja, die Erde hatte ihren Glanz verloren, die Schönheit der Natur ihren Reiz und die Sonne ihre Leuchtkraft. In ihrem Herzen und ihrer Seele war es dunkel wie vor einem Gewittersturm. Die Dunkelheit fürchtete sie seit sie in dieser alles verschlingenden Schwärze in ihrer kleinen Zelle hatte ausharren müssen und den Tod erwartet hatte, der ihr damals wie eine Erlösung erschienen und ihr doch versagt geblieben war. Und doch war sie ihm nicht entkommen, denn sie fühlte sich seit dieser Zeit wie tot. Und wollte es doch nicht sein. *Lass die Kerle, die dir das angetan haben, nicht gewinnen, indem du dir wegen ihrer Behandlung das Leben versagst, das du wirklich leben möchtest!* Sie erinnerte sich an die Worte ihrer Freundin. Wie von selbst fand ihr Zeigefinger die Narbe an ihrer Stirn. Behutsam strich sie ihren Verlauf nach. Sie gehörte zu ihr, wie die Zeit in Bedlam. Nie würde sie verschwinden, aber sie war im Laufe der Jahre zu einem dünnen Strich verblasst. Würde sie die Kraft aufbringen, auch die Erinnerungen, die sie in sich verschloss, verblassen zu lassen? Wäre sie in der Lage, sich dem Dunkel zu stellen, das sich wie ein Geschwür in ihr Herz und ihre Seele gebrannt hatte? Sie wusste es nicht, aber seit gestern wusste sie, dass sie es versuchen musste. Weil sie sich nichts sehnlicher wünschte, als dass ihre Träume doch noch wahr werden könnten.

Sie dachte daran, wie Colin sie berührt hatte. In seinen Augen hatte sie weder Mitleid noch Abscheu noch die hässliche Gier gesehen, der sie in Bedlam begegnet war. Nur aufrichtiges Interesse. Und vielleicht...

Entsetzt über die Richtung, die ihre Gedanken eingeschlagen hatten, schlug sie das Buch zu. Nein, diesen Mann musste sie sich aus dem Kopf schlagen. Er suchte eine reiche Frau und dabei waren ihm Gefühle egal, das hatte er deutlich zu verstehen gegeben. Und wenn sie schon mutig genug war, sich aus ihrem Schneckenhaus herauszubewegen, dann für nichts weniger als einen Mann, der sie liebte und den sie liebte! Und im übrigen hatte er ja bereits eine Frau gefunden, die all die Kriterien, die er an eine passende Partie stellte, erfüllte. Ein kleiner Stich stahl sich in ihre Brust, als sie zugeben musste, dass diese Amelie Windhurst diese Kriterien sogar übererfüllte. Sie war von einer sanften, sinnlichen Schönheit, die jeden Mann um den Verstand bringen musste. Sie hatte ein freundliches Wesen und sie würde eine Mitgift in die

Ehe einbringen, die ebenfalls jeden Mann für sie einnehmen musste.

Ein Klopfen an der Tür riss sie aus ihren Gedanken. Auf ihre Aufforderung hin betrat Samuel, ihr Butler, die Bibliothek. Er hielt einen Rosenstrauß in der einen Hand und mit der anderen reichte er ihr ein Silbertablett auf dem ein Umschlag lag.

„Das ist gerade für Sie abgegeben worden, Lady Violet."

Sie besah sich den Rosenstrauß und griff nach dem Brief. Eine winzige Hoffnung stahl sich in ihr Herz. Sie mochte Rosen nicht besonders, denn sie waren alles das, was sie nicht war: wunderschön, jede einzelne Blüte war makellos und sie forderten die Aufmerksamkeit und Bewunderung jedes einzelnen Betrachters. Aber das konnte derjenige, der ihr diesen Strauß geschickt hatte, schließlich nicht wissen. Mit klopfendem Herzen öffnete sie den Brief, doch schon nach den ersten Zeilen ließ sie ihn wieder sinken. Enttäuscht rief sie sich zur Ordnung. Sie wusste nicht, was sie erwartet hatte, nur, was sie sich gewünscht hätte, aber wie schon so oft wurden ihre Wünsche von der Wirklichkeit eingeholt.

Meine liebste Cousine!, las sie. *Ich möchte mich aufrichtig für mein Verhalten gestern entschuldigen und hoffe, Sie verzeihen mir, was eigentlich nicht zu verzeihen ist. Es gibt keine Entschuldigung, nur den schwachen Versuch einer Erklärung. Ich hatte im Überschwang des Wiedersehens mit Ihrem Bruder und dem Rest meiner Familie wohl dem Alkohol mehr zugesprochen, als es gut für mich war. Ich verspreche Ihnen, dass sich das nicht wiederholen wird, wenn wir*

69

uns wiedersehen. Bis dahin verbleibe ich, reumütig und schuldbewusst! Ihr Cousin Henry Newton.

Noch immer tat ihr der Arm an der Stelle weh, den er gestern so fest umklammert hatte. Auf sie hatte er nicht den Eindruck gemacht, übermäßig getrunken zu haben, aber immerhin hatte er die Größe, sich bei ihr für sein Verhalten zu entschuldigen. Was ihn in ihren Augen nicht weniger unangenehm erscheinen ließ, aber wenn übermorgen die Hochzeit ihrer Schwester vorüber war und sie aufs Land zurückkehren konnte, würde sie ihn wahrscheinlich nicht so bald wiedersehen. Und das war ihr mehr als recht. Sie musste nur noch den großen Ball am Abend nach der Trauung überstehen, den ihre Schwester organisiert und dafür sogar die Räumlichkeiten von Almack's gemietet hatte. Und die Oper heute Abend. Aber da würde sie in ihrer eigenen Familienloge sitzen können und musste sich nicht allzu lange den Blicken der klatschsüchtigen Mitglieder des *Tons* aussetzen. Und ein Opernbesuch war für sie noch nie nur eine lästige Pflicht gewesen wie für die meisten anderen adeligen Besucher der Veranstaltung. Während es denen mehr um Sehen und Gesehen werden ging, konnte sie sich in der Musik verlieren und alles um sich herum vergessen. Sie teilte diese Liebe mit ihrer besten Freundin Ava, die eine begnadete Pianistin war, wenn sie auch nur im engsten Familienkreis und für enge Freunde spielte.

Der heutigen Aufführung sah sie mit besonderer Aufregung entgegen. Zum ersten Mal würde sie Ludwig van Beethovens Oper *Fidelio* sehen und hören können. Ava spielte mit Vorliebe Stücke von diesem Mann und wenn die Musik heute Abend auch nur halb so schön war, wie die Stücke, die Ava intonierte, würde sie einen wundervollen Abend erleben.

Als Violet sich Stunden später am Arm ihres Bruders und in Begleitung von Ava und Nicholas im Foyer des Royal Opera Houses in Covent Garden einfand, hatte sich ihre melancholische Stimmung vom Vormittag ein wenig gelegt. Sie war fest entschlossen, sich langsam zurück in ein Leben zu tasten, das sie nicht von allem fernhielt, das sie mochte. Denn im Grunde ihres Herzens mochte sie schöne Kleider, Bälle und...tanzen! Ja, sie liebte die Musik und ebenso die Atemlosigkeit, die ein Kontratanz bei ihr hervorrief und, wenn sie ehrlich zu sich war, mochte sie auch den Walzer. Jedenfalls wenn *er* sie in seinen Armen hielt. Das alles hatte sie verdrängt um sich zu schützen. Vor dem gehässigen Gerede der Menschen, den neugierigen Blicken und den Vermutungen, die mehr oder weniger dezent vorgebracht wurden und sich alle um ihre Zeit in Bedlam drehten. Sie wusste, dass nicht wenige dachten, sie wäre geschändet und tatsächlich verrückt dem Martyrium entkommen. Aber wenn sie das Leben zurück wollte, das sie vor dieser Zeit geführt hatte, dann musste sie sich dem stellen, anstatt sich zu verkriechen, das hatte sie jetzt begriffen.

Die Freude über den Abend, an dem sie vorsichtig ihre neu gewonnene Einsicht umsetzen wollte, verpuffte schlagartig, als sie den Mann erblickte, der all diese Gefühle in ihr ausgelöst hatte. Colin sah so atemberaubend in seinem schwarzen Frack, unter dem ein blütenweißes Hemd und ein kunstvoll gebundenes Halstuch hervorblitzen, aus, dass sie unwillkürlich den Atem anhielt. Der Stoff spannte sich auf eine

unglaublich anziehende Weise um seine muskulösen
Oberarme und das Gleiche galt für die eng
geschnittenen Kniebundhosen, die seine Beine auf
beinahe unanständige Art betonten. Er bewegte sich
lässig durch die Menge und schien nur Augen für die
schöne Frau an seiner Seite zu haben. Miss Amelie
Windhurst hatte ihre Hand auf seine Armbeuge gelegt
und ihre Wangen waren von einem bezaubernden Rosa
überhaucht, das sie nur noch schöner machte. Hinter
den beiden gingen, zufrieden lächelnd und Bekannte
mit einem siegessicheren Lächeln grüßend, Mrs. und
Mister Windhurst. Auf die brennende Eifersucht, die sie
bei diesem Anblick überkam, war sie nicht vorbereitet.
Sie krallte sich in Williams Arm und sah demonstrativ
in eine andere Richtung. Aber anstatt sie in ihre Loge
zu führen, promenierte William mit ihr genau in die
Richtung, in die auch Colin und seine Begleiter gingen
und als wäre ein zufälliges Zusammentreffen nicht
schon genug für ihre strapazierten Nerven, hörte sie
hinter sich Nicholas' erfreute Stimme.
„Schau, Ava, dort vorne ist Colin mit Miss Windhurst.
Wie es scheint, hat er meinen Rat befolgt und sich mit
ihr bekannt gemacht. Ich finde, sie geben ein schönes
Paar ab. Miss Windhurst passt wirklich gut zu ihm und
ihre Mitgift macht sie noch attraktiver für Colin."
Violet straffte die Schultern. Warum Nicholas' Worte
sie derart trafen, dass sie einen körperlichen Schmerz
fühlte, konnte sie nicht sagen, außer... Nein, er hatte
recht. Sie waren ein schönes Paar und das musste sie
akzeptieren. Und so wie es schien, waren sich die
Parteien bereits einig, das konnte Violet den Mienen
der Windhursts entnehmen. Einzig auf Colins Gesicht

lag ein Hauch von Unbehagen.

„Colin, was für eine Überraschung, dich heute hier zu treffen", sprach Nicholas seinen Freund an, als sie die kleine Gruppe erreicht hatten. Nach einer gegenseitigen Begrüßung lächelte Amelie ihren Begleiter verliebt an.

„Oh ja, Lord Ashford, ich war ebenfalls überrascht, als mich Colin", sie errötete verlegen, „ich meine, Viscount Fairmont bat, ihn heute ins Theater zu begleiten, da ich weiß, dass er sich nicht viel aus Opern macht. Aber ich wollte unbedingt *Fidelio* sehen, und da versprach er mir, mich heute Abend hierhin auszuführen." Sie senkte etwas verlegen den Kopf.

Colin sah sie freundlich an.

„Was immer ich tun kann, um Sie zu erfreuen, werde ich klaglos hinnehmen, Amelie."

Violet zuckte zusammen. Er nannte sie also schon bei ihrem Vornamen. Und überhaupt gingen sie sehr vertraut miteinander um. Und Amelies Eltern sahen dem ganzen mit wohlwollendem Interesse zu, aber das war ihnen nicht zu verdenken. Ihre Tochter würde schon sehr bald eine Viscountess sein, ein fast märchenhafter Aufstieg für eine Bürgerliche. Plötzlich wollte Violet nur weg. Weg von diesen Menschen, deren offensichtliches Glück in einem so schmerzhaften Widerspruch zu ihrem eigenen, traurigen Leben stand, dass es ihr fast das Herz zerriss. Die Euphorie, die sie noch vor wenigen Stunden gefühlt hatte, als sie sich sagte, sie müsse sich nur dem Leben stellen, dann würde alles gut werden, verflog und machte einer tiefen Resignation Platz. Sie bemerkte den aufmerksamen Blick nicht, den Colin ihr zuwarf, sie spürte nur diese beängstigende Leere in sich, die sie keinen klaren Gedanken fassen ließ. Sie merkte auch nicht, dass ihr Bruder sich von den Windhursts verabschiedete und sie ihre Loge aufsuchten. Erst als er sie auf ihren Platz drückte und sie besorgt musterte, klärte sich ihr Blick.

„Was ist mit dir, Violet? Fühlst du dich nicht wohl? Sollen wir gehen?" Sie fühlte seine warme Hand auf ihrer Schulter und räusperte sich. Sie hatte sich so sehr auf diesen Abend gefreut und war trotz allem nicht bereit, sich die Stimmung verderben zu lassen.

„Es ist nichts, Will. Ich... mir ist nur etwas warm." Violet lächelte tapfer.

„Warte, ich hole dir etwas zu trinken, dann geht es dir gleich besser. Ich rufe nur noch schnell Ava, damit du nicht ohne Begleitung hier zurückbleibst." Violet sah ihn dankbar an. William war der beste Bruder, den sie sich wünschen konnte und auch wenn ein Getränk den schalen Geschmack in ihrem Mund nicht würde hinunterspülen können, so tat ihr seine Fürsorge doch gut. Genauso müsste der Mann sein, den sie sich wünschte. Aufmerksam, beschützend und liebevoll.

„Du hast dich in den Viscount verliebt." Avas ruhige Stimme riss sie aus ihren Gedanken. Violet schloss die Augen als sie die schlichte Wahrheit dahinter erkannte. Ein dicker Kloß bildete sich in ihrem Hals, aber sie versuchte gar nicht erst, dagegen anzuschlucken.

Avas setzte sich neben sie und nahm ihre Hand. Violet war ihr dankbar, dass sie nichts weiter sagte, nichts fragte und stattdessen einfach nur da war. Was gab es auch schon zu sagen? Sie hatte sich nach all den Jahren, in denen sie sich von der Welt verletzt zurückgezogen hatte, ins Licht gewagt und hatte sich schmerzhaft daran verbrannt. Tapfer wischte sie sich die Tränen aus dem Gesicht und sah Ava an.

„Erinnerst du dich daran, was du vor ein paar Tagen zu mir gesagt hast? Dass ich mich nicht von meinen Erinnerungen und der Angst vor dem wirklichen Leben hindern lassen soll, das zu tun, was ich wirklich möchte? Ich habe darüber nachgedacht, Ava, und du hast recht. Ich will nicht länger in dieser Dunkelheit verharren, die mich lähmt. Ich will mein altes Leben zurück!" Ausgesprochen bekamen ihre Gedanken vom Vormittag noch einmal eine besondere Bedeutung. Violet atmete tief ein und schluckte nun doch entschlossen gegen den Kloß in ihrem Hals an. Sie lächelte ihre Freundin an und drückte deren Hand.

„Und ich danke dir für deine Freundschaft und die offenen Worte."

Noch ehe Ava darauf antworten konnte, betrat William wieder die Loge. Er hatte ein Glas Champagner in jeder Hand und reichte sowohl Violet als auch Ava eins.

Noch bevor sie einen Schluck trinken konnte, bemerkte sie den Mann, der hinter William eingetreten war.

„So sieht man sich wieder, liebste Cousine!" Henry Newton verbeugte sich formvollendet vor ihr und Ava und setzte sich dann direkt neben Violet.

„Ist das nicht ein Zufall, Schwesterherz? Ich traf Henry gerade im Foyer und da war es doch selbstverständlich, dass ich ihn in unsere Loge eingeladen habe. Schließlich gehört er zur Familie." William schien ehrlich erfreut, seinen Cousin hier getroffen zu haben während Violet sich eher unbehaglich fühlte. Ava erhob sich und nickte den Anwesenden zu.

„William, hättest du etwas dagegen, wenn ich euch

Violet entführe? Ich denke, ihr habt sicherlich einiges unter Männern zu besprechen und ich würde mich freuen, wenn ich etwas Zeit mit Violet verbringen könnte. Wir möchten euch mit unserem Geschwätz nicht stören." Sie lächelte William bittend an und er nickte nur.

„Wenn du möchtest, Violet, dann geh ruhig. Wir haben in der Tat Geschäftliches zu besprechen, und das würde dich um den Genuss der Oper bringen."

Als Violet hastig aufstand, konnte sie kurz ein ärgerliches Aufblitzen in Henrys Augen sehen, aber er machte keine Anstalten, William zu widersprechen.

„Dann wünsche ich Ihnen einen vergnüglichen Abend, Cousine. Vielleicht sehen wir uns in der Pause?"

Erleichtert folgte sie Ava in deren Loge, die direkt neben der ihres Bruders lag.

„Danke", sagte Violet schlicht. Der Beginn der Aufführung verhinderte, dass sie das weiter ausführen musste, wenn sie auch ahnte, dass sie das gar nicht musste. Ava war wir ihre Seelenverwandte und wusste auch ohne Worte, was in Violet vorging.

Der erste Akt ließ sie dann für kurze Zeit alles vergessen, was ihr Kummer bereitete. Sie lauschte hingerissen der Tenorstimme des unglücklichen und zu Unrecht eingekerkerten Florestan, fühlte mit seiner Frau Leonore, die als Mann verkleidet in der Rolle des Fidelio versuchte, zu ihrem Liebsten ins Gefängnis zu gelangen. Ihr heller Sopran berührte eine Saite in Violet, die sie Tränen vergießen ließ, während Leonore als Fidelio ein Grab für ihren Gemahl schaufeln musste. Als der Vorhang sich nach dem ersten Akt schloss, dauerte es eine Weile, bis Violet sich wieder im Hier und Jetzt befand, so sehr hatte sie mit Leonore gelitten. Sie brauchte Ava nicht ansehen um zu wissen, dass es ihr ähnlich ging.

„Darf ich vorschlagen, dass wir uns unter das Volk mischen und uns eine kleine Erfrischung holen?" Nicholas sah beide Frauen mit milder Nachsicht an. Er wusste, dass sie beide Musik liebten, besonders die von Beethoven, aber seit Ava wieder schwanger war, war sie ein wandelndes Gefühlschaos.

„Gerne, Nic. Ich könnte jetzt gut ein kühles Getränk vertragen." Ava stand etwas behäbig auf, denn ihr schon ansehnlicher Bauch machte elegante Bewegungen fast unmöglich. Wenn sie nicht alleine in der Loge zurückbleiben wollte, würde Violet ihnen wohl oder übel folgen müssen, auch wenn sie keine große Lust verspürte, auf Henry oder - vielleicht noch schlimmer - auf Colin und seine glückliche Braut zu treffen. Leider traten just in diesem Augenblick auch William und Henry aus ihrer Loge und sofort war ihr Cousin an ihrer Seite.

„Hat Ihnen die Aufführung gefallen, liebste Cousine?"

„Ja sehr." Henry zog angesichts ihrer Einsilbigkeit eine Augenbraue hoch.

„Ich fürchte, Sie sind immer noch verstimmt wegen des Vorfalls auf dem Ball der Marksburys. Ich kann Ihnen nur noch einmal versichern, dass es mir aufrichtig leidtut, wie ich Sie behandelt habe."

„Ich habe Ihre Blumen erhalten und nehme Ihre Entschuldigung an, Henry." Was sollte sie auch sonst sagen?

„Es ist nur so, dass ich noch so von der Musik beeindruckt bin, dass ich..."

„Aber ich bitte Sie, liebste Cousine, dafür müssen Sie sich wahrlich nicht entschuldigen. Auch ich fand die Aufführung ganz außergewöhnlich."

Überrascht sah Violet ihn an. Sie hätte nicht gedacht, dass er sich für die Oper interessierte. Als er ihren Blick auffing, neigte er sich zu ihrem Ohr hinüber. Violet fühlte seinen Atem über ihren Hals streichen als er flüsterte: „Ich weiß Außergewöhnliches sehr zu schätzen, meine Liebe."

Ihr stellten sich die Nackenhaare auf. Zu allem Unglück sah sie in diesem Moment, dass Colin sie mit einem unergründlichen Ausdruck in den Augen musterte. Dann nahm er zwei Gläser in Empfang und ging ohne einen weiteren Blick in ihre Richtung zu werfen, davon. Henry, der ihrem Blick gefolgt war, biss die Zähne aufeinander und musterte den Mann, der ihm schon einmal in die Quere gekommen war. Noch einmal würde er ihn nicht triumphieren lassen. Es wurde Zeit, dass er seinen Plan weiter verfolgte. Und es war im wahrsten Sinne des Wortes ein todsicherer Plan. Als der Gong die Besucher aufforderte, wieder ihre Plätze einzunehmen, war Violet erleichtert. Henry hatte sich zwar nach dieser kurzen, übergriffigen Annäherung tadellos verhalten, aber sie fühlte sich in seiner Gegenwart dennoch unwohl. Er hatte etwas an sich, das ihr Angst machte. Noch mehr fürchtete sie allerdings im Moment die Gefühle, die Colins Anblick in ihr ausgelöst hatte. Sie konnte nicht länger leugnen, sich in diesen Mann verliebt zu haben. Sie wusste nicht, wann genau es passiert war, aber dafür wusste sie sehr genau, dass ausgerechnet er nicht der Mann war, dem sie ihr Herz schenken durfte. Er war nicht so wie sie

78

auf der Suche nach der Liebe, das was er wollte war Geld. Das hatte sie zwar, aber sie würde sich auf gar keinen Fall für eine Illusion verkaufen. Er würde ohne mit der Wimper zu zucken ihr Geld und ihr Herz nehmen und sie mit nichts als ihren Gefühlen zurücklassen. Und das war nicht, was sie für ihre Zukunft wollte.

In stillem Einvernehmen lauschten Ava und sie dem zweiten Akt, aber das Schicksal von Leonore und Florestan berührte sie nicht mehr so sehr wie noch im Akt zuvor. Es war, als hätte sich ihr Herz erneut vor allem verschlossen.

Florestans Rettung und das Wiedersehen mit seiner geliebten Frau Leonore waren berührend in Szene gesetzt, aber es führte Violet nur schmerzlich vor Augen, dass das Leben eben keine Oper war. Für manche vielleicht schon, aber für sie nicht.

Nachdem sich der tosende Beifall gelegt hatte, verließ sie in Begleitung von Ava und Nicholas deren Loge. Sie war müde und wollte nur nach Hause. Zu allem Überfluss warteten am Ausgang bereits viele Opernbesucher auf ihre Kutschen, so dass sie sich in die lange Schlange einreihen mussten. Henry hatte es geschafft, sich neben Violet zu postieren und bei jedem Vorrücken nahm er ihren Arm. Einmal gar strich er ihr dabei leicht über den Rücken und sie musste an sich halten, um ihn nicht harsch zurückzuweisen. Sie wollte weiteres Aufsehen vermeiden, also beließ sie es dabei, sich ihm jedes Mal schnell zu entziehen und ihn ansonsten keiner Reaktion zu würdigen. Aber sie würde mit ihm reden müssen, denn sein Verhalten ging weit über das hinaus, was sie tolerieren konnte.

Hilfesuchend sah sie sich zu ihrem Bruder um, aber der war in ein Gespräch mit dem Earl of Arundel vertieft und bemerkte ihre Bedrängnis nicht. Dann blieb ihr Blick an einer hoch aufgerichteten Gestalt hängen. Colin stand einige Plätze hinter ihnen. An seinem Arm hing, wie eigentlich immer in letzter Zeit, Miss Windhurst, die gerade etwas zu ihm sagte. Als er nicht reagierte sondern stattdessen Violet fixierte, zupfte sie leicht an seinem Ärmel. Dann folgte sie seinem Blick und kurz blitzte etwas in ihren Augen auf, das vielleicht Eifersucht war, aber Violet konnte das auf die Entfernung nicht genau sagen. Was sie aber erkannte war, dass in Colins Augen ein eisiges Funkeln stand. Erst jetzt bemerkte Violet, dass Henry sie wieder um die Taille fasste und ein Stück weiter nach vorne schob. Der Ausdruck auf Colins Gesicht wechselte jetzt zu einem anzüglichen Grinsen und nachdem er Violet kurz zugenickt hatte, widmete er sich wieder Miss Windhurst.

Gott sei Dank waren sie in diesem Augenblick an der breiten Freitreppe angelangt und ihre Kutsche fuhr vor. „Henry, du fährst doch mit uns? Wir könnten noch einen kleinen Umtrunk bei mir nehmen, bevor du dich ins Nachtleben stürzt." Williams Angebot machte alle Hoffnungen auf eine entspannte Rückfahrt zunichte, denn natürlich nickte Henry erfreut. Weil William sich neben sie setzte blieb Henry nur die gegenüberliegende Bank, aber die Blicke, die er Violet immer wieder zuwarf, waren fast unangenehmer als seine aufdringlichen Berührungen.

Sie atmete erleichtert auf, als die Kutsche schließlich vor ihrem Haus hielt. Schnell entschuldigte Violet sich mit Kopfschmerzen, und das war noch nicht einmal gelogen. Sie wollte nur weg von Henry und in ihr Bett. Und nicht mehr über Colin und seine hübsche Begleiterin nachdenken.

Die Räumlichkeiten von Almack's waren bereits jetzt am frühen Abend gut gefüllt. Überall standen kleine Gruppen zusammen und plauderten, promenierten oder gratulierten dem frisch gebackenen Brautpaar. Victoria und ihr Gatte Edward, der Earl of Triburn, saßen etwas erhöht auf einer Empore und hielten Hof, anders konnte man es nicht nennen. Aber während Edward seine Frau immer wieder verliebt ansah, stand in Victorias Gesicht nur Triumph. Zwar lächelte sie Edward des öfteren an und ergriff sogar manchmal seine Hand, aber Violet kannte sie besser. Das Lächeln erreichte ihre blauen Augen nicht und ihre Gefühle ihrem zweiten Gatten gegenüber hatten mit Liebe ganz gewiss nichts zu tun. Edward tat Violet leid, aber schließlich war er ein erwachsener Mann und sollte wissen, was er tat. Das einzige, was Victoria an ihm reizte, war sein Titel und der gesellschaftliche Stand, den er ihrer Schwester mit dieser Ehe ermöglichte. Ihr erster Gatte war nur ein Viscount gewesen, mit dieser Heirat trug Victoria nun den Titel einer Countess, was sie um einen Rang erhob. Violet wandte sich von dem Schauspiel ab, das die beiden boten. Sie fand es traurig, dass Edward ganz offenbar in Victoria verliebt war während Victoria ganz andere Prioritäten setzte. Da waren all die arrangierten Ehen, in denen auf beiden Seiten Liebe keine Rolle spielte, immerhin ehrlicher.

Violet suchte sich einen Platz an einer stattlichen Marmorsäule um das Treiben aus sicherem Abstand verfolgen zu können. Ihr letzter Abend in London! Ihr letzter Ball! Sie konnte nicht verhindern, dass sich so etwas wie Erleichterung in ihr breit machte. Der Gedanke daran, dass sie heute auch Colin das letzte Mal sehen würde, erfüllte sie dagegen mit widersprüchlichen Gefühlen. Einerseits sehnte sich etwas in ihrem Inneren danach, weiter in seiner Nähe zu sein. Andererseits war sie aber auch erleichtert, ihn nicht länger sehen zu müssen, noch dazu mit Miss Windhurst an seinem Arm. Während der Trauung von Victoria und Edward hatte sie statt der beiden immerzu Colin und Amelie gesehen, wie sie vor dem Pfarrer standen und ihre Ehegelübde sprachen. Ein messerscharfer Schmerz hatte sich durch ihre Eingeweide gefressen und sich in ihrem Herzen festgesetzt. Nein, sie wollte das Glück der beiden nicht mit ansehen. Dazu fehlte ihr die Kraft. Und wenn sie erst wieder auf ihrem Landsitz war, war London nur noch eine Erinnerung. Eine, die sie nie wiederholen würde, denn sie würde London nicht wieder betreten, das schwor sie sich. Sie konnte ihr neues Leben ohne die Fesseln ihrer Vergangenheit auch auf dem Land in Angriff nehmen. Sie strebte nicht nach einem Titel und vielleicht kam ihr persönliches Glück ja in ganz einfacher Gestalt daher. Als einfacher Baronet oder auch als einfacher Knight. Oder als Verwalter, ihr war es vollkommen gleich, was der Mann war, dem sie ihr Herz schenken könnte, nur eines wollte sie: seine Liebe! Und wenn das Schicksal keinen solchen Mann für sie bereithielt, dann würde sie ihren ursprünglichen Plan in die Tat umsetzten und mit dem Geld, das sie an ihrem fünfundzwanzigsten Geburtstag bekommen würde, ein ruhiges Leben auf dem Land führen, ganz gleich, ob sie das in den Augen der Gesellschaft zu einer eigenbrötlerischen alten Jungfer machen würde. Im Grunde genommen war sie das jetzt schon, wenngleich der Begriff Jungfer in diesem Zusammenhang nach Meinung der Gesellschaft wohl nicht passend war. Es gab so gut wie niemanden, der sie noch für eine Jungfrau hielt. Nach der Vorstellung der Leute konnte sie gar nicht mehr unberührt sein. Entweder hatte sie sich ihre Freiheit mit gewissen Gefälligkeiten gegenüber den Aufsehern erkauft oder war schlichtweg vergewaltigt worden. Was im Ergebnis das gleiche war und ihren Ruf nachhaltig zerstört hatte. Die abschätzenden Blicke der Frauen und die teils unverhohlenen lüsternen Anzüglichkeiten der Männer ließen keinen Zweifel darüber aufkommen, was man über sie dachte. William gab sich zwar alle Mühe, den Gerüchten entgegenzutreten und sie vor dem bösen Gerede zu schützen, aber die einmal gefasste Meinung der Menschen war nun einmal nicht so leicht zu korrigieren. Zumal das in *dieser* Angelegenheit ja auch schwer möglich war.

Violet nippte an ihrem Glas Ratafia und blickte sich erneut um. Sie wusste nicht genau, wonach - oder besser: nach wem - sie Ausschau hielt, aber der Mann, dessen Stimme jetzt direkt hinter ihr ertönte, war garantiert der letzte, den sie zu treffen hoffte.

„Schöne Cousine, so allein?", hauchte er ihr ins Ohr und Violet lief es kalt den Rücken herunter. Der heiße Atem, der dabei ihren Hals streifte, roch bereits nach Alkohol und auch der anzügliche Tonfall bereitete ihr Unbehagen. Die Erinnerung an das unschöne Erlebnis auf dem Ball der Marksburys kam ihr wieder in den Sinn.

„Guten Abend, Mister Newton." Sie hatte sich zu ihm umgedreht und dabei etwas Abstand zwischen sich und Henry gebracht. Jetzt sah sie, dass seine Augen leicht gerötet waren und er sie mit einem unverschämten Grinsen ansah.

„Heute können Sie mir keinen Tanz verweigern, liebste Violet." Er nahm ihr das Glas aus der Hand und stellte es neben die Säule auf den Boden. Sein Blick ließ keinen Zweifel darüber aufkommen, dass er sich dieses Mal nicht abweisen lassen würde. Hilfesuchend sah sich Violet um, während er sie mit festem Griff auf die Tanzfläche zog, aber niemand schien sich im Augenblick für sie zu interessieren. Ein Blick auf seine entschlossen zusammengekniffenen Augen und die zornig aufeinander gepressten Kieferknochen ließ jede Gegenwehr in Violet zusammenfallen. Sie ahnte, dass Henry durchaus in der Stimmung war, einen handfesten Skandal zu provozieren, wenn sie sich weigern würde, mit ihm zu tanzen. Ihr blieb also nichts anderes übrig, als ihm, wenn auch widerstrebend, auf die Tanzfläche zu folgen. Immerhin wurde kein Walzer gespielt, was Violet erleichtert zur Kenntnis nahm. Henry verbeugte sich vor ihr und ergriff ihre Hand. Ein Schauer überlief sie, aber sie zwang sich, eine unbeteiligte Miene zur Schau zu tragen. Sie lächelte, wie es von ihr erwartet wurde und knickste vor Henry, bevor die Musik begann. Die Figuren führten sie einander zu und trennten sie wieder, wobei Henry ihr jedes Mal, wenn er ihre Hand ergriff, eindeutige Blicke zuwarf. Als die Musik endlich zu einem letzten Akkord aufspielte, atmete Violet erleichtert auf, nur um festzustellen, dass Henry offensichtlich nicht die Absicht hegte, sie allein zu lassen. Er nahm ihre Hand in seine und zog sie unbarmherzig hinter sich her. Henry ignorierte, dass sie versuchte, sich ihm zu entziehen, und dirigierte sie hinter eine imposante Marmorsäule. Hilfesuchend sah Violet sich um. Zum ersten Mal wäre ihr die Aufmerksamkeit der Menschen um sie herum willkommen gewesen, aber niemand nahm von ihr und Henry Notiz. Er schaffte es, ihre Hände zu ergreifen und hinter ihrem Rücken zu fixieren. Dann drückte er sie gegen die Wand und presste seine Lippen auf ihre. Violet wehrte sich nach Kräften. Sie biss ihm in die Lippe und versuchte, ihr Knie zwischen seine Beine zu rammen. Aber er war zu stark für sie und ihre Gegenwehr schien ihn nur noch anzustacheln. Seine freie Hand suchte ihre Brust und mit einem Stöhnen begann er, sie durch den Stoff zu kneten. Heißer Atem streifte ihr Ohr und sie hörte seine Stimme wie durch einen Nebel. Sie nahm deutlich den süßlich-herben Geruch seines Parfums, der ihn umgab, wahr, was ihr zusätzlich Übelkeit bereitete. Aber es waren seine Worte, die diese Panik in ihr auslösten und eine altbekannte Angst bahnte sich einen Weg in ihren Verstand. Dann ließ der Druck seines Körpers plötzlich nach und er wurde von ihr fortgerissen. Erleichtert atmete Violet auf. Henry dagegen wehrte sich gegen den Mann, der ihn in seinem Tun gestört hatte und versuchte, ihm einen Faustschlag zu verpassen, aber weder war er nüchtern genug, worunter seine Zielgenauigkeit litt, noch war der andere in seinem Zorn unvorsichtig, so dass der Schlag nicht nur ins Leere ging sondern seinerseits mit einem Kinnhaken beantwortet wurde, der Henry vorübergehend zu Boden schickte. Violet starrte Nicholas an, der den auf dem Boden liegenden Henry mit unverhohlener Abscheu musterte. Hinter ihm sah sie Ava, die die Szene mit vor den Mund geschlagenen Händen beobachtete. Violet bemerkte, dass sie zu zittern anfing. Sie hatte die Bälle und anderen Amüsements der feinen Gesellschaft immer verabscheut, vielleicht auch, weil sie sich ausgeschlossen gefühlt hatte, aber immerhin hatte sie sich *sicher* gefühlt. Sie hätte nie gedacht, dass ihr hier vor allen Leuten so etwas passieren könnte. Immerhin galten hier gewisse Regeln, im Gegensatz zu der Zelle, in die man sie vor Jahren gesperrt hatte, aber dass jemand so dreist sein könnte, sie hier...

„Komm, Violet, ich bringe dich nach Hause." Avas sanfte Stimme holte sie in die Wirklichkeit zurück. Sie versuchte, ihre Freundin etwas vor der Menschenmenge abzuschirmen, die sich inzwischen um sie versammelt hatte und sie neugierig beäugte. Violet folgte ihr wie in Trance, als Ava sie vorsichtig durch die Menge zum Ausgang dirigierte. Aus den Augenwinkeln nahm sie wahr, dass Nicholas Henry inzwischen auf die Füße gezogen hatte und beruhigend auf die Menge einsprach. „Bitte, lassen Sie uns durch. Mister Newton ist gestürzt." Nicholas sprach ruhig zu den Umstehenden und setzte sogar ein kleines, entschuldigendes Lächeln auf.

„Ich werde dafür sorgen, dass er umgehend nach Hause gebracht und von einem Arzt untersucht wird. Kein Grund zur Sorge." Damit zog er Henry unsanft hinter sich her und folgte Ava und Violet zum Ausgang.

Colin versuchte, sich einen Weg durch die Menschen zu bahnen, die inzwischen den Saal und die restlichen Räumlichkeiten belagerten. Die Luft war zunehmend schlechter geworden und er nahm sich vor, die Veranstaltung so bald wie möglich zu verlassen. Er war ohnehin nur Miss Windhursts wegen hier. Sie war so aufgeregt gewesen, zu einem Ball wie diesem eingeladen worden zu sein, dass er ihr ihren Wunsch, sie hierhin zu begleiten, nicht versagen konnte. Er hatte sich immer noch nicht durchringen können, ihr einen Antrag zu machen. Er wusste nicht, warum er das so hinauszögerte. Er sagte sich immer wieder, dass er sich seiner Sache ganz sicher sein wollte, aber tief in seinem Inneren kannte er den wahren Grund. Eine Ehe mit Amelie Windhurst war nicht das, was er anstrebte. Die junge Frau hatte sich in ihn verliebt, das hatte sie ihm an dem Abend in der Oper mit hochroten Wangen gestanden. Und das war genau das, was er in seiner Ehe nicht wollte. Eine Frau, deren Gefühle er nicht erwiderte, bedeutet für beide Seiten nur Schmerz. Er mochte zwar wie ein skrupelloser Mitgiftjäger erscheinen, aber in dieser Hinsicht hatte er sich immerhin einen letzten Rest Vernunft und Selbstachtung bewahrt.

„… immerhin eine beachtliche Mitgift. Aber ob das die Schande aufwiegt, eine Braut zu bekommen, die ihre Beine bereits für die schmierigen Aufseher von Bedlam breit gemacht hat?" Zotiges Gelächter drang an Colins Ohr. Er balancierte zwei Kelche Champagner in seinen Händen und musste innehalten, weil sich vor ihm ein Grüppchen Neuankömmlinge gerade vor den Türen des Ballsaales versammelt hatte und offensichtlich nach dem Brautpaar Ausschau hielt, um zu gratulieren. „Also ich würde sie nehmen, ganz egal, wer vor mir schon das Vergnügen hatte, sie zu besteigen. Ihre Mitgift wiegt diesen Makel ja wohl auf. Die Huren im *Sweet Sins* sind ja auch nicht zimperlich. Und die haben keine Mitgift!" Wieder grinsten sich die Männer, die Colin nicht kannte, anzüglich an. Unbeabsichtigt folgte Colin mit den Augen der Geste des Mannes, der auf eine Frau wies, die allein am Rande der Gesellschaft an einer Säule stand. Fast hätte er die Gläser fallen lassen, denn die Frau, die dort mit traurigem Blick an ihrem Glas nippte, war Lady Violet! Er brauchte einen Augenblick, bis er erfasste, dass die Männer von ihr gesprochen hatten. War das ihr Geheimnis? Waren das die Wunden, die nicht verheilten? Wunden, die die Erlebnisse in dieser Anstalt ihr beigebracht hatten und die sich so sehr in ihr Innerstes eingebrannt hatten, dass

88

sie ihr diese traurige, düstere Aura verliehen?
In diesem Augenblick trat ein Mann auf sie zu. Ihr
Cousin Henry, wie er sich erinnerte. Er konnte nicht
alles sehen, weil die Menge vor ihm plötzlich in
Bewegung kam und ihn mit sich zog. Das nächste, was
er erkennen konnte war, dass sie diesem Kerl auf die
Tanzfläche folgte. Sie trug dabei ein neutrales Lächeln
im Gesicht, aber er schien sie nicht dazu zu zwingen,
mit ihm zu tanzen. Er erinnerte sich, dass sie es nicht
mochte, allzu großes Aufsehen zu erregen, aber die
Tanzfläche war so voll, dass es gar nicht aufgefallen
wäre, hätte sie sie einfach verlassen. So viel also dazu,
dass sie nicht gerne tanzte! Noch vor Tagen hatte er
geglaubt, sie vor den Avancen dieses Kerls retten zu
müssen, und jetzt... Wütend kämpfte er sich durch die
Menge. Ganz offensichtlich brauchte sie heute nicht
seine Hilfe. Dass ihr Cousin kurz darauf mit ihr den
Saal verließ, bestätigte seinen Eindruck. Er wusste
nicht, warum er plötzlich so gereizt war. Er brachte
Miss Windhurst und ihrer Mutter, die sie
selbstverständlich als Anstandsdame begleitete, den
Champagner und verabschiedete sich dann von ihnen.
In diesem Augenblick war es ihm gleich, was für einen
Eindruck er bei den beiden hinterließ. Er wollte nur an
die frische Luft. In Hinausgehen riss er sich das
sorgfältig gebundene Tuch vom Hals, weil ihm das
Atmen zunehmend schwer fiel. Draußen angekommen,
atmete er mehrmals tief durch und fuhr sich durch das
Haar. Die Sache mit Miss Windhurst hatte sich damit
erledigt. Gleich morgen würde er ihr Blumen schicken
und wenn sie ihn empfangen würde, würde er ihr
persönlich erklären, warum er sie nicht heiraten konnte.

Er war ein skrupelloser Bastard, aber er wollte auf jeden Fall verhindern, dass Amelie glaubte, sie habe vielleicht etwas falsch gemacht. Oder dass es an ihr läge. Sie war ein süßes, kleines Ding, und ihr einziger Fehler war, dass sie in ihn verliebt war. Und sein Fehler war, dass er es nicht war.

Violet saß mit Ava in der Kutsche und sah aus dem Fenster. Sie wusste nicht, wie sie gestern nach Hause gekommen war. Oder in ihr Bett. Nur, dass sie wieder diese Albträume gehabt hatte und sich deswegen heute morgen wie gerädert fühlte. Hinter ihren Schläfen pochte es beständig, und der davon ausgehende Druck machte es ihr schwer, einen klaren Gedanken zu fassen. Ava hatte ihr gesagt, dass sie je nach Ansicht am gestrigen Abend Glück oder auch Pech gehabt hatte, dass sich just in dem Augenblick, als Henry sie hinter sich her in diesen Gang gezogen hatte, alle anderen Gäste um das frisch vermählte Paar geschart hatten, weil der Bräutigam ein Feuerwerk zu Ehren seiner Frau angekündigt und sich die Menge daraufhin auf die Außenfläche der Räumlichkeiten begeben hatte. So hatte sie zwar niemand gesehen, der einen Skandal heraufbeschwören konnte, aber es war auch niemand dagewesen, der ihr hätte helfen können. Außer Ava, die sich an ihr Versprechen, Violet den ganzen Abend nicht

90

aus den Augen zu lassen, nach den Ereignissen auf dem Ball bei den Marksburys gebunden fühlte und den beiden gefolgt war. Mit bekanntem Ausgang.

Violet schloss für einen kurzen Augenblick die Augen. In einer Endlosschleife konnte sie nichts anderes denken, als: Warum hatte Henry sich so benommen?

„Ich denke, er war betrunken", kam es von Ava, die neben ihr saß und seit der Abfahrt ihre Hand hielt.

Violet wusste nicht, ob sie ihre Gedanken laut ausgesprochen hatte oder ihre beste Freundin ahnte, was sie beschäftigte. Ava hatte schon immer ein Gespür dafür, was in Violet vorging, auch ohne, dass diese es aussprechen musste.

„Das war er wohl, aber ich habe das Gefühl, da steckt mehr dahinter. Seit unserer ersten Begegnung auf dem Ball bei den Marksburys belästigt er mich. Ja, ich kann es nicht anders bezeichnen. Er lässt dabei weder eine subtile noch eine ganz offen ausgesprochene Ablehnung gelten. Und das gestern..." Violet massierte mit den Fingerspitzen ihre Schläfen in der Hoffnung, sich wenigstens etwas Linderung zu verschaffen.

„Meinst du", Ava drückte ihre Hand und sah sie besorgt an, „er könnte irgendwelche Absichten dir bezüglich hegen?"

„Du meinst...", Panik überkam Violet bei dem Gedanken, „er hat die Hoffnung..."

„Dass er dich so zu einer Heirat drängen kann. Ich meine, es könnte doch sein, dass er gestern versucht hat, einen Skandal zu provozieren in der Hoffnung, dass du ihn dann heiraten musst."

„Aber William würde mich nie zwingen, auch nicht..."

„Ja, ich weiß das, aber weiß dein Cousin das auch?

Immerhin ist eure Verwandtschaft nicht so eng, dass eine Heirat ausgeschlossen wäre. Du bist eine schöne Frau... und du hast eine stattliche Mitgift!" Ernst sah Ava sie an.

„Ich weiß, was du denkst und wie du zu einer Hochzeit stehst, Liebes, aber leider ist das in der Männerwelt immer noch ein entscheidender Punkt. Die Höhe der Mitgift lässt viele alles andere vergessen."

Ja, und das beste Beispiel dafür heißt Viscount Fairmont!, dachte Violet betrübt. Warum dieser Mann sich immer wieder in ihre Gedanken schlich, vermochte sie nicht zu sagen, aber es verunsicherte sie. Kein Mann vor ihm hatte es geschafft, dass sie so oft an ihn dachte.

„Aber das ist absurd, Ava. Selbst wenn Henry der letzte Mann auf dieser Erde wäre würde ich eher die Menschheit aussterben lassen als in Erwägung zu ziehen, ihn zu heiraten!" Das Pochen hinter ihrer Schläfe verstärkte sich.

„Das weiß ich ja, Violet. Aber leider zieht die Summe, die hier im Raum steht, die Sorte von Männern, die unbedingt Geld brauchen oder wollen, an wie ein Honigtopf eine Biene." Ava seufzte und strich ihrer Freundin sanft über den Arm. Hier in der Kutsche trug Violet keine Handschuhe und ihre Narben von den Entzündungen, die sie damals erlitten hatte, waren deutlich zu sehen. Voller Schmerz dachte sie daran, dass bereits diese erste Lektion in Violets Leben damit zusammenhing, dass dieser Bordellwirt in ihr eine profitable Einnahmequelle gesehen hatte. Geld spielte in allen Gesellschaftsschichten nun mal eine große Rolle, und je weniger man davon hatte, desto skrupelloser war mancher in Bezug auf die Methoden, es zu bekommen.

„Mach dir keine allzu großen Sorgen mehr, Violet. Bald sind wir wieder zu Hause und du wirst diesen Mann nicht wiedersehen müssen. So, wie William gestern auf die Vorkommnisse reagiert hat, nachdem Nicholas sie ihm geschildert hatte, besteht kaum die Möglichkeit, dass er diesen Henry nach Banbury House einlädt."

Violet drückte dankbar Avas Hand, aber die Angst, die sich auf ihre Brust gelegt hatte, konnten die Worte ihrer Freundin nicht vertreiben. Gestern war von diesem Mann etwas Bedrohliches ausgegangen, etwas, das mit dem übermäßigen Genuss von Alkohol und etwaigen Absichten bezüglich des Erzwingens einer Verbindung nichts zu tu hatte. Henry wollte mehr, das hatte sie gespürt. Und bei dem Gedanken daran, was dieses Mehr bedeuten konnte, wurde ihr übel, ohne das sie es hätte in Worte fassen können. Vielleicht war es der überhebliche, grausame Ausdruck in seinen Augen gewesen, vielleicht aber auch seine geflüsterten Worte, die sie noch im Ohr hatte:

Hör auf, dich zu wehren, Liebes, ich krieg' immer was ich will!

Violet wollte gerade durch die Eingangstür in Richtung der Ställe verschwinden, als die Stimme ihrer Schwägerin sie aufhielt.

„Violet, wie oft haben William und ich dir schon

gesagt, dass du dich angemessen kleiden sollst, wenn du das Haus verlässt?!" Margret, eine kleine, rundliche Frau, durch ihre fortgeschrittene Schwangerschaft nun fast schon unförmig, stand am oberen Treppenabsatz und sah missbilligend auf ihre junge Schwägerin hinab. Violet seufzte. Sie hatte sich schon seit ihrer Ankunft vor zwei Tagen auf einen Ritt mit ihrer Stute Pepper gefreut, aber die Kopfschmerzen und die mit ihnen einhergehende Übelkeit, die sie seit der Nacht nach dem Ball quälten, hatten sie ans Bett gefesselt. Jeder noch so kleine Sonnenstrahl hatte das Hämmern in ihrem Kopf verstärkt und sie hatte sich nur in ihrem Zimmer mit geschlossenen Vorhängen aufhalten können. Heute dagegen hatte sie schon am frühen Morgen das hereinfallende Licht mit offenen Augen und ohne das vertraute Pochen hinter den Schläfen begrüßen können. Die Schmerzen und die Albträume, die sie in den wenigen Stunden, in denen sie Schlaf gefunden hatte, gepeinigt hatten, waren vergangen Und so hatte sie sich ihre geliebten Hosen angezogen, ein altes Hemd von William und einen breitkrempigen Hut genommen, unter dem sie ihre blonden Locken verstecken konnte. Zwar hatte sie sich nach den Ereignissen vor fünf Jahren geschworen, nie wieder Männerkleidung zu tragen, dann aber bei näherer Betrachtung eingesehen, dass es nicht die Kleidung gewesen war, die sie in diese fatale Situation manövriert hatte, sondern ihre jugendliche Sorglosigkeit und ihr Übermut. All das wäre ihr auch in einem Kleid passiert. Und darüber hinaus war die Gegend um Banbury House nicht Whitechapel. Und sie hatte es ehrlich versucht, sich danach wie eine junge

Frau der Gesellschaft zu benehmen, auch Williams wegen, der ihr so loyal und besorgt zur Seite gestanden hatte, aber nach einigen Wochen im Reitkostüm und im Damensitz hatte sie diesen Vorsatz über Bord geworfen. Sie liebte es, mit Pepper über die Felder zu galoppieren, den Wind und das Muskelspiel ihrer Stute zu spüren. Es war so viel intensiver, wenn sie nicht im Damensattel saß, Pepper nahm ihre Hilfen, jeden Schenkeldruck, ganz anders wahr, als wenn sie der Schicklichkeit wegen nur seitlich auf ihrem Pferd saß!

„Margret, du weißt ganz genau, dass William es mir erlaubt hat, so auszureiten. Und hier kennt mich ohnehin jeder, also kann ich auch in Reithosen das Haus verlassen. Banbury ist nicht London." *Gott sei Dank!*, fügte sie in Gedanken hinzu. Margret rümpfte empört die Nase, winkte dann aber resigniert ab.

„Dein Bruder ist viel zu nachsichtig mit dir, Violet. Eine strengere Hand täte deiner Entwicklung gut, dann würdest du auch..."

Die letzten Worte hörte Violet schon nicht mehr, aber sie konnte den Satz ohnehin vervollständigen: „... einen Mann finden!" Margret war eine reizende Frau, ihrem Gatten voller Liebe zugetan, aber leider gehörte sie zu der Sorte Frauen, die ihr Lebensglück darin sahen, einen Ehemann zu haben, der sie umsorgte und sich um alles kümmerte. Sie konnte nicht verstehen, dass Violet alles das nicht wollte.

Eine vollkommene Ruhe ergriff Violet als sie den Stall betrat. Gedämpftes Schnauben und das Rascheln von Stroh begrüßte sie. Der Geruch nach Heu, Kräutern, Pferd und gefettetem Leder legte sich wie Balsam auf ihre Seele. Sie atmete tief ein und ging an den Boxen entlang bis zur vorletzten auf der rechten Seite. Neugierig streckte Pepper ihren schönen, kupferbraunen Kopf mit der hübschen Blesse durch die Gitterstäbe und begrüßte Violet mit einem Schnauben. Auf ein vorsichtiges Anstupsen hin reichte diese ihr lachend eine Karotte und öffnete die Boxentür. William hatte ihr die Vollblutstute vor fünf Jahren geschenkt, nach den Ereignissen in Bedlam, um sie abzulenken und ihr etwas Trost zu spenden. Er war kein Mann großer Worte, aber Violet wusste auch so genau, was er ihr damit hatte sagen wollen.

Nachdem sie ihrer beider Wiedersehensfreude mit Stupsern und Kraulen und noch einigen Karotten genug Ausdruck verliehen hatten, sattelte und zäumte sie Pepper selbst. Sie hatte es noch nie einem Knecht überlassen, sich um ihr Pferd zu kümmern, auch deswegen hatte sie Banbury House und seine Ställe während ihrer Zeit in London vermisst. Mit ihrer Stute am Zügel ging sie an der Remise vorbei und sah auf den leeren Platz, auf dem gewöhnlich die Kutsche ihres Bruders stand. Ihn hatten wichtige Geschäfte in London aufgehalten, sonst wäre er sicher bereits nach hause zurückgekehrt. In der Zeit von Margrets Schwangerschaft war er ihr bislang kaum von der Seite gewichen, denn auch er liebte seine Frau innig und war in steter Sorge um ihre und die Gesundheit des ungeborenen Kindes. Aber als Familienoberhaupt musste er sich um die Verpflichtungen kümmern, die der Titel und der Besitz mit sich brachten.

Als sie in das helle Sonnenlicht trat, sah sie eine kleine Gestalt auf sich zu laufen.

„Tante Violet, warte! Ich will mit dir ausreiten!"

Catherine, ihre fünfjährige Nichte, kam mit wehenden Locken auf sie zu und hielt atemlos vor ihr und Pepper an. Ihre Augen blitzten in Erwartung eines großen Abenteuers, das ein Ausritt mit ihrer Tante versprach. Violet beugte sich zu ihr hinunter und strich ihr über das dunkelblonde, ordentlich frisierte Haar. Kurz dachte sie an Margrets entsetzten Blick, wenn sie ihre Tochter nach einem wildem Ritt mit zerzausten Locken sehen könnte und gestattete sich ein kleines Grinsen.

„Das geht heute nicht, Cat. Ich möchte mit Pepper ganz schnell galoppieren, sie möchte sich bewegen, weil sie doch die letzten Tage im Stall gestanden hat, während ich in London war."

„Ich kann aber auch schon schnell galoppieren! Mein Pony ist das schnellste in ganz...", sie überlegte und legte dabei den Zeigefinger an den Mundwinkel,„... in der ganzen Welt!"

„Das ist bestimmt so, aber heute geht es wirklich nicht. Es könnte sein, dass dein Papa heute zurückkommt, und da möchtest du doch sicherlich zu Hause sein. Ganz bestimmt hat er dir etwas aus London mitgebracht." Violet liebte ihre Nichte wie ein eigenes Kind und es tat ihr leid, ihr ihren Wunsch abzuschlagen, zumal die Kleine wirklich für ihr Alter eine sehr gute Reiterin war, aber sie wollte heute allein sein und den Ritt und die Natur einfach nur genießen. Ohne sich um Catherine kümmern und auf sie acht geben zu müssen. Das Mädchen überlegte kurz, ob die Ankunft ihres Vaters spannender war als ein Ausritt mit ihrer Tante, aber dann erhellte sich ihr Gesicht.

„Meinst du wirklich, er bringt mir etwas mit? Vielleicht sogar Karamellbonbons?" Ihre Augen wurden groß und

ihre kleine Zunge flitzte über ihre Lippen.
Karamellbonbons waren die erklärte Lieblingsleckerei
von Cat und jedes Mal, wenn William aus London
zurückkehrte hatte er einen kleinen Vorrat für seine
Tochter dabei.

„Ganz sicher, Cat. Dein Papa weiß doch, wie sehr du
die magst." Das gab schließlich den Ausschlag, dass
Catherine sich entschied, doch lieber auf ihren Papa
und die Bonbons zu warten. Ausreiten konnte sie
schließlich jeden Tag, aber Karamellbonbons...

„Würdest du bitte deiner Mutter sagen, sie soll mit dem
Essen nicht auf mich warten? Ich werde zu den
Ashfords reiten und dort essen. Ich komme
wahrscheinlich erst spät zurück."

„Ja, mach ich, Tante!" Während Catherine ihr hinterher
winkte, trabte Violet beschwingt vom Hof und freute
sich auf einen langen Ritt und die Stunden in Avas
Gesellschaft. Das Landgut der Ashfords lag nur etwa
zwei Reitstunden entfernt in östlicher Richtung und sie
sollte genug Zeit für einen Nachmittag mit Tee und
Scones und in Gesellschaft ihrer Freundin haben, bevor
sie sich auf den Rückweg machen musste. Sie wollte
London und die Ereignisse dort so schnell wie möglich
hinter sich lassen.

Colin stieg von seinem Pferd und führte es am Zügel zu
dem kleinen Bach, der sich wie ein glitzerndes Band

durch die Ebene und das anschließende kleine Wäldchen schlängelte. Er war durstig und sein Pferd brauchte ebenfalls eine kleine Rast. Seit den frühen Morgenstunden war er unterwegs, hatte den Moloch London ohne Bedauern verlassen, wenn er auch seinem Plan, eine reiche Ehefrau zu finden, keinen Schritt näher gekommen war. Er hatte beschlossen, trotz der Dringlichkeit dieses Unterfangens die Einladung seines Freundes, des Dukes of Ashford, anzunehmen und ein paar Tage auf dessen Landsitz zu verbringen um den Kopf frei zu bekommen. Zu diesem Entschluss hatte nicht zuletzt die Reaktion Mister Windhursts beigetragen. Während Amelie seine Entscheidung, von weiteren Besuchen und einem weiteren Werben um sie Abstand nehmen zu wollen, blass aber gefasst aufgenommen hatte, war ihr Vater mehr als nur erbost gewesen. In sehr klaren Worten hatte er seiner Wut über Colins Verhalten, zunächst ernsthaft um Amelie zu werben, nur um das Mädchen dann, als alle Welt schon über den Hochzeitstermin rätselte, fallen zu lassen, Ausdruck verliehen. Er hatte getobt und Colin an den Kopf geworfen, Amelie sei am Boden zerstört und der Skandal, den das Ganz nach sich ziehen würde, ließe seine Tochter ruiniert zurück. Was natürlich objektiv nicht stimmte, denn Colin war ihr weder körperlich zu nahe gekommen noch hatte er eine bestehende Verlobung gelöst, aber in diesem Augenblick war keine vernünftige Unterhaltung mit Mister Windhurst möglich gewesen. Und nicht nur das: Windhurst hatte ihm sogar gedroht, ihn fortan mit Argusaugen zu verfolgen und ihm das Leben so schwer wie möglich zu machen, sollte er nicht doch noch zur Besinnung kommen. Aber damit hatte er nur erreicht, dass Colin sich in seinem Entschluss bestärkt sah, nicht in diese Familie einzuheiraten. Um Amelie tat es ihm leid, sie war wirklich eine wunderschöne, herzliche Frau, die von der großen Liebe träumte, und darum hatte sie etwas besseres verdient als ihn. Aber das, was er in den Augen ihres Vaters gesehen hatte, war blanker Hass, entsprungen aus einer tief sitzenden Enttäuschung darüber, dass es Amelie nicht gelungen war, in den Adel einzuheiraten und sich fortan Viscountess nennen zu können. Der krankhafte Drang dieses Mannes, durch die Heirat seiner Tochter in der Gesellschaft aufzusteigen, war Colin erst in diesem Gespräch so richtig klar geworden. Er vermutete, dass ein Teil von Amelies Gefühlen für ihn darin wurzelte, dass sie ihren Vater nicht enttäuschen wollte und sich daher alle Mühe gab, sich in Colin zu verlieben. Amelie, das hatte er in der kurzen Zeit ihrer Bekanntschaft erkannt, war ein von Grund auf ehrlicher Mensch, loyal, voller Träume und Hoffnungen für ihr eigenes Leben und doch geprägt von den Erwartungen ihrer Familie. Er hoffte nur für sie, dass sie es eines Tages schaffen würde, mehr auf sich selbst zu achten, auf ihre Gefühle, und weniger darauf, was sich ihr Vater für sich selbst wünschte.

Er band sein Pferd an einen Busch, so dass es grasen und saufen konnte und füllte seine eigene Trinkflasche auf, bevor er sich ins Gras setzte. Er lehnte sich an einen Baumstamm und genoss die Stille des Augenblicks. London war eine laute, stinkende, nie zur Ruhe kommende Großstadt. Ein Menschen und Seelen fressender Moloch, den er lieber heute als morgen für immer hinter sich lassen würde, wäre da nicht die Verpflichtung, sich eine reiche Frau suchen zu müssen. Seine Gedanken schweiften ab zu dem Tag, als er das erste Mal seinen neuen Besitz, Fairmont House, betreten hatte. Schon auf dem Weg dorthin war ihm aufgefallen, dass viele der Cottages, die die Landarbeiter beherbergten, baufällig waren. Einige Felder lagen brach, andere wiederum waren mit fast vertrockneten Halmen bewachsen, die einmal Gerste oder Hafer hätten werden sollen. Wenn sie bewässert worden wären. Den Grund für diese Missstände erfuhr er dann von dem Verwalter des Gutes, einem Mann in den Mittfünfzigern, mit grauem Haar und einem ernsten, verzweifelten Zug um die Lippen. Mister Clifton hatte ihm kurz und bündig erklärt, dass viele der Bauern ihr Land hatten verlassen müssen, weil ihr Herr keine Löhne zahlte, ihre Häuser verkommen ließ und sich auch sonst nicht sonderlich um sie kümmerte. Die wenigen Menschen, die geblieben waren, hatten nicht alle Arbeiten erledigen können, die anfielen, und so waren es zu einen ungesunden Kreislauf aus Missernten und daraus resultierend weniger Einnahmen gekommen, von denen dann in der Folge weniger Saatgut gekauft und noch weniger Menschen ernährt werden konnten. Das Landgut selber war ein einstmals imposanter Sandsteinbau. Eine breite Zufahrt, gesäumt von Buchsbaumhecken und gekiesten Wegen, führte zu einer breiten Freitreppe, die sich anmutig auf ein kleines Plateau schwang, das mit hübschen Blumensäulen gesäumt war und zu der breiten Eingangstür führte. Zu Colins Bedauern sah man auch diesem Gebäude an, dass es langsam verfiel. In den

Kübeln wuchsen keine Blumen, die Hecken waren ungeschnitten und teilweise von unten heraus vertrocknet und die Kieswege längst von Unkraut durchzogen. Der Verfall setzte sich im Inneren fort. Die Teppiche in der Eingangshalle waren verschlissen, die Vorhänge an den Fenstern von Motten zerfressen und die wenigen, mit weißen Tüchern abgedeckten Möbelstücke alt und unmodern. Im Haus herrschte eine kühle Feuchte und es roch bereits nach Verfall. Und obwohl Colin sich nie nach einem eigenen Haus gesehnt hatte, fühlte er doch sofort eine eigenartige Verbundenheit mit dem Gebäude. Es gab sich den Umständen nicht so leicht geschlagen, reckte trotzig die beiden Erker, die seine Seiten flankierten, in die Luft und strahlte trotz des Verfalls eine morbide Schönheit aus. Damals war es Colin zum ersten Mal in den Sinn gekommen, dass er hier gerne leben würde, mit Menschen um sich herum, die das Gut bewirtschafteten, vielleicht einer eigenen Familie und Freunden, die sie besuchen kämen. Aber dann hatte er den Gedanken daran schnell abgeschüttelt. Sein Zuhause war die See, das konnte auch dieses einstmals prächtige Anwesen nicht ändern. Aber er würde alles in seiner Macht Stehende tun, um es wieder in altem Glanz erstrahlen zu lassen, die Menschen zurück zu holen, die Felder zu bestellen und einen gewissen Wohlstand für alle zu erreichen. Dann erst konnte er sich seiner wahren Liebe widmen, der See. Aber es war beruhigend, einen Platz zu haben, wenn er eines Tages die Weltmeere hinter sich lassen wollte. Hier am Kamin sitzend wollte er seine alten Tage genießen. Was ihn wieder zu der Frage gebracht hatte, welche

Anforderungen er, neben einer stattlichen Mitgift um all diese Pläne zu verwirklichen, an eine Ehefrau stellte. Und als ihm klar wurde, dass das erschreckend wenig war, hatte er sich schleunigst nach London begeben, um diese Frau zu suchen. Sie musste nur Geld haben. So einfach war das. Er erwartete weder Liebe, höchstens ein friedliches Nebeneinander, und er würde ihr ihre Freiheiten lassen, so wie er auch vorhatte, sich seine zu nehmen. Wahrscheinlich würde sie ganz glücklich sein, wenn er weite Teile des Jahres auf See verbrachte und sie in Fairmont House oder in London ihr Leben leben konnte, ohne dass er sich über Gebühr einmischte. Natürlich würde er so fair sein, einer potentiellen Kandidatin das alles vorher zu sagen, denn es war ja immerhin eine geschäftliche Vereinbarung, die sie eingingen und sie sollte mit dem, was er ihr bieten konnte oder wollte, zufrieden sein. Zumindest das war er seiner zukünftigen Ehefrau schuldig.

Colin fühlte die heiße Sonne in seinem Gesicht, roch den Salzwassergeruch des Meeres und fühlte das Rollen des Schiffes unter sich. Das war sein Leben! Die schlanke Fregatte hob und senkte sich mit den Wellen, pflügte durch das Wasser und er konnte das rhythmische Stampfen des Schiffes förmlich spüren. Er stand an der Reling und hörte eine helle Stimme rufen... Irritiert öffnete er die Augen und sah sich um. Er begriff, dass er wohl eingeschlafen war und geträumt hatte, aber das Stampfen unter ihm vibrierte immer noch. Auch die Stimme hörte er klar und deutlich... Mit einem Satz war er auf den Füßen. In der Ferne sah er ein Pferd in vollem Galopp über die Senke preschen, direkt auf ihn zukommend. Die Hufe donnerten auf den

Boden und jetzt erkannte er den jungen Mann, der sich scheinbar in die Mähne klammerte und immerzu etwas rief. Himmel! Das Pferd schien außer Kontrolle zu sein und der junge Kerl konnte es offensichtlich nicht bändigen. Schon wollte er einen Schritt aus dem Waldrand heraus machen, um einzugreifen, da ließ ihn etwas innehalten. Das war kein ängstliches Rufen, das war ein glockenhelles Lachen! Und der Reiter klammerte sich auch nicht ängstlich in die Mähe, er hatte ganz im Gegenteil die Hände tief an den Hals des Pferdes gesenkt und die Zügel bewusst lang gelassen! Schon war die prachtvolle Stute so nah, dass er ihren Reiter erkennen konnte. Das Pferd setzte zu einem Sprung über den Bach an und dem jungen Mann rutschte dabei der Hut vom Kopf. Colin riss die Augen auf. Eine Flut goldblonder Locken kam zum Vorschein und... er konnte sich an dem Anblick nicht sattsehen. Er kannte das Gesicht, das nun, von der Sonne beschienen, vor Glück leuchtete. Aber konnte das tatsächlich die Frau sein, die er in London kennengelernt hatte? Die düstere, traurige Aura die sie dort umgeben hatte, war vollkommen verschwunden. Die Frau, die hier so wild wie der Teufel ritt, war vollkommen verändert. Glück und Lebensfreude strahlten von ihr aus. Es schien fast so, als leuchtete sie in dem hellen Sonnenlicht und reflektierte die Strahlen mit ihrem Lachen. Dann war der magische Augenblick vorbei und die Frau in einer Senke verschwunden. Was machte sie hier? Dunkel erinnerte er sich, dass Nicholas irgendwann einmal beiläufig erwähnt hatte, dass der Earl of Banbury und er nicht nur Freunde sondern auch Nachbarn wären. Und wenn er die Richtung bedachte, in die sie verschwunden war, begann sein Herz etwas schneller zu schlagen. Heute Morgen noch hatte er sich nur auf ein paar Tage in Gesellschaft seines Freundes gefreut, jetzt hatte dieser Besuch unverhofft doch noch eine andere, ebenso erfreuliche Wendung genommen. Er ging zu seinem Pferd und schwang sich gut gelaunt in den Sattel. Er war begierig herauszufinden, ob sich diese Lady in dieser Umgebung noch genauso spröde verhalten würde, wie in London. Ihr herrliches, offenes Lachen und der strahlende Ausdruck in ihrem Gesicht ließen ihn hoffen, hier auf die wahre Violet zu treffen. Und vielleicht den Grund herauszufinden, warum sie in London so unglücklich war.

Kurz winkte Violet ihrer Freundin zu, die unter einem Baum im Garten des herrschaftlichen Anwesens der Ashfords saß und mit ihrer Tochter Lizzy und ihrem Sohn Edward spielte. Lizzy war jetzt fast acht Jahre alt und Edward vier. Beide spielten Fangen und ihr helles Kinderlachen erwärmte Violets Herz. Sie gönnte Ava ihr Glück von Herzen, aber so intensiv wie heute hatte sie sich noch nie gewünscht, es wären ihre Kinder, die jetzt lachend und rufend auf sie zu rannten.
„Tante Violet, Tante Violet!" Lizzy erreichte sie als erste. Violet sprang von Pepper und umarmte das Mädchen, das ihr sofort einen Kuss auf die Wange

drückte. Edward kam schnaufend und lachend ebenfalls vor ihr zum Stehen und warf sich in ihren anderen Arm. „Tante, darf ich Pepper am Zügel in den Stall führen?" „Nein, ich will Pepper führen!", ließ sich Lizzy vernehmen und knuffte ihren Bruder in die Seite. Der wehrte sich und schubste sie zur Seite.

„Kinder, hört auf euch zu streiten." Violet stand auf und fasste Edward um die Taille. Dann hob sie ihn in den Sattel und übergab Lizzy die Zügel. „So, und jetzt bringen wir die arme Pepper in den Stall. Sie muss abgerieben werden und braucht etwas Wasser und Futter." Daraufhin brachen beide Kontrahenten wieder in Streit aus, wer welche Aufgabe übernehmen würde. Der Stallknecht tippte sich nur grüßend an die Kappe als das ausgelassene Trio in den Stall kam. Weder erregte Violets ungewöhnliche Aufmachung Aufsehen noch ihre Gegenwart. Wenn der Duke und die Duchess anwesend waren, war die junge Lady ein Bestandteil des Haushaltes. Und dass sie sich für gewöhnlich selbst um die Versorgung ihrer Stute kümmerte, war auch allgemein bekannt. Violet fing Edward auf als er vor der Box aus dem Sattel rutschte und stellte ihn auf die Füße. Mit großem Eifer halfen die beiden Kinder ihr, Pepper zu versorgen. Als die Stute schließlich trocken gerieben war und genüsslich an der Portion Hafer knabberte, die Lizzy ihr besorgt hatte, verließen sie Hand in Hand den Stall. Diese Unbekümmertheit und aufrichtige Zuneigung, die die beiden ihr entgegenbrachten, waren jedes Mal Balsam für ihre Seele. In ihrer Gegenwart konnte sie alles vergessen, was sie an dunkler Bürde auf ihrer Seele spürte. Lachend zogen die Kinder sie zu Ava, die es sich im

Schatten auf einer Decke gemütlich gemacht hatte und aus einem Korb nun Äpfel, Käse und frisches Brot nahm. Dazu für die Kinder noch einen Krug Apfelmost und für sich und Violet Zitronenlimonade. Die Kinder stürzten sich mit großem Eifer auf den Käse und das Brot und Violet nahm dankbar einen Schluck von der Limonade.

„Woher wusstest du, dass ich komme?", fragte sie Ava lachend, denn Lizzy hatte begonnen, sie mit einem Grashalm zu kitzeln.

„Sagen wir, ich hatte so ein Gefühl." Vielsagend sah Ava ihre Freundin an. Dann fügte sie beiläufig hinzu: „Wir erwarten übrigens noch einen weiteren Besucher."Als sie bemerkte, dass Violet sich verspannte, fügte sie hinzu: „Keine Angst, es ist kein Fremder. Du kennst ihn." Violet runzelte die Stirn. Ava wusste, dass sie diesbezüglich keine Überraschungen liebte, aber bevor sie noch etwas sagen konnte, hörten sie auch schon Hufgetrappel auf dem gekiesten Weg, der zu ihrem Anwesen führte. Ein strahlendes Lächeln erschien auf dem Gesicht der Duchess während Violet entgeistert die Augen aufriss.

„Das ist... das kann nicht sein...", stammelte sie.

„Doch. Das ist Viscount Fairmont. Nicholas hat ihn eingeladen, uns für ein paar Tage zu besuchen."

„Aber ist er nicht... ich meine, er wollte doch..." Violet war nicht in der Lage, einen klaren Gedanken zu fassen, geschweige denn, ihn zu formulieren. Warum kreuzte dieser Mann immer wieder ihren Weg? Wie sollte sie ihn vergessen, wenn er immer wieder unverhofft auftauchte und ihre mühsam wiedererlangte Fassung ins Wanken brachte? Und warum überhaupt geriet ihre Fassung immer wieder außer Kontrolle, wenn sie an ihn dachte? Oder ihm gegenüberstand, so wie jetzt, denn er hatte sein Pferd in ihre Richtung gelenkt und sprang nun aus dem Sattel. Formvollendet verbeugte er sich vor den beiden Frauen.

„Ich danke Ihnen für die Einladung, Euer Gnaden." Dann drehte er sich zu Violet um. Wenn er erstaunt war, sie hier zu sehen, dann zeigte er es jedenfalls nicht. Zu Violets Verblüffung hielt er ihr ihren Hut hin.

„Den haben Sie bei dem Sprung über den Bach verloren." Er hatte sie also gesehen, als sie mit Pepper hierher geritten war. Das erklärte immerhin, warum er nicht erstaunt war, sie hier anzutreffen.

„Ich fürchte, ohne den Hut ist Ihre Aufmachung", er ließ den Blick anzüglich über ihre Hosen und das Männerhemd gleiten, „nicht perfekt." Ein amüsiertes Lächeln umspielte seine vollen Lippen und Violet ärgerte sich, weil sie nicht anders konnte als auf seinen sinnlichen Mund zu starren. Wie es wohl wäre, wenn diese Lippen ihre berührten? Wenn er sie küssen würde? Als sie sich der Richtung, die ihre Gedanken nahmen, bewusst wurde, riss sie ihm ärgerlich den Hut aus der Hand, nicht ohne bis an den Haaransatz zu erröten.

„Falls Sie es noch nicht bemerkt haben, Viscount, ich hasse Perfektion! Weder bin ich es noch strebe ich danach. Die kleinen Fehler machen das Leben doch erst interessant!" Sie lächelte zuckersüß und Colin ließ ein wohltönendes Lachen hören, anstatt sich über ihre Worte oder den Ton zu echauffieren. Ava sah irritiert von einem zum anderen, konnte sich aber keinen Reim darauf machen, was hier gerade passierte. Das

Wortgefecht der beiden war harmloses Geplänkel und stand in krassem Gegensatz zu der fast elektrisch aufgeladenen Stimmung, die Violet und Colin umgab.

„Mama, wer ist das?", durchdrang Lizzys Stimme die explosiv geladene Luft. Colin riss sich von Violets funkelnden Augen los und beugte sich zu Lizzy hinunter.

„Mein Name ist Colin. Ich bin ein Freund deines Vaters, kleine Lady. Und wie heißt du? Ich bin sicher, kein Name der Welt kann so hübsch sein wie du!" Violet ließ ein verächtliches Schnauben hören, aber Lizzy strahlte über das ganze Gesicht.

„Ich heiße Elisabeth, aber alle sagen nur Lizzy zu mir."

„Oh, das ist ein wahrhaft königlicher Name, kleine Lady. Weißt du, dass es einmal eine große Königin gab, die genauso hieß? Sie soll wunderschön gewesen sein und ihre Untertanen lagen ihr zu Füßen!" Galant zwinkerte er dem Mädchen zu und hauchte einen Kuss auf die kleine Hand.

„Oh!", machte Lizzy nur und kicherte.

„Ja, und man sagt sich, dass sie niemals geheiratet hat, weil sie keines der charmanten Komplimente, die ihre Verehrer ihr machten, ernst genommen hat!" Violet hatte die Arme vor der Brust verschränkt und sah Colin spöttisch an.

„Ganz recht, Lady Violet. Wenngleich ihre Weigerung, sich einen Ehemann zu nehmen, wohl eher damit zu tun hatte, dass sie ihre Unabhängigkeit nicht aufgeben wollte. Ihr Königreich mit einem Mann zu teilen kam ihr nicht in den Sinn!" Jetzt blitzte Colin Violet an und Ava fing an, das Wortgefecht zu genießen.

„Ebenfalls richtig, Mylord. Es gibt Frauen, denen ihre

Unabhängigkeit eine Menge wert ist! Kein noch so charmantes, aalglattes Kompliment kann sie dazu bringen, ihr Vermögen und ihr Leben mit jemandem zu teilen, dem es nur um Geld und Macht geht!"

„Sind Sie eine von diesen Frauen?" Colin lächelte Violet überheblich an, aber in seinen Augen las sie etwas ganz anderes. Sie befeuchtete sich ihre Lippen mit der Zunge und in den Augen ihres Gegenübers blitzte kurz etwas auf, das sie nicht einordnen konnte.

„Sind Sie ein solcher Mann?", konterte sie. Etwas in seiner Haltung änderte sich und er trat verärgert einen Schritt zurück.

„Wenn Sie darauf anspielen, dass ich eine Ehefrau mit entsprechender Mitgift suche, kann ich Ihnen nicht widersprechen. Aber ich versichere Ihnen, dass es mir nicht darum geht, eine Frau zu beherrschen. Ganz im Gegenteil suche ich eine Frau, die ihr Leben auch nach der Hochzeit lebt. Und mich meines leben lässt!", sagte er kalt. Violet zuckte bei diesen Worten zusammen. Er war tatsächlich so skrupellos wie sie ihn eingeschätzt hatte! Er wollte eine Frau, besser gesagt, ihr Vermögen, aber keine Verpflichtungen! Und warum ärgerten sie seine Worte so? Colin räusperte sich.

„Entschuldigen Sie, Lady Violet, wenn ich Ihre romantische Vorstellung von einer Ehe nicht teile. Ich denke bei einer derartigen Verbindung mehr an eine beiderseitige... Übereinkunft. Mit klaren Regeln für beide Seiten."

„Ich habe keine romantischen Vorstellungen von einer Ehe. Genauer gesagt, ich habe gar keine Vorstellungen von einer Ehe, da ich nicht vorhabe, eine einzugehen. Das nur zu Ihrer Information!" Sie wusste nicht, warum sie sich so verletzt und betrogen fühlte. Vielleicht, weil Colin ihr gerade unmissverständlich zu verstehen gegeben hatte, dass er Geld über Gefühle stellte. Und ihr damit den letzten Rest Hoffnung geraubt hatte, ein Mann wie er könnte in ihrem Leben eine Rolle spielen. Ein lautes Räuspern durchbrach die gespannte Stille, die Violets Worten gefolgt war und sie drehten sich zu Ava um, die unbeholfen versuchte, auf die Füße zu kommen. Sofort waren Violet und Colin zur Stelle, um ihr aufzuhelfen.

„Ich bitte um Vergebung, Euer Gnaden, aber die Unterhaltung mit Ihrer reizenden Freundin hat mich abgelenkt." Colin schenkte Ava ein strahlendes Lächeln.

„Das habe ich bemerkt", fügte Ava trocken an als sie wieder stand. Sie klopfte sich den Staub aus dem Rock und grinste.

„Ich denke, wir gehen besser ins Haus. Nur für den Fall, dass Violet Sie zum Duell fordert." Als Violet sie entgeistert ansah, musste sie lachen.

„Nicholas kann da als Adjutant fungieren, falls Worte nicht mehr reichen und ihr euch auf Degen oder Pistolen einigt!" Damit ging sie den beiden voran zum Haus.

„Was würden Sie wählen, Lady Violet, Degen oder Pistole?", neckte Colin sie. Anscheinend schien seine schlechte Stimmung verflogen zu sein.

„Ich denke, ich verlasse mich auf meine scharfe Zunge!", konterte sie.

„Wahrlich eine gute Wahl, Violet. Ich frage mich nur gerade", er rückte etwas näher an sie heran und flüsterte ihr ins Ohr, „ob sie wirklich so scharf ist, wie

Sie mich glauben machen wollen." Violets Herz begann, gegen ihren Brustkorb zu hämmern. Das tiefe Timbre von Colins Stimme fand sein Echo in ihrer Brust und rollte wie heiße Lava durch ihren Körper. Sie konnte nicht sagen, warum sie Colins Nähe nicht ängstigte, ja sie sogar als angenehm empfand, aber es war so. Und es war vergeblich, sich dagegen zu wehren.

Colin beobachtete sie genau. Ihre Reaktion auf seine Nähe strafte ihre Worte Lügen. Wie die feinen Härchen an ihren Armen sich aufstellten, wenn er sie ansah und wie sie seinem Blick auswich, sprach eine andere Sprache. Ihre scharfen Worte waren ein Panzer, mit dem sie etwas zu beschützen versuchte, das sie tief in ihren Inneren vergraben hatte. Das Verlangen herauszufinden, was das war, wurde fast übermächtig in ihm. Sie war verletzlicher als ihre harschen Worte und der rüde Ton ihre Umgebung glauben machen sollten. Etwas hatte sie zu der Frau gemacht, die sie nach außen zeigte, aber tief in sich versteckte sie eine andere Person, das ahnte er. Und ihm wurde auch bewusst, dass sie nur für einen Mann, den sie liebte, bereit sein würde, sich zu öffnen. Denn auch wenn sie leugnete, romantische Gefühle zu hegen, sprachen ihre Augen eine andere Sprache. In ihnen konnte er deutlich lesen, wie sehr sie nach Liebe hungerte. Und er bedauerte nicht zum ersten Mal, dass er nicht der Mann sein konnte, den sie sich insgeheim wünschte. Er hatte bereits einmal versagt, hatte die Frau, die er liebte, nicht retten können, und deshalb würde er sich kein zweites Mal gestatten, Gefühle in eine Beziehung zu investieren. Liebe hatte keinen Platz mehr in seinem

Leben. Begehren und Lust, das konnte er ebenso geben wie nehmen, und das war es, was er in Bezug auf sie auch wollte, das wurde ihm in diesem Augenblick bewusst. Er begehrte sie, wollte die Mauer, die sie um sich errichtet hatte, Stein für Stein, Kuss für Kuss, zum Einstürzen bringen und die verborgene Sinnlichkeit, die sie ausstrahlte, zum Leben erwecken. Das, und nur das. Nicht mehr.

Er brachte sein Pferd in den Stall und begab sich dann ins Haus. Das wenige Gepäck, das er dabei hatte, nahm ihm ein Diener ab, aber das Angebot, ihm ein Bad zu bereiten, lehnte Colin ab. Er wusste nicht, wie lange Violet hier blieb und er wollte keinen kostbaren Augenblick in ihrer Nähe damit verschwenden, indem er ein Bad nahm. Eine kurze Wäsche und das Wechseln der Reisekleidung mussten reichen. Irritiert stellte er fest, dass er sich beeilte, um wieder in ihrer Nähe zu sein. Bei den anderen Frauen, die er nach Aimee gekannt hatte, war es eher umgekehrt gewesen. Diejenigen, die er in sein Bett geholt hatte, hatte er in dem Augenblick vergessen, indem sie gegangen waren. Und bei Lady Catherine, aber auch bei Miss Amelie war er stets erleichtert gewesen, wenn er wieder alleine in seinem Appartement war. Mit nichts als einem Brandy und seinen Gedanken an seine Zukunft.

Nachdem er sich gewaschen und umgezogen hatte, klingelte er nach dem Butler, der ihm voran zum Salon ging, in dem sich die Familie zum Essen versammelt hatte. Bei seinem Eintreten sprang Nicholas auf und begrüßte ihn mit einer herzlichen Umarmung.

„Schön, dass du es einrichten konntest, uns für ein paar Tage hier zu besuchen, Colin!"

„Ich danke für die Einladung, Ashford." Sein Blick suchte Violet und als sie zu ihm hin sah, hielt er ihren Blick fest.

„Wenn ich geahnt hätte, welche Überraschungen mich hier erwarten, wäre ich schon viel eher gekommen." Es war fast so, als würde ihn ein magisches Band mit Violet verbinden. Ihre Blicke kämpften einen aussichtslosen Kampf, wer als erster wegsehen würde, aber keiner von beiden konnte sich dem Bann entziehen, den der jeweils andere auf ihn ausübte. Erst als Nicholas sich nach einer gefühlten Ewigkeit räusperte, war Colin in der Lage, den Blick von der Frau abzuwenden, die seine Gefühle so in Aufruhr versetzt hatte. Was war nur los mit ihm?

Während Nicholas ihn irritiert musterte, lächelte Ava still in sich hinein.

„Ich muss jetzt gehen!" Violet war aufgesprungen und rannte förmlich aus dem Zimmer. Ava konnte sich nicht schnell genug erheben und Nicholas sah man an, dass ihn die Situation überforderte. So sehr sie ihren Mann auch liebte, so sehr verzweifelte sie manchmal an seiner Begriffsstutzigkeit, wenn es um Gefühle ging. Vor fünf Jahren hatte er sich auch erst spät zu seinen Gefühlen für sie bekannt. Fast war es damals zu spät gewesen und sie hätte beinahe in ihrer Verzweiflung einen anderen Mann geheiratet, weil sie die Hoffnung auf ein Leben mit Nicholas schon aufgegeben hatte. Aber dann war er doch noch zu ihr gekommen und hatte sie von seiner Liebe überzeugt.

Sie sah Colin hinterher, der Violet gefolgt war und wünschte sich, dass es für ihre Freundin ein ebenso glückliches Ende geben würde. Sie jedenfalls würde alles in ihrer Macht Stehende tun, um das zu erreichen. Auch wenn es auf den ersten Blick vielleicht nicht so aussah, aber Colin war genau der Mann, der Violet aus ihrer selbstgewählten Einsamkeit erlösen konnte.

Flucht! Das war das einzige, an das Violet denken konnte. Was zum Teufel war da gerade passiert? Es hatte sich so angefühlt als blicke Colin bis auf den Grund ihrer Seele. Als hätte er mit einem Blick erfasst, was sie quälte und davon abhielt, sie selbst zu sein. Und das Schlimmste war, dass sie in seinen braunen Augen ein Versprechen gelesen hatte. Das Versprechen, hinter ihre Fassade zu sehen. Und das konnte sie ihm nicht erlauben. Nicht ihm.

Sie erreichte außer Atem den Stall, nahm Peppers Sattel von dem Bock und legte ihn der Stute auf den Rücken. Noch bevor sie den Sattelgurt festziehen konnte, vernahm sie Schritte im Gang. Sie duckte sich, wollte niemanden sehen, aber die Schritte hielten genau vor der Box.

„Wovor laufen Sie ständig davon?" Fast wütend klang die Stimme des Mannes, dem sie am allerwenigsten begegnen wollte. Sie antwortete nicht, kam aber hinter Pepper hervor und blitze ihn an.

„Ich weiß nicht, was Sie meinen, Mylord! Und selbst wenn, ginge es Sie gar nichts an!"

Lässig stieß er sich von dem Pfosten ab, an den er sich gelehnt hatte und kam ein Stück auf sie zu. Seine körperliche Präsenz ließ sie zurückweichen. Unruhig trat Pepper von einem Bein auf das andere. Sie mochte Fremde nicht besonders, das hatte sie mit ihrer Besitzerin gemeinsam. Colin hielt kurz inne und redete beruhigend auf Pepper ein während er ihren Hals tätschelte. Zu Violet großem Erstaunen beruhigte sich die Stute schnell und stupste Colin auf der Suche nach einer Leckerei sogar an. Fast war sie beleidigt, dass ausgerechnet ihr schlaues Pferd so schnell dem Charme dieses Mannes erlag.

„Sie sind offensichtlich das einzige weibliche Wesen, das immun gegen meinen Charme ist." Er grinste sie an und trat noch einen Schritt näher. Als er jedoch bemerkte, dass Violet sich versteifte, hielt er inne.

„Was hat Sie so verletzt, dass Sie sich gegen Komplimente und nett gemeinte Worte so wehren?" Er sah sie durchdringend an und Violet musste schlucken. Ihre Augen verdunkelten sich und er konnte den inneren Kampf, den sie mit sich ausfocht, in ihnen sehen. Als er schon nicht mehr mit einer Antwort rechnete, räusperte Violet sich und senkte den Kopf, um seinen aufmerksamen Blicken zu entkommen.

„Ich wehre mich nur dagegen, verspottet zu werden." Ihre Stimme war leise, kaum mehr ein Flüstern. Colin ballte vor Wut die Hände zu Fäusten. Wer wagte es, diese Frau zu verspotten? Hatte sich etwa ein Mann mit leeren Worten ihr Vertrauen erschlichen und sie dann fallen gelassen? Warum zweifelte sie so sehr an sich, dass sie keine Komplimente annehmen konnte? Diese zarte Frau, deren Augen in ihrem blassen Gesicht jetzt wir dunkle Saphire schimmerten, berührte etwas in seiner Seele. Er hatte noch nie so empfunden, wenn es um eine Frau ging, auch bei Aimee nicht, und das verunsicherte ihn. Er räusperte sich und trat neben die Stalltür. Für Verunsicherung und Zweifel war kein Platz in seinem Leben. Und auch nicht für eine junge Frau, die in deren Augen sich fast jener Schmerz spiegelte, der Aimee so sehr zugesetzt hatte, dass sie...

Er sah, wie Violet sich merklich entspannte als er den Abstand zwischen ihnen vergrößerte. Ganz offensichtlich ging es ihr ähnlich. Schweigend beobachtete er, wie sie ihre Stute sattelte und zäumte und als sie an ihm vorbeiging, nahm er den schwachen Geruch nach Veilchen wahr, der sie umgab. Kein Duft der Welt hätte besser zu ihr gepasst und er schloss die Augen. Er war versucht, sie aufzuhalten, sie zu bitten, sie nach Hause begleiten zu dürfen, aber er kannte ihre Antwort und beließ es dabei. Es war besser, er ließ diese Frau nicht so sehr an sich heran. Er wollte nicht den gleichen Schmerz noch einmal durchleben, diese tiefe Verzweiflung, die immer noch an ihm fraß, weil seine Liebe offenbar nicht ausgereicht hatte, Aimee zu retten. Er konnte nicht zulassen, dass ihm das noch einmal passierte, zu schmerzlich war der Weg zurück ins Leben gewesen, sein Leben, das er nun ohne Aimee leben musste, weil sie das so entschieden hatte. Violet, das ahnte er, war auch eine Frau, die gerettet werden musste, vor sich selbst und einem Leben in Einsamkeit. Aber diese Bürde, es zu versuchen und vielleicht ein weiteres Mal zu scheitern, wollte er nicht ein weiteres Mal schultern. Er konnte es nicht. Aber tief in seinem

Inneren ahnte er, dass es bereits vielleicht schon zu spät für solche Wünsche war.

∞☙❦☙∞

Als Violet sich den Ställen von Banbury House näherte, war das erste, was ihr auffiel, die Stille. Die Sonne schien hell vom Himmel und normalerweise wäre Catherine mit ihrem Pony auf der Koppel gewesen und Finch, der Stallmeister, hätte ihr Reitstunden gegeben. Oder sie wäre mit Miss Giffroy, ihrer Gouvernante, im Garten gewesen und hätte lesen geübt oder mit ihren Puppen gespielt. Die Knechte hätten die Pferde ausgeführt und der Gärtner die Rosen geschnitten. Oder ihre Köchin hätte vielleicht Kräuter für das Abendessen geerntet. So aber war niemand zu sehen, stattdessen lag eine unheimliche Stille über dem Anwesen. Und diese Stille war so ungewöhnlich, dass Violet sofort daran dachte, dass irgendetwas passiert sein musste. Margret und ihre Schwangerschaft kamen ihr als erstes in den Sinn. Es hatte schon einmal Komplikationen gegeben, und sie hoffte, dass die ungewöhnliche Stille nichts damit zu tun hatte, dass es wieder so war.

Als Violet an der Remise vorbeiritt fiel ihr auf, dass Williams Kutsche immer noch nicht dort stand, also war er auch heute nicht nach hause gekommen. Wenn tatsächlich etwas mit Margret war, dann müsste man sofort nach ihm schicken, kam ihr in den Sinn und sie beeilte sich, Pepper in den Stall zu bringen. Schnell sattelte sie ihre Stute ab, rieb sie trocken, füllte die

Raufe mit Heu und kontrollierte die Tränke, dann ging sie mit mulmigem Gefühl ins Haus. Hier war es merklich kühler und Violet wollte gerade etwas aufatmen, als sich die Tür zum Büro ihres Bruder öffnete und Beaton, ihr Verwalter, mit einem ihr unbekannten Mann heraustrat. Beide sahen ausgesprochen ernst aus und als sie sie erblickten, warfen sie sich bedeutungsvolle Blicke zu. Dann nickte der Unbekannte Beaton zu und der trat einen Schritt auf sie zu. Nach einer Verbeugung räusperte er sich, aber er schien nicht in der Lage, einen Ton herauszubringen, denn er öffnete den Mund und schloss ihn wieder, ohne etwas gesagt zuhaben. Hilfesuchend sah er den Fremden an, der nun ebenfalls vortrat und sich verbeugte.

„Lady Violet?", vergewisserte er sich. Violet bekam plötzlich Herzklopfen und neben einem beklemmenden Gefühl stieg ein dicker Kloß in ihrem Hals auf, aber sie nickte.

„Mein Name ist Thomas Franklin. Ich arbeite für die Polizeibehörde in London, in dem Distrikt, in dem... äh also ihr Stadthaus steht." Er sah zu Boden, als ob er sich erst sammeln müsste, bevor er weitersprechen konnte. Dann besann er sich und blickte sie wieder an.

„Ich bedaure, Ihnen diese schreckliche Nachricht überbringen zu müssen, aber Ihr Bruder, Lord Banbury, ist gestern Nacht vor seinem Haus getötet worden."

Violet hörte das Blut in ihren Ohren rauschen, die Gestalten der beiden Männer verschwammen vor ihren Augen und sie merkte selbst, dass sie schwankte.

„Mein Bruder? Getötet?", brachte sie schwach hervor, so, als ob sie die Ungeheuerlichkeit dieser Nachricht dadurch abmildern könnte, dass sie flüsterte.

„Es tut mir sehr leid." In Mister Franklins Stimme klang aufrichtiges Bedauern mit, aber Violet nahm nichts anderes um sich herum wahr, als ihr hämmerndes Herz und das Tosen in ihrem Kopf. Hilflos sah sie von Mister Franklin zu Beaton, dann sank sie zusammen und es wurde schwarz um sie herum.

Als Violet wieder erwachte, lag sie in ihrem Bett. Die Vorhänge waren zugezogen, aber es schimmerte ein Streifen schwachen Lichts durch sie hindurch. Für den Bruchteil eines Augenblicks war es ein Erwachen wie an jedem Tag, aber dann verdrängte die Erinnerung an die Nachricht, die Mr. Franklin überbracht hatte, die täuschend friedliche Normalität. Violet quälte sich trotz der lähmenden Traurigkeit, die sie empfand, aus ihrem Bett. Sie hatte noch ihre Reitkleidung an, also war sie wohl nicht sehr lange ohnmächtig gewesen. Sie schwang die Beine aus dem Bett und blieb einen kurzen Augenblick sitzen, weil ihr wieder schwarz vor Augen wurde. Dann aber befahl sie sich, sich zusammenzureißen. Sie musste unbedingt nach Margret und Catherine sehen. Wieder begegnete ihr nichts als Stille, als sie in den Flur hinaustrat, aber dieses Mal kannte sie den traurigen Grund dafür. Es war, als hätte sich bereits ein Leichentuch über Banbury House gelegt.

Als Violet Margrets Schlafzimmer erreichte, hörte sie ein leises Schluchzen. Vorsichtig öffnete sie die Tür, und das Bild, das sich ihr bot, schien ihr schier das Herz zu zerreißen. Margret lag, leichenblass und mit dunklen Ringen unter den Augen auf dem Bett, die

Augen geschlossen und die Hände reglos auf dem Betttuch liegend. Catherine hatte sich weinend auf sie geworfen, während Miss Giffroy leise auf das kleine Mädchen einredete und versuchte, es von seiner Mutter zu lösen. Aber Catherine klammerte sich so verzweifelt an ihre Mutter, dass Miss Giffroy es schließlich aufgab und sich auf einen Stuhl neben das Bett setzte. Auch sie war leichenblass und ihre Augen gerötet. Als sie Violet in der Tür stehen sah, erhob sie sich und kam auf sie zu.

„Lady Violet, mein Beileid, es tut mir so leid." Sie knickste höflich, aber Violet hatte nur Augen für ihre Schwägerin und Catherine. Abwesend nickte sie Miss Giffroy zu, die sich daraufhin erleichtert entfernte. Für einen Augenblick fürchtete Violet, dass auch Margret vielleicht tot sein könnte, gestorben an gebrochenem Herzen, aber dann sah sie das schwache Heben und Senken ihres Brustkorbs.

„Cat, Liebes, komm zu mir." Das Mädchen sah sie mit tränenverschleierten Augen an, löste sich aber endlich von ihrer Mutter. Violet zog sie in ihre Arme und setzte sich mit ihr auf den Stuhl vor das Bett. Während sie noch überlegte, was sie nun tun oder sagen sollte, schniefte Catherine und wischte sich die Tränen ab, was aber keinen Sinn hatte, denn für eine weggewischte Träne rollten viele neue hinterher.

„Du hast gesagt, Papa kommt heute wieder nach Hause!", schniefte sie anklagend.

„Ja, das habe ich gesagt, Liebes, aber..."

„Aber er kommt nicht mehr, hat Miss Giffroy gesagt, nie mehr! Du hast gelogen!" Kleine Fäuste trommelten auf Violets Brust und die Trauer und Hilflosigkeit nahmen ihr die Luft zum Atmen. Zärtlich strich sie Catherine das Haar aus der Stirn.

„Ich habe selbst daran geglaubt, Cat. Ich konnte nicht wissen..."

„Ist Mama auch tot?" Das Mädchen sah sie verzweifelt an, ohne auf Violets Worte einzugehen.

„Oh, nein, nein, Liebes!" Violet beeilte sich, Catherine von dieser weiteren Sorge zu erlösen.

„Deine Mama ist nur sehr müde. Sie und das Baby schlafen jetzt." Violet sah zum Fenster hinaus und stellte fest, dass es langsam dämmerte.

„Schau mal, es wird schon dunkel. Wir werden jetzt zusammen etwas essen und uns dann auch hinlegen." Sie stand auf und nahm das Mädchen an der Hand. Sie würden ihre Kräfte in den kommenden Tagen noch brauchen. Allerdings bezweifelte Violet, dass sie auch nur einen Bissen herunter bringen würde und an Schlaf war auch ganz sicher nicht zu denken, aber um Catherines Willen mussten sie so viel Normalität leben wie nur irgend möglich. Widerstrebend ließ sich das Mädchen mitziehen. Nach einem letzten Blick zu ihrer Mutter klammerte sie sich an ihre Tante.

„Kann ich heute bei dir schlafen, Tante Violet?"

„Ja, sicher, Liebling." Der Gedanke, heute nicht allein sein zu müssen, tat Violet gut, und sie erkannte, dass sie sich ebenso alleine fühlte wie Catherine. Sie hungerten beide nach dem Trost des jeweils anderen und so schliefen sie schließlich, Cat in Violets Arme gekuschelt, ein.

An die nächsten Tage hatte Violet nur verschwommene Erinnerungen. Nicholas war an Williams Seite, als sein Leichnam nach Hause gebracht wurde, um in der

Familiengruft beigesetzt zu werden. Auch Ava war irgendwann an ihrer Seite und half ihr allein durch ihre Anwesenheit durch die ersten dunklen Tage. Margret verließ nur zur Beerdigung ihr Schlafzimmer. Ihr Blick und ihre Bewegungen verrieten, dass Doktor Tempelton ihr Beruhigungsmittel gegeben hatte, damit sie wenigstens diese schweren Stunden überstehen konnte. Sie kümmerte sich weder um Catherine noch um die Dinge, die nach Williams Tod geregelt werden mussten. Wenn ihr Kind ein Junge würde, wäre er der nächste Earl of Banbury, würde sie ein Mädchen zur Welt bringen, würde ihr Cousin Richard Holcombe den Titel erben. Im ersten Fall würde Richard aber als nächster Verwandter zunächst einmal die Vormundschaft über den Jungen übernehmen müssen, bis der junge Earl in der Läge wäre, sein Erbe anzutreten. Um all das musste Violet sich nun kümmern, weil Margret seit der Nachricht von Williams Tod nicht mehr gesprochen hatte und auch nicht auf Ansprache reagierte. Aber all das half Violet, ihre eigene Trauer in den Griff zu bekommen. Mister Franklin hatte in seinem Abschlussbericht festgestellt, dass William einem Raubmord zum Opfer gefallen war. Er war mit mehreren Stichen eines Dolches oder ähnlichem hinterrücks niedergestochen worden, bei seiner Leiche wurden keinerlei Wertgegenstände mehr gefunden, weder sein Geldbeutel noch seine wertvolle Taschenuhr, die mit einer Chatelaine immer an Williams Frackweste befestigt war und an der sich seine Petschaft und der Schlüssel zu einer Schublade in seinem Arbeitszimmer befanden. Auch sein Siegelring fehlte und selbst die juwelenbesetzten Knöpfe seiner

Weste waren abgetrennt worden. Den Mörder hatte man nicht ermitteln können, es gab keine Zeugen oder andere Hinweise, so dass man die Nachforschungen ohne Ergebnisse schließlich eingestellt hatte.

Nach mehreren Treffen mit dem Notar der Familie und der Durchsicht der hinterlegten Papiere war alles so weit geordnet, dass man Richard Holcombe über die zu übernehmende Vormundschaft für das ungeborene Kind informierte und er in einer kurzen Notiz sein Kommen ankündigte, um die Vormundschaftspapiere zu unterzeichnen und über das weitere Vorgehen zu beraten.

Colin saß in seinem kleinen Arbeitszimmer in der gemieteten Stadtwohnung und brütete über den Papieren, die ihm schwarz auf weiß den Ernst der Lage verdeutlichten. Anstatt sich ein paar Tage auf dem Landsitz der Ashburys zu erholen war er mit Nicholas in die Stadt zurückgekehrt, als dieser vom Tod seines Freundes William erfahren hatte. Nicholas wollte ihm diesen einen letzten Dienst erweisen und ihn nach Hause begleiten, zu seiner letzten Ruhestätte. Colin selbst hatte nach der Begegnung mit Violet eine innere Unruhe erfasst. Zum ersten Mal seit langer Zeit hatte er in der Nacht wieder von Aimee geträumt. Ihre hübschen, kastanienfarbenen Locken hingen nass und

124

schlaff herunter, Algen hatten sich in ihnen verfangen, aber der Ausdruck in ihren Augen war nicht länger gequält, wie in den letzten Wochen ihres Lebens. Sie hatte sich zu ihm hinuntergebeugt und ihm einen kalten Kuss auf die Wange gehaucht.

Verzeih mir, Liebster, ich musste gehen. Der Fehler liegt nicht bei dir, ich liebe dich, aber ich kann so nicht weiterleben. Vergib mir! Lass mich gehen!

Es waren genau die Worte, die auch in ihrem Abschiedsbrief an ihn gestanden hatten.

Colin hatte nach ihr greifen wollen, hatte seine Verzweiflung darüber, dass sie ohne ein weiteres Wort im Nebel verschwunden war, herausgeschrien und war dann zitternd und schweißgebadet aufgewacht. Ein Albtraum nur, hatte er sich beruhigt, aber so real, dass er nur schwer wieder in die Realität zurückgefunden hatte. Er war aufgestanden und hatte nach dem Stück Papier gegriffen, das er seit jenem Tag immer bei sich trug, eine ständige Mahnung an sein Versagen. Es war vergilbt und an den Ecken eingerissen, aber er konnte sich nicht dazu durchringen, es zu verbrennen. Es war eine letzte Erinnerung an sie, an Aimee, die Frau, die er vor nun fast zehn Jahren verloren hatte. An einen Gegner, dem er nicht gewachsen war. Als er sich beruhigte hatte, hatte er den Entschluss gefasst, wieder nach London zurückzureiten und die Suche nach einer Lösung für sein Geldproblem wieder aufzunehmen. Und so war er mit Nicholas zusammen nach London geritten und hatte sich zwei Tage lang betrunken, um den Schmerz in seinem Herzen zu betäuben. Aimee war ihm nicht wieder erschienen und auch sein Geldproblem war mit jedem weiteren Schluck unwichtiger geworden. Immerhin das hatte er damit erreicht. Dann aber hatte Nicholas ihn aufgesucht, an dem Tag, an dem er mit dem toten Earl London verlassen wollte, und hatte ihm gründlich den Kopf gewaschen, nachdem er ihn in diesem verwahrlosten Zustand angetroffen hatte. Aber alle Verwünschungen und sogar der mächtige Fausthieb, den Nicholas ihm verpasst hatte, waren an ihm abgeprallt. Erst als sein Freund ihm in Unkenntnis seines eigentlichen Problems wütend entgegen geschleudert hatte: *Du hast bei Gott das Recht, dich zu Tode zu trinken, Colin, aber du hast nicht das Recht, das zu tun, bevor du deine Dinge geregelt hast! Willst du schuld an dem Tod vieler deiner Pächter sein, weil sie den Winter nicht überleben werden, wenn du keine Lösung für dein Problem findest?*

Schuld, Schuld! Das eine Wort hämmerte in seinem Kopf, traf den letzten nüchternen Nerv und sorgte schließlich dafür, dass er nach Nicholas' Verschwinden ein Bad nahm und sich rasierte. Dann setzte er sich an seinen Schreibtisch und versuchte, eine andere Lösung als eine Heirat zu finden. Immerhin war ihm durch den Traum und seinen Absturz klar geworden, dass er keine Frau mit seiner dunklen Seite belasten durfte. Es musste eine andere Lösung geben!

Und jetzt saß er hier, blätterte durch seine Papiere und suchte nach eben dieser Lösung, als Franklin, sein Butler, einen Besucher ankündigte. Der Mann war der einzige Luxus, den Colin sich gönnte. Er war Butler, Leibdiener, bei Bedarf Kutscher und Koch in einer Person. Jetzt reichte er ihm ein Tablett mit einer Karte und Colin runzelte die Stirn, als er den Namen des

126

Besuchers las. Clifford Windhurst. Was wollte der Mann von ihm?

„Bitten Sie ihn herein, Franklin."

Als Clifford Windhurst Colins bescheidenes Büro betrat, sah er sich zunächst um, dann huschte ein zufriedenes Grinsen über sein Gesicht. Es war ihm nicht entgangen, dass die Einrichtung schon bessere Zeiten gesehen hatte. Ohne auf Colins Einladung zu warten, zog er sich einen Stuhl heran und setzte sich ihm gegenüber an den Schreibtisch.

„Wie kann ich Ihnen helfen, Mr. Windhurst?" Colin war die Reaktion des Mannes auf die Umgebung nicht entgangen und er fragte sich einmal mehr, was der Mann, der ihn noch vor ein paar Tagen so beschimpft hatte, von ihm wollte.

„Oh, ich bin hier, weil ich *Ihnen* helfen kann, Lord Fairmont." Er lächelte Colin jovial an, aber die Freundlichkeit erreichte seine Augen nicht. Dort las Colin ganz im Gegenteil abschätzende Berechnung, aber er lächelte nur unverbindlich zurück und wartete stattdessen darauf, was Windhurst ihm zu sagen hatte. Als dieser bemerkte, dass er Colin so nicht aus der Reserve locken konnte, verschwand sein Lächeln und er beugte sich zu Colin herüber.

„Gut, dann komme ich eben sofort zu meinem Anliegen. Oder sollte ich besser sagen, zu dem Geschäft, dass ich Ihnen vorschlage." Er lehnte sich wieder zurück, und musterte Colin verschlagen.

„Ich habe seit Ihrem Besuch bei uns, der so unschön endete, einige Schuldscheine ihres werten Cousins aufgekauft. Und ein paar, die seine Söhne hinterlassen haben. Insgesamt handelt es sich um eine Summe von fünftausend Pfund." Er beobachtete mit Genugtuung, wie Colin erbleichte.

„Ich brauche Ihnen nicht zu sagen, dass sie als Erbe für diese Summe haften, Mylord."

„Was wollen Sie, Windhurst?", presste Colin zwischen zusammengepressten Zähnen hervor, obwohl er sich sehr genau vorstellen konnte, um was es dem Mann hier ging.

„Oh, ich möchte nur, dass Sie sich die Sache mit Amelie noch einmal überlegen." Mr. Windhurst stand auf und beugte sich zu Colin hinunter.

„Ich denke, eine Woche wird ausreichen, Ihre Entscheidung zu treffen. Haft wegen Ihrer Schulden oder eine Ehe mit meiner süßen Amelie, Fairmont." Damit drehte er sich um und verließ ohne ein weiteres Wort das Arbeitszimmer. Colin brauchte eine Weile, bis sich die rauschende Wut über diese Erpressung so weit gelegt hatte, dass er einigermaßen klar denken konnte. Dieser Bastard wollte sich nicht nur einen Titel für seine Tochter mit einer stattlichen Mitgift erkaufen, er schreckte überdies auch nicht vor Erpressung zurück! Zum ersten Mal tat Amelie ihm aufrichtig leid. Das Mädchen war für ihre Eltern nur Mittel zum Zweck. Das hatte er zwar immer schon gewusst, aber das krankhafte Ausmaß dieses Wunsches ihrer Eltern war ihm nicht klar gewesen. Auf gar keinen Fall würde er Amelie heiraten, das konnte er ihr nicht antun. Er wollte nicht, dass sie eines Tages erfahren könnte, dass ihre Ehe mit ihm durch Erpressung zustande gekommen war. Daran würde sie zerbrechen, das wusste er instinktiv. Er hatte eine Woche, die

Schuldscheine auszulösen und Windhurst den Wind aus den Segeln zu nehmen. Eine Woche.

Eine Woche war seit Williams Tod vergangen und nun saß Violet in dem Salon der Familie und wartete auf Richard, ihren Cousin, den sie nur flüchtig kannte, der aber von nun an eine wichtige Rolle in ihrer aller Leben spielen würde. Als sie das Knirschen von Kutschrädern auf dem Kiesweg hörte, der zum Haus führte, stand sie auf und glättete mit zitternden Händen den schwarzen Musselin ihres schlichten Trauerkleides. Margret war, wie zu erwarten gewesen war, nicht in der Lage, ihr Bett zu verlassen und so kam es Violet zu, stellvertretend für die Hausherrin ihren Cousin zu begrüßen. Da sie ihn so gut wie gar nicht kannte, wusste sie nicht, was auf sie zukommen würde und so blickte sie nervös zur Tür. Eine große Sorge galt ihrem Elternhaus, Banbury House, das Richard zwar nicht verkaufen konnte, weil es zu den unveräußerlichen Gütern gehörte, die mit dem Titel des Earls of Banbury einhergingen, aber er würde durchaus Veränderungen vornehmen können. Und sollte Margrets Kind kein Junge sein... Die nächste ungelöste Frage war, wie er sich zu ihrer Anwesenheit hier stellen würde. Zwar würde Richard nicht als ihr Vormund fungieren, denn sie war inzwischen volljährig, dennoch war er ihr nächster Verwandter und hatte damit eine gewisse

Macht über sie. Er hatte keinerlei rechtliche Verpflichtung, sie hier zu dulden und könnte sie einfach fortschicken. Und während sie sich noch fragte, ob er womöglich auch das Recht hatte, sie in eine Ehe zu zwingen oder ihr das Geld, das William ihr an ihrem fünfundzwanzigsten Geburtstag zur Verfügung stellen wollte, einzubehalten, öffnete sich die Tür.

Aber es war nicht Richard, der den Raum betrat. Ihr Herz setzte einen Schlag aus und sie keuchte bei dem Anblick des Mannes, der dort siegessicher in der Tür stand, auf.

„Ich habe dir doch gesagt, dass ich immer das bekomme, was ich will."

Henry Newtons überhebliches Lächeln ließ ihr das Blut in den Adern gefrieren. Was machte dieser Mann hier? Violet beobachtete irritiert, wie Henry sich abschätzend umsah. Es schien als schätzte er den Wert eines jeden Möbelstücks, jeden Teppichs und jeder Vase ein, bis schließlich sein Blick wieder zu Violet wanderte. Zufrieden nickte er ihr zu, dann ging er zu der Klingelschnur und zog daran.

„Habt ihr hier kein aufmerksames Personal, Cousine? Ich bin durstig und hungrig nach der langen Reise." Als der Butler erschien, herrschte Henry ihn an: „Bring mir ein kühles Ale und Brot und Käse. Und sieh zu, dass heute Abend ein Festmahl auf dem Tisch steht. Wir haben etwas zu feiern!"

Wenn Aldric, ihr Butler, sich über den unfreundlichen Ton und die despektierliche Anrede wunderte, dann zeigte er es jedenfalls mit keiner Regung. Stattdessen sah er kurz zu Violet, die leicht nickte und verbeugte sich dann vor Henry.

„Sehr wohl."

Violet spürte, dass Henry sie ärgerlich musterte.

„Es wäre besser, das Personal gewöhnt sich daran, ausschließlich meine Befehle zu befolgen."

Violet senkte den Blick, aber ihr Herz klopfte ihr bis in den Hals. Längst hatte sie das Gefühl, dass hier irgendetwas vorging, von dem sie keine Ahnung hatte. Sie beschloss, die Flucht nach vorne anzutreten.

„Henry, es ist mir eine Ehre, Sie hier in Banbury House begrüßen zu dürfen. Verzeihen Sie mir bitte meine Neugier, aber..."

„Oh, liebste Violet, sollte man dich nicht benachrichtigt haben?" Er spielte Katz und Maus mit ihr, das bemerkte sie wohl, aber sie war nicht im Stande, sich zu wehren.

„Ich fürchte, nein", brachte sie daher nur mühsam hervor.

„Oh, das ahnte ich nicht, sonst wäre ich nicht so hereingeplatzt." Seine Augen und seine Haltung verrieten, dass genau das Gegenteil der Fall war und er sehr wohl wusste, dass er einen Wissensvorsprung hatte, den er auszunutzen gedachte. Als Violet das bemerkte, straffte sie ihre Schultern. Auf gar keinen Fall wollte - durfte - sie ihm ihre Angst zeigen.

„Es wäre natürlich besser gewesen, wenn Sie Ihr Kommen angemeldet hätten, aber natürlich sind Sie uns auch so willkommen."

In gespieltem Erstaunen zog er die Augenbrauen hoch.

„Nicht doch, liebste Violet, ich bin kein Gast! Ich bin der Vormund deiner lieben Nichte Catherine und dann, wenn er oder sie geboren ist, auch des zweiten Kindes deines Bruders!"

Violet riss entsetzt die Augen auf. Das konnte nicht

sein. Gleich würde der Notar kommen und auch
Richard musste jeden Augenblick hier eintreffen.
„Ich sehe schon, Liebes, du hast wirklich keine
Nachricht erhalten. Unser Cousin Richard ist leider auf
dem Weg hierhin in einem Gasthaus verstorben.
Irgendetwas mit dem Magen, sagte man mir. Die
Köchin dort hat wohl unwissentlich das Essen vergiftet,
es waren leider einige Gäste davon betroffen. Und der
arme Richard, nun, er hat es bedauerlicherweise nicht
überlebt."
Kaltes Entsetzen kroch durch Violets Körper als sie das
ganze Ausmaß dieser Eröffnung begriff. Damit war
Henry ihr nächster Verwandter und würde an Richards
Statt dessen Verpflichtungen übernehmen. Und dessen
Rechte, und das ließ sie entsetzt aufkeuchen. Henry
hatte sie aufmerksam beobachtet und ging nun auf sie
zu. Er legte ihr seine Hand auf den Arm und drückte
fest zu. Zu fest. Das war kein Trost, den diese Geste
spenden sollte. Das war ein Versprechen und eine
Warnung gleichzeitig.
„Ich kann verstehen dass dich diese Nachricht
schockiert, Liebes, aber wir müssen nun das Beste aus
dieser Situation machen." Violet hatte eine ziemlich
genaue Vorstellung davon, was Henry für das Beste
hielt. Und das machte ihr Angst. In diesem Augenblick
klopfte es und Aldric kam mit einem Tablett herein auf
dem das gewünschte Ale und eine appetitliche Auswahl
an Käse und kaltem Braten angerichtet war.
Gleichzeitig kündigte er den Notar an, der vor der Tür
wartete. Etwas unwillig sah Henry auf das Tablett, dann
jedoch forderte er Aldric auf, den Notar hereinzuführen.
Nach einer höflichen Begrüßung kam Henry zur Sache.

Offenbar konnte er es gar nicht abwarten, seine zukünftige Position anzutreten. Mr. Garric legte seine Mappe auf den Tisch und zog einige Papiere daraus hervor, die er vor Henry ausbreitete.

„Ich habe mich beeilt, die Papiere auf Ihren Namen umzuschreiben. Die entsprechenden Unterlagen, die Lord Holcombes Tod bestätigen, habe ich ja zeitnah erhalten." Henry nickte zufrieden während Violet mit wachsendem Entsetzen die Situation verfolgte.

„Wenn ich Sie jetzt bitten dürfte, hier zu unterschreiben, Mr. Newton." Er deutete auf eine freie Stelle am Ende einer Urkunde. Schnell griff Henry nach dem Stift und setzt schwungvoll seinen Namen darunter. Damit war er offiziell Vormund der beiden Kinder. Zufrieden sah er Mr. Garric an.

„Ich danke Ihnen, Mr. Garric, dass Sie so schnell herkommen konnten." Damit deutete er auf die Tür und der Notar war entlassen.

Er ging zu dem mächtigen Schreibtisch und ließ sich auf den geschnitzten Stuhl fallen, der dahinter stand. Violet schossen augenblicklich heiße Tränen in die Augen. Dass dieser Mann hier nun an dem Platz saß, den sie für immer mit ihrem Bruder in Verbindung bringen würde, fühlte sich so falsch an. Aber was sollte sie tun? Leider hatte Henry jedes Recht der Welt hier zu sein und dort zu sitzen. Tapfer wischte sie sich die Tränen weg, während ihr Cousin einen kleinen Schlüssel aus einer an seinem Gürtel befestigten Tasche nestelte und die Schublade aufschloss, in der William wichtige Papiere und immer eine Summe Bargeld aufbewahrte. Dann legte er die eben unterzeichnete Vormundschaftsurkunde hinein und verschloss die

Schublade wieder sorgfältig. Irgendetwas an diesem Bild fühlte sich falsch an, war falsch, das empfand sie in diesem Moment überdeutlich. Henry auf diesem Stuhl, hinter diesem Schreibtisch... er gehörte einfach nicht hierher!

„Ich denke, es ist besser, wenn du dich bis zum Abendessen in dein Zimmer zurückziehst. Ich kann dir ansehen, dass dich die Ereignisse sehr mitnehmen, was nur zu verständlich ist. William sagte mir, dass du sehr labil bist." Henry betonte das so, dass sich die feinen Härchen auf ihren Armen aufstellten. Nie und nimmer hatte William etwas derartiges gesagt, aber die Tatsache, dass ihr Cousin darauf anspielte, sagte ihr, dass er um ihre Vergangenheit wusste. Und sie zweifelte keinen Augenblick daran, dass er dieses Wissen auszunutzen gedachte. Sie ging an ihm vorbei und erwartete förmlich, dass er sie wieder bedrängen würde, aber zu ihrer Erleichterung ließ er sie unbehelligt gehen.

Sie schloss die Tür ihres Zimmers hinter sich und ließ sich auf ihr Sofa fallen, das neben dem Kamin stand und ihr Lieblingsplatz war. Sie versuchte, einen klaren Gedanken zu fassen, sich zusammenzureißen, denn ganz sicher würden die kommenden Tage nicht nur enthüllen, was Henry vorhatte, sondern sie ahnte auch, dass sie darin eine nicht unwesentliche Rolle spielen würde. Sie dachte an die Episode auf dem Ball und ihr wurde schlecht. Sie musste weg von hier, möglichst schnell. Sie stand auf und ging zur Tür. Aber als sie sie öffnete, sah sie sich einer grobschlächtigen Frau gegenüber. Sie war mindestens einen Kopf größer als Violet, von kräftiger Statur und ihre wässrig blauen

Augen musterten sie wie ein lästiges Insekt.

„Ich denke nicht, dass du dein Zimmer verlassen darfst, Cousine."

„Wer sind Sie? Was machen Sie hier?" Verdutzt blieb Violet stehen. Die Fremde verschränkte die Arme vor der Brust, was sie nur noch bedrohlicher wirken ließ.

„Oh, ich bin Heather, deine Cousine. Henry ist mein Bruder und ich wollte mich gerade bei dir vorstellen."

„Äh, das ist sehr nett, Heather, willkommmen in Banbury House. Aber ich würde jetzt gerne einen kleinen Spaziergang machen. Würden Sie mich bitte durch lassen?" Heather vertrat ihr energisch den Weg.

„Ich sagte doch, dass mein Bruder angeordnet hast, dass du auf deinem Zimmer bleiben sollst bis er dich rufen lässt." Das hatte er zwar nicht gesagt, änderte aber nichts daran, dass Heather ganz offensichtlich nicht daran dachte, ihr den Weg frei zu geben. Violet versuchte dennoch, sich an ihr vorbei zu drängen aber Heather packte sie fest am Handgelenk und zerrte sie zurück in ihr Zimmer. Dann stieß sie sie aufs Bett und zog im Hinausgehen den Schlüssel aus dem Schloss, nur um die Tür von außen zu verschließen.

Als Violet die Ausweglosigkeit ihrer Situation bewusst wurde, hämmerte sie wütend auf das Laken ein. Sie war eine Gefangene im eigenen Haus. *Gott steh mir bei,* dachte sie, wütend und ängstlich zugleich.

Colin sprang von seinem Pferd und übergab die Zügel an einen herbeieilenden Stallburschen. Dann klopfte er sich den Staub von der Hose und ging auf das mächtige Eingangsportal zu, das jeden Besucher von Ashford Hall begrüßte. Er ließ den schmiedeeisernen Ring, den der Löwenkopf im Maul hatte, gegen das Holz klopfen und wartete. Kurze Zeit später öffnete sich die Tür und der Butler, der ihn auch schon vor einigen Tagen hereingelassen hatte, begrüßte ihn förmlich. Dann geleitete er ihn zu Nicholas Arbeitszimmer und hieß ihn warten, bis er dem Hausherren den Besucher gemeldet hatte. Etwas verlegen stand Colin wenig später vor dem mächtigen Schreibtisch, hinter dem Nicholas saß und ihn musterte. Seine Miene ließ nicht erkennen, ob er willkommen war oder ob sein Freund ihn wegen des unschönen Zwischenfalls in London lieber hinauswerfen würde. Colin räusperte sich, aber er wusste, dass kein Weg an einer Erklärung vorbeigehen würde.

„Ich danke dir, dass du mich nicht gleich hast hinauswerfen lassen, Ashford. Zu der Sache in London nur soviel, und das soll keine Entschuldigung sondern nur der Versuch einer Erklärung sein: Von Zeit zu Zeit suchen mich die Dämonen meiner Vergangenheit auf und dann..." Er ballte die Hände zu Fäusten, löste sie aber sofort wieder als er Nicholas' aufmerksamen Blick bemerkte.

„Du hattest recht: Ich bin ein feiger Hund. Ich versuche, diese Dämonen zu ertränken, aber bitte mich jetzt nicht, dir davon zu erzählen, denn das werde ich nicht tun." Sie maßen sich mit Blicken, der eine

136

fragend, der andere finster und verschlossen. Dann zog Nicholas schließlich eine Augenbraue hoch und deutete ohne ein weiteres Wort auf den Stuhl vor seinem Schreibtisch.

„Was auch immer es ist, das dich quält, du wirst es nicht mit Alkohol wegschwemmen können. Deine Dämonen, wie du sie nennst, werden so lange oben schwimmen wie du sie lässt. Wie ein Schiff, das auf den Wellen schwimmt. Du wirst es schon versenken müssen, damit es untergeht! Denk daran, wenn du das nächste Mal eine Brandyflasche öffnest. Und jetzt setz dich und sag mir, was dich wirklich hierher führt."

Colin nahm Platz, sagte aber nichts. Seinen Freund um Hilfe zu bitten schmeckte wie bittere Galle. Die Worte, die er sich auf dem Weg zurecht gelegt hatte, wollten ihm nun nicht über die Lippen kommen. Dann aber dachte er an Nicholas' eindringliche Worte, die ihn an seine Verantwortung gegenüber den Menschen auf seinem Land erinnerten und er presste hervor: „Ich... brauche deine Hilfe."

Neugierig musterte Nicholas seinen Freund. Als der aber nichts weiter sagte, sondern unbehaglich auf seinem Stuhl herumrutschte und offenbar noch versuchte, die Kröte hinunter zu schlucken, die ihm sein Ansinnen in den Hals gezaubert hatte, machte er es kurz: „Gewährt."

„Gewährt? Äh... ich... du weißt doch gar nicht, was ich dir vorschlagen möchte." Irritiert sah Colin sein Gegenüber an.

„Wenn du nicht gerade von mir verlangst, dass ich dir dabei helfen soll, eine Leiche verschwinden zu lassen, so bin ich gerne bereit, dir zu helfen. Abgesehen davon, dass ich dir mein Leben schulde bist du auch mein Freund. Und Freunde helfen sich. Also, um was geht es?"

Colin war Nicholas dankbar, dass er es ihm so einfach machte. Trotzdem schluckte er, denn der Vorschlag, den er ihm unterbreiten wollte, kratzte an seinem Selbstbewusstsein.

„Ich brauche Geld", begann er, aber Nicholas winkte ab.

„Bekannt. Wieviel?"

„Ähh, nein, ich will nicht.. also kein Darlehen. Ich habe mir überlegt, ob du vielleicht bereit wärst, mir Land abzukaufen. Es gibt da ein paar Felder, die noch Ertrag abwerfen." Colin sah verlegen zu Boden. Er trieb hier gerade den Teufel mit dem Beelzebub aus. Wenn er die wenigen Felder, auf denen das Getreide so weit gediehen war, dass es abgeerntet werden konnte, verkaufte, würde er den Ernteausfall anderweitig ersetzen müssen. Aber das Geld, das Nicholas ihm möglicherweise für das Land zahlen würde, würde er sofort an Windhurst weiterleiten müssen, um nicht wegen Zahlungsunfähigkeit belangt zu werden. Was nichts anderes bedeutete, als dass seine Leute ein weiteres Jahr hungern müssten. Er rieb sich über die Augen. Plötzlich kam ihm diese Lösung nicht mehr so hilfreich vor. Nicholas bemerkte das Zögern seines Freundes und dessen inneren Kampf sehr wohl. Er griff nach einer Karaffe, die auf seinem Schreibtisch stand und goss Brandy in zwei Gläser. Eines davon reichte er Colin.

„Was ist mit deiner geplanten Hochzeit mit Miss Windhurst? Sie brächte doch das Geld mit, das du brauchst."

Colin stieß ein dunkles Grollen aus.

„Es wird keine Hochzeit geben!"

„Äh, warum nicht? Hast du wieder einmal festgestellt, dass sie nicht zu dir passt?" Ein leichtes Grinsen umspielte Nicolas' Mundwinkel als er an das Gespräch vor einiger Zeit dachte, bei dem Colin ihm mitgeteilt hatte, dass Lady Catherine nicht zu ihm passen würde.

„Nein, dieses Mal passe ich nicht zu ihr!", presste Colin hervor. Nachdenklich musterte Nicholas seinen Freund. Mit demselben Nachdruck, mit dem er noch vor Tagen eine Frau gesucht hatte, schien er jetzt alle Kandidatinnen abzulehnen. Dafür musste es einen Grund geben.

„Wie wäre es, wenn du mir die ganze Geschichte erzählst."

Und das tat Colin. Als er geendet hatte, fluchte Nicholas leise.

„Dieser Bastard! Den Wunsch, dass seine Tochter in den Adel aufsteigt, kann ich ja noch nachvollziehen, aber die Mittel... Meinst du, Miss Windhurst weiß davon?", unterbrach er sich und sah Colin an.

„Nein, niemals! Sie ist eine durch und durch ehrliche Person. Selbst wenn ich auf das Angebot ihres Vaters einginge... wenn sie jemals erfahren würde, wie diese Ehe wirklich zustande gekommen wäre... Ich glaube noch nicht einmal, dass sie wirklich in mich verliebt ist. Sie hat den Wunsch, es ihrem Vater recht zu machen. Sie ist jung und romantisch veranlagt, daher kann sie sein perfides Spiel nur ertragen, wenn sie sich einredet, dass sie...Ach, lassen wir das. Ich kann das nicht ausnutzen, Nicholas. Ich will keine Frau, die Gefühle in unsere Ehe investiert. Ich..." Er fuhr sich mit den Fingern über die Augen. Wie sollte er seinem Freund erklären, warum das für ihn eine so wichtige Voraussetzung war, ohne ihm gleichzeitig zu offenbaren, dass es mit Aimee und ihrem Tod zusammenhing? Ein Tod, an dem er schuld war. Weil sie ihn geliebt hatte und er...

„Deine Dämonen?", fragte Nicholas leise und Colin nickte zögernd. Er war dankbar, dass Nicholas schwieg und nicht weiter in ihn drang. Nach einer Weile, in der niemand etwas sagte, räusperte Nicholas sich.

„Ich kaufe deine Felder nicht, Colin." Als der ihn überrascht und mit einem Hauch Enttäuschung ansah, hob er die Hände.

„Ich... pachte sie. Sie bleiben dein Eigentum. Ich ernte und verkaufe das reife Korn. Einen Teil davon überlasse ich dir, damit du deine Leute satt bekommst. Dann bestelle ich im nächsten Jahr die Felder und so weiter, bis du in der Lage bist, sie wieder zu übernehmen."

„Das geht nicht!" Ungläubig sah Colin seinen Freund an.

„Bis du dein Geld mit den Ernten wieder reingeholt hast..." Er kniff die Augen zusammen als er den Sinn dieser Abmachung erkannte.

„Du... verstehst es immer noch als Darlehen, Ashford!"

„Nun, sieh es wie du willst, Colin. Du brauchst Geld, ich habe welches. Du willst Geld, ich gebe es dir. Was ist daran falsch?"

„Ich habe meinen Stolz, Ashford!", presste er mühsam beherrscht hervor.

„Von Stolz werden deine Leute nicht satt, Fairmont!

Schluck ihn und nimm mein Angebot an!"

In dem Moment unterbrach ein lautes Klopfen gefolgt von dem fast gleichzeitigen Öffnen der Tür ihren Disput. Ava trat ein und bedachte beide Männer mit einem herzlichen Lächeln.

„Ich hörte gerade, dass wir Besuch haben. Wie schön, Sie schon so bald wiederzusehen, Lord Fairmont! Sie bleiben doch über Nacht?"

„Überleg es dir, alter Freund." Dann stand Nicholas auf und deutete auf die Tür.

„Komm, du wirst das Angebot meiner reizenden Gattin doch wohl nicht ablehnen wollen?" Grinsend deutete er zur Tür.

„Ich könnte heute einen Freund vertragen, der mir hilft, meine hoffnungslos verzogenen Kinder und meine schwangerschaftsbedingt launische Gattin in Schach zu halten!"

Als das schwindende Licht des Tages bereits lange Schatten warf, hörte Violet, wie sich der Schlüssel mit einem hässlichen Klacken im Schloss drehte. Sie hatte die vergangenen Stunden damit verbracht, mit ihrem Schicksal zu hadern, sich zu ängstigen, ihn zu verfluchen, Fluchtpläne zu schmieden... nur um sich dann ängstlich auf ihr Bett zu setzen und zu warten. Auf was, wusste sie nicht so genau oder vielleicht verdrängte sie auch, was ihr Verstand längst wusste.

„Komm, liebste Cousine. Das Abendessen ist serviert." Heather stand in der Tür und schaute sie ausdruckslos an.

„Ich habe keinen Hunger. Richten Sie das doch bitte meinem Cousin aus", versuchte sie, Henrys Gegenwart zu entkommen.

„Ich fürchte, das wird er nicht akzeptieren, Violet. Er hat etwas mit dir zu besprechen und es wäre unklug von dir, ihn zu verärgern, indem du dem Essen fern bleibst."

Violet wog ihre Chancen ab. Wenn sie nicht ginge, würde *er* ganz sicher *zu ihr* kommen und das wollte sie noch weniger, als ihm bei Tisch und unter den Augen der Bediensteten zu begegnen. Sie wischte sich ihre feuchten Hände an ihrem Rock ab und stand auf.

„Also gut, Heather, ich werde mitkommen."

In Gedanken zählte sie die Stufen der Treppe, die nach unten führte. Allerdings rückwärts, denn sie kannte die Anzahl sehr genau. Es kam ihr vor wie der Abgesang ihres bisherigen Lebens. Fünf, vier, drei... Ihr Herz schlug heftig, als sie den marmornen Boden der Halle betrat, von der aus man das Speisezimmer erreichte. Nachdem Heather die Tür geöffnet hatte und Violet eingetreten war, erkannte sie, dass nur für zwei Personen eingedeckt war. Die Tür schloss sich und Violet war mit Henry alleine. Sie schluckte als er auf sie zukam. Im Licht unzähliger Kerzen konnte sie seinen Gesichtsausdruck nicht erkennen. Er blieb vor ihr stehen und deutete eine Verbeugung an. Dann deutete er zum Tisch und ging voran. Er rückte ihren Stuhl zurecht, bevor er sich selber setzte. Dann ergriff er das Wort.

„Ich denke es ist Zeit, dass wir uns über unsere Zukunft unterhalten, Liebes." Er verzog den Mund zu einem Lächeln, das aber nicht seine Augen erreichte.

Violet nahm allen Mut zusammen und richtete ihren Blick auf ihn. Sie versuchte, eine kalte Gelassenheit vorzutäuschen und hoffte, er möge die Unsicherheit und Angst nicht erkennen, die sie tatsächlich empfand.

„Henry, ich nehme zur Kenntnis, dass Sie nun der Vormund meiner Nichte und des ungeborenen Kindes meines Bruders sind, aber...", sie nahm einen Schluck aus dem Weinkelch, der bereits gefüllt an ihrem Platz stand, „ich bin volljährig. Mein Vormund sind Sie also nicht!"

Er lächelte sie lasziv an.

„Das will ich doch auch gar nicht, Liebes."

Ein winzig kleiner Hoffnungsschimmer keimte in Violet auf.

„Ich habe etwas ganz anders für dich... für uns geplant, Violet." Er lehnte sich zurück und ließ seine Worte auf sie wirken. Auch er nippte genüsslich an seinem Wein.

„Ein ausgezeichneter Tropfen, den mein lieber Cousin, Gott hab ihn selig!, in seinem Weinkeller verwahrt." Er drehte das Glas in seinen Fingern und betrachtete scheinbar versonnen, wie die blutrote Flüssigkeit an die Ränder schwappte. Violet ahnte, dass er sie bewusst auf die Folter spannte, aber sie zwang sich, Ruhe zu bewahren. Stattdessen legte sie den Kopf etwas schief und wartete, was Henry ihr eröffnen würde. Ein leises Klopfen ertönte und dann brachte jemand, den Violet nicht kannte, Platten mit Fleisch, Gemüse und Fisch herein und stellte sie mittig auf die festlich gedeckte Tafel.

„Mylord, wenn Sie noch Wünsche haben..."
Henry hob die Hand.
„Dann klingele ich. Ansonsten möchten wir nicht gestört werden, Prescot!" Mit einer Verbeugung verließ der Mann das Zimmer. Violet schaute ihm verwirrt hinterher.
„Wer war das?"
„Das war unser neuer Butler, Liebes."
„Neuer Butler? Aber wir haben doch..."
„Wir hatten, Violet, wir hatten. Ich habe mir erlaubt, einige Dienstboten auszutauschen." Er schaufelte sich ungerührt Gemüse und Fleisch auf seinen Teller und beachtete Violet nicht weiter. Ihr lief ein kalter Schauer über den Rücken. Zum ersten Mal kam ihr der Verdacht, dass sie Henry trotz allem unterschätzt hatte. Er hatte in wenigen Stunden nicht nur ihr Leben komplett auf den Kopf gestellt. Und sie konnte kaum etwas dagegen tun.
„Haben Sie", sie räusperte sich, „Margret schon besucht?" Sie wusste nicht, was sie sagen sollte, wie sie ihn fragen konnte, was er weiter vorhatte, daher nahm sie Zuflucht zu diesem scheinbar unverfänglichen Thema. Er blickte auf und sah sie an, ohne sein Kauen zu unterbrechen.
„Oh ja, ich habe sie heute Nachmittag besucht. Ich dachte, sie solle sich so schnell wie möglich an die neue Situation gewöhnen." Er nahm einen Schluck, um den Bissen herunterzuspülen.
„Warum isst du denn nichts, Liebes?" Er nahm sich erneut von dem Fleisch. Violet wurde es übel. Er spielte mit ihr, das wurde ihr plötzlich klar. Sie schob das Glas beiseite und beugte sich vor.

„Was wollen Sie wirklich von mir, Mr. Newton?" Sie
betonte die distanzierte Anrede als ob sie ihn damit
auch von sich fernhalten könnte. Henry ignorierte sie,
bis er erneut geschluckt hatte. Dann legte er sein
Besteck beiseite und sah sie kalt an.

„Gut, ich sehe schon, du bevorzugst die direkte
Variante, Violet." Er schenkte sich Wein nach und sah
sie dann unverwandt an.

„Ich dachte, du kämst vielleicht von selber drauf, aber
sei es drum. Ich will dich!"

Violet stockte der Atem angesichts dieser direkten
Worte. Sie riss die Augen auf und schluckte.

„Komm schon, es dürfte dir doch nicht entgangen sein,
dass ich dich will, seit ich dich das erste Mal gesehen
habe." Sein Blick wanderte von ihrem Gesicht
ungeniert zu ihrem Ausschnitt und Violet spürte eine
altbekannte Panik in sich aufsteigen. Er musterte sie
wie... *Vieh!* Einen Wimpernschlag lang reiste ihr
Verstand fünf Jahre zurück, in die Dunkelheit, nach
Bedlam. Sie schluckte und atmete, schluckte und
atmete und tatsächlich gelang es ihr, die aufkommende
Panik in Schach zu halten. Ihre Reaktion auf seine
Worte war ihm nicht entgangen und ein zufriedenes
Lächeln umspielte seine Mundwinkel.

„Nicht doch, Liebes, du musste keine Angst haben." Er
war bereit, ihr den letzten Schlag zu verpassen. Für
seinen Geschmack hielt sie sich noch viel zu... aufrecht.
Er wollte, nein musste, die Angst in ihren Augen sehen,
erst dann wäre sein Triumph perfekt. Und erst, wenn sie
vor lauter Angst vor ihm zittern würde, in dem
Bewusstsein, dass sie ihm nicht entkommen konnte,
erst dann würde er sie in sein Bett holen.

„Ich werde dich nicht entehren, indem ich dich in mein Bett zwinge. Alles muss seine Ordnung haben. Du wirst... meine Frau!"

In Violets Ohren rauschte es. Ihr wurde schwindelig. Das konnte er nicht ernst meinen!

„Ich werde nicht Ihre Frau!", krächzte sie und ihre Stimme klang selbst in ihren Ohren fremd.

„Niemals!", fügte sie etwas entschlossener hinzu.

„Ich verstehe, dass du im Moment nicht in der Lage bist, zu erkennen, was für dich in dieser Situation das Beste ist." Violet fühlte seinen fast mitleidigen Blick auf sich ruhen, sah aber nicht zu ihm hinüber.

„Ich habe bereits eine Sondererlaubnis beantragt, das wollte ich heute mit dir feiern." In seiner Stimme schwang Selbstsicherheit und Entschlossenheit mit. Entsetzt sah sie nun doch zu ihm hin, aber er schien die Ruhe selbst zu sein. Der siegessichere Ausdruck in seinen Augen widerte sie an und regte ihren Widerspruchsgeist.

„Ich... mein Bruder ist kaum unter der Erde, da kommen Sie mit einer Hochzeit?! Der Haushalt ist in Trauer! Und wie kommen Sie zu der Ansicht, ich könnte mit einer solchen Verbindung einverstanden sein?! Sie können mich nicht zwingen!", schleuderte sie ihm entgegen, aber er zuckte nur die Schultern.

„Zwingen... das ist ein hässliches Wort, das ich nicht benutzen würde." Er stand auf und war mit wenigen Schritten bei ihr. Dann legte er Violet seine Hände auf die Schultern und drückte zu, gerade so, dass es noch nicht schmerzte, aber auch keinen Zweifel daran aufkommen ließ, dass er ihr sehr wohl weh tun könnte.

„Ich denke, wenn du mich anhörst, wirst du sehr wohl

146

den Vorteil dieser Verbindung erkennen." Er beugte sich zu ihr herunter und seine Lippen streiften ihren Nacken. Violet erstarrte. Seine Hände wanderten an ihren Armen entlang hinunter zu ihren Brüsten. Aber zu ihrem Erstaunen streifte er sie nur leicht, dann trat er einen Schritt zurück. Mit geschäftsmäßig ruhiger Stimme sprach er weiter und Violet erkannte das ganze Ausmaß seiner Pläne.

„Ich denke, aufgrund deiner Vergangenheit ist es ratsam, dir möglichst schnell wieder ein stabiles Umfeld zu bieten. Niemand möchte, dass du aufgrund deiner Labilität wieder", sie schauderte wegen der unausgesprochenen Drohung, „nach Bedlam musst!" Sie musste ihn nicht ansehen um die Niedertracht in seinem Gesicht zu sehen. Seine Stimme verriet ihr alles, was sie wissen musste. Er kannte ihre Vergangenheit und drohte ihr unverhohlen.

„Ich...", mehr kam nicht aus ihrem Mund. Was sollte sie auch sagen? Sie könnte sich verteidigen, ihm sagen, dass sie dort zu Unrecht gewesen war, aber was sollte das bringen? Vielleicht wusste er es sogar, aber ganz sicher machte das keinen Unterschied. Es gab genug Menschen, die daran zweifelten, dass sie zu Unrecht dort gewesen war und die ihm glauben würden, wenn er behauptete, der Tod ihres Bruders hätte sie derart aus der Bahn geworfen, dass sie professionelle Hilfe benötigte?

Aufgebrachte Stimmen und dann ein lautes Poltern unterbrachen ihre Gedanken. Henry runzelte die Stirn und ging zur Tür. Violet folgte ihm, aber was sie sah, ließ ihr das Blut in den Adern gefrieren. Margret lag am Fuß der Treppe, reglos, die Augen geschlossen. Mit wenigen Schritten war Violet bei ihr.

„Margret, um Himmels Willen!" Sie streichelte die blasse Wange ihrer Schwägerin. Dann fühlte sie nach Margrets Puls. Zu ihrer Erleichterung fühlte sie ihn, schwach zwar, aber er war da. Sie wollte schon erleichtert aufatmen, da sah sie die Blutlache, die sich unter der schwangeren Frau ausbreitete, Langsam aber stetig wurde sie größer und während Violet entsetzt darauf starrte, krümmte Margret sich plötzlich und stöhnte.

„Himmel, wir müssen einen Arzt holen. Margret... das Baby..." Panisch sah sie ihren Cousin an, der ebenfalls auf die Szene starrte. Einen Wimpernschlag lang glaubte sie, einen überraschten, dann aber verschlagenen Ausdruck in seinen Augen wahrzunehmen, aber schnell wandte er sich ab und durchmaß die Halle mit großen Schritten. Er rief laut nach Preston und hieß ihn, umgehend einen Arzt und die Hebamme zu holen, als dieser in die Halle hastete. Zwei weitere Bedienstete, die Violet ebenfalls nicht kannte, hoben Margret vorsichtig auf und trugen sie in ihr Zimmer. Violet blieb die ganze Zeit an ihrer Seite und setzte sich schließlich neben sie auf das Bett. Unter Tränen streichelte sie Margrets Hand, legte ihr feuchte Tücher, die man ihr gebracht hatte, auf die Stirn und wusste doch, dass sie nichts weiter tun konnte als auf den Arzt zu warten. Margrets Stöhnen wurde lauter, sie hatte ganz offenbar große Schmerzen und Violet litt mit ihr. Schließlich kam der Arzt, aber nachdem er ihre Schwägerin eingehend untersucht hatte, schüttelte er bedauernd den Kopf. Er tauschte einen stummen Blick mit der Hebamme und verließ dann das Zimmer.

148

„Es ist besser, Sie gehen jetzt", wandte die Frau sich an Violet.

„Sie können hier nichts tun, die nächsten Stunden werden kein Zuckerschlecken." Violet wischte sich die Tränen ab und schämte sich, weil sie nicht nur ihrer Schwägerin, sondern auch ihrer eigenen Situation galten. Langsam erhob sie sich. Während die Hebamme sich die Hände in dem heißen Wasser wusch, das auf einer Anrichte zusammen mit sauberen Tüchern stand, verließ sie mit bleischweren Gliedern das Zimmer. Sie nahm Heather kaum wahr, die ihr folgte. Bevor diese sie wieder einschließen konnte, bat Violet: „Könnten Sie bitte Bridget zu mir schicken? Sie kann mir..."

„Wer ist Bridget?", unterbrach Heather sie unwirsch.

„Bridget ist meine Zofe. Sie soll mir beim Auskleiden helfen und..."

Heather zog überrascht die Augenbrauen in die Höhe. „Hat mein Bruder dir nicht gesagt, dass er fast alle Dienstboten entlassen hat? Er hat in der Kürze der Zeit natürlich noch nicht alle ersetzen können. Eine Bridget war, glaube ich, auch darunter. Sei es drum, in jedem Fall soll ich dir ab heute helfen. Und ich sage dir gleich: ich bin keine Dienstmagd. Ich werde nur das Allernötigste für dich tun. Und das auch nur, bis Henry einen Ersatz für diese Bridget eingestellt hat!"

Violet hielt inne als sie den wahren Zweck dieser Maßnahme erkannte. Henry wollte alles unter Kontrolle haben und das war mit den altgedienten Hausangestellten nicht uneingeschränkt möglich. Sie wusste, dass nicht wenige von ihnen ihrer Herrschaft gegenüber äußerst loyal waren. Wenn Henry hier die Führung des Haushaltes übernehmen würde, besser gesagt, schon übernommen hatte, wären diese Leute ein unwägbares Risiko. Neue Angestellte wären dagegen eine durchaus formbare Dienerschaft. Violet schloss einen kurzen Augenblick die Augen. Henry schien fest entschlossen, den Haushalt und seine Mitglieder - und damit auch sie - zu kontrollieren.

Heather wandte sich kopfschüttelnd zur Tür. Sie nahm Violets Schweigen zum Anlass, sich zurückzuziehen. Offenbar war ihre Hilfe hier nicht erwünscht, was ihr nur recht war. Sollte diese verzogene, hochnäsige Lady doch sehen, wie sie alleine klar kam! Sie warf die Tür hinter sich zu und schloss ab.

Violet erwachte durch das klackende Geräusch, das der Schlüssel beim Umdrehen verursachte, aus ihrer Erstarrung. Nein, sie würde diese Frau ganz sicher nicht um Hilfe bitten. Sie könnte sehr wohl versuchen, sich selbst auszuziehen, auch wenn sie sich die Arme verrenken oder das Kleid zerschneiden müsste. Und im Notfall würde sie eben in ihrem Kleid schlafen.

Entschlossen griff sie hinter sich. Die unteren Knöpfe ihres Tageskleides waren kein großes Problem. Schnell hatte sie die kleinen runden Perlmuttperlen aus ihren Ösen gelöst, aber je weiter sie nach oben kam, umso komplizierter wurde es. Schließlich zog sie entnervt die kleine Schublade ihres Sekretärs auf, in der Nadel, Faden und Schere lagen. Die Stickarbeit lag unbeachtet oben auf, aber so sehr sie auch suchte, es war keine Schere mehr da. Ungläubig kramte sie das Unterste nach oben und umgekehrt, aber es blieb dabei: Es war keine Schere zu finden. Und, was noch schlimmer war, sämtliche Kerzen, die sie als Vorrat dort verwahrte waren verschwunden. Violet fühlte eine irrationale

150

Panik in sich aufsteigen und zwang sich zur Ruhe. Sie hatte ja noch die Öllampe, die... Als sie mit einem Blick auf ihren Nachttisch feststellte, dass auch sie nicht an ihrem angestammten Ort stand, begann ihr Herz heftig zu klopfen. Es gelang ihr nicht, das Zittern ihrer Hände unter Kontrolle zu bringen, während sie fieberhaft begann, nach der Öllampe und den Kerzen zu suchen. Sie sah sogar unter dem Bett nach, obwohl sie die Unsinnigkeit dieser Aktion sehr wohl begriff. Es war die lähmende Angst vor der nächtlichen Dunkelheit, die sie zu diesem lächerlichen Tun veranlasste, obwohl ihr Verstand längst begriffen hatte, dass sie weder die Kerzen noch eine andere Lichtquelle finden würde. Zitternd presste sie die Fäuste an die Schläfen und versuchte, den aufsteigenden Kopfschmerz weg zu massieren. Dann zog sie, obwohl sie ahnte, dass es nichts bringen würde, an der Klingelschnur und wartete auf irgendjemanden, den sie bitten könnte, ihr das Gesuchte zu bringen. Als Heather eine gefühlte Ewigkeit später und mit einem missmutigen Gesichtsausdruck den Kopf zur Tür hereinstreckte, schluckte Violet ihren Stolz hinunter. Schlimmer als ihre Abneigung gegen diese Frau war die Angst vor der Dunkelheit.

„Heather, bitte, ich... könnte ich wohl ein Öllicht oder Kerzen bekommen?" Sie hatte seit fünf Jahren nicht mehr ohne Nachtlicht geschlafen, zu schlimm waren die Panikattacken, die sie unweigerlich bekam, wenn sie nicht wenigstens etwas Licht hatte. Als sie Heather ansah, die ihr ein wissendes Lächeln schenkte, zuckte sie zusammen. *Sie wissen es!*, dachte sie. *Henry weiß, dass ich Dunkelheit nicht ertrage und er hat Anweisung gegeben, dass jegliche Lichtquelle aus meinem Zimmer entfernt wird!* Es half nichts, dass sie versuchte, keine Schwäche zu zeigen. Ein undefinierbarer Laut entrang sich ihrer Kehle, einem Keuchen nicht unähnlich, und sie griff Halt suchend nach dem Bettpfosten.

Heather hingegen nahm ihre Reaktion mit einem zufriedenen Nicken zur Kenntnis.

„Ich sehe, du ziehst die richtigen Schlüsse. Henry hat angewiesen, dir *das Licht* zu nehmen." So wie sie es betonte, hörte es sich an, als wäre der Begriff Licht gleichbedeutend mit Sicherheit oder Lebensmut.

„Und wenn ich dir einen Rat geben darf: Du tust gut daran, schnell zu akzeptieren, dass er jetzt hier das Sagen hat. Er entscheidet, was mit dir oder sonst jemandem geschieht. Es entscheidet, ob oder wann du dieses Zimmer verlässt. Und er entscheidet, ob du eine Öllampe bekommst oder nicht!" Damit drehte sie sich um und verließ das Zimmer.

Violet wusste nicht, wie lange sie dort an den Bettpfosten gelehnt gestanden hatte. Es konnten nur Augenblicke oder auch Stunden gewesen sein. Irgendwann schmerzte ihr Rücken von dem harten Holz und ihre Beine fühlten sich taub an. Eisige Kälte kroch ihr durch die Glieder und lähmte sie zusätzlich. Das schwache Tageslicht, das noch durch die Vorhänge sickerte, verschwand zusehends und machte einem diffusen Halbdunkel Platz. Endlich gelang es ihr, sich zu bewegen. Mit steifen, eckigen Bewegungen setzte sie einen Fuß vor den anderen und zog die schweren Vorhänge zur Seite. Erleichtert öffnete Violet das Fenster und hieß die die letzten Reste der Dämmerung willkommen wie einen treuen Verbündeten. Mit pochendem Herzen sah sie das Licht allerdings immer mehr schwinden, doch gleichzeitig stieg im Osten ein blasser Mond auf, der schnell an Helligkeit gewann und bald ein milchiges Licht verbreitete. Glücklicherweise war der Himmel klar und ein Heer von Sternen begleitete seinen Weg über das Firmament. Violet atmete den unvergleichlichen Geruch der Nacht ein und entschied, dass der schwache Schimmer ausreichen musste, um ihre Angst vor der Dunkelheit in Schach zu halten. Sie zog sich einen Stuhl heran und wandte ihr Gesicht dem hellen Rund zu. Entschlossen atmete sie ein paar Mal tief ein und versuchte, die Angst hinunterzuschlucken, die sie bei dem Gedanken an die kommende Nacht überkommen wollte, dann ging sie zum Bett zurück und holte sich ein Kissen und eine Decke. Sie wollte Henry nicht die Genugtuung gönnen, sich ein weiteres Mal zu erniedrigen, indem sie flehentlich um Kerzen oder ein Öllicht bat. Zur Not musste es auch das schwache Mondlicht tun. Sie machte es sich leidlich bequem und kuschelte sich in die Decke. Dann legte sie die Unterarme auf die Fensterbank und dachte über ihre Situation nach. Die letzten Tage hatten ihr alles abverlangt, was sie an Kräften aufzubieten hatte. Erst Williams Tod, dann das unerwartete Auftauchen ihres Cousins und schließlich... Sie zuckte zusammen als ihr Margret wieder einfiel. Sie hatte über ihre eigenen Sorgen ihre Schwägerin ganz vergessen! Wie mochte es ihr erst gehen! Sie hatte ihren geliebten Ehemann verloren und nun, so wie es den Anschein hatte, auch noch ihr Kind. Und möglicherweise war sie selbst dabei gestorben, jedenfalls war im ganzen Haus kein Laut zu vernehmen. Langsam sickerte noch eine weitere Konsequenz der Ereignisse in ihr Bewusstsein. Mit dem Tod des Kindes war Henry unweigerlich der nächste Earl of Banbury! Eine kalte Hand griff nach ihrem Herzen, als sie daran dachte, welche Macht über sie alle ihm dieser Titel verlieh. Aber was auch immer dieser Mann plante, sie würde es nicht tatenlos hinnehmen. Sie war nicht mehr die naive, gutgläubige Achtzehnjährige, die sie vor fünf Jahren gewesen war. Sie hatte sich damals nur gewünscht, dort in dem Dunkel des Kellers zu sterben, aber dann hatte eine junge, ihr unbekannte Frau ihr eigenes Leben riskiert, um sie zu retten. Ava. Und von ihr hatte sie dann auch gelernt, dass es schlimmere Schicksale gab als ihr eigenes. Ava war vergewaltigt und von diesem Mann schwanger geworden und hatte sich doch nicht unterkriegen lassen, obwohl ihre eigenen Eltern sie danach verstoßen hatten. Sie hatte ihre Tochter zur Welt gebracht, war von der Gesellschaft geächtet worden und hatte dennoch ihr Glück gefunden. Und wenn Violet sich auch so gut wie möglich von den Menschen fernhielt, die sie aus Bosheit immer wieder an diese dunklen Stunden erinnerten, so war sie im Laufe der Jahre reifer geworden, hatte gelernt, mit diesen Anfeindungen zu leben und Verantwortung nicht nur für ihr eigenes Leben zu übernehmen. Margret brauchte sie jetzt und wenn sie die Geburt nicht überleben würde, dann war da immer noch Catherine, die sie brauchte.

Irgendwann musste sie in eingeschlafen sein, denn als sie die Augen öffnete, konnte man draußen bereits einen schwachen Schimmer erkennen. Ihr tat alles weh, aber befriedigt stellte sie fest, dass sie wenigstens keine Panikattacke gehabt hatte. Halbwegs zufrieden stemmte sie sich aus dem Stuhl hoch und räumte Decke und Kissen wieder ins Bett. Sie hatte den Stuhl noch nicht wieder vor den Sekretär gestellt, da hörte sie auch schon das Knirschen des Schlüssels im Schloss. Es war viel zu früh am Morgen, um sie zu wecken, und Bridget hätte sich nie getraut, zu dieser Uhrzeit bei ihr zu erscheinen, aber Violet ahnte, dass man ihr mit all diesen Kleinigkeiten zu verstehen geben wollte, dass nicht mehr sie über ihr Leben bestimmte sondern *er.* Entschlossen, sich keine Unsicherheit anmerken zu lassen, sah sie Heather, die die Tür aufstieß, entgegen. Zu ihrer Genugtuung konnte sie erkennen, dass die Frau überrascht ihre Augenbrauen hochzog.

„Guten Morgen Heather", begrüßte sie ihre Cousine so lässig wie möglich. Sie verdrängte den Gedanken daran, wie derangiert sie aussehen musste, mit zerzaustem Haar und halb geöffnetem, zerknitterten Kleid, aber sie hielt dem prüfenden Blick der blassblauen Augen mit erhobenem Kopf stand. Schließlich räusperte Heather sich.

„Ich helfe dir jetzt, dich standesgemäß anzukleiden. So, wie du aussiehst, kannst du nicht hinunter zum Frühstück. Henry hat etwas mit dir zu besprechen und er duldet keine Nachlässigkeit in Bezug auf das Äußere!" Sie begann, ungefragt in Violets Schrank zu kramen und nahm dann ein schlichtes, schwarzes Tageskleid aus feinem Musselin heraus.

„Wie geht es Margret?" Violet wunderte sich selbst, dass ihre Stimme halbwegs fest klang. In ihrem Inneren sah es allerdings ganz anders aus, weil sie sich vor der

Antwort fürchtete. Heather zuckte mit den Schultern und sah kaum von ihrem Tun auf.

„Oh, der Dowager Countess geht es den Umständen entsprechend. Sie hat das Kind verloren, aber das war ja zu erwarten gewesen nach diesem bösen Sturz." Violet schluckte tapfer ihr Entsetzen darüber, wie beiläufig diese Frau über den Tod eines Kindes sprach, hinunter. Margret lebte also, das war immerhin ein schwacher Trost. Dann hatte Catherine wenigstens noch eine Mutter, wenn die auch momentan nicht in der Lage war, sich um sie zu kümmern. Und allein deswegen konnte sie Henry das Feld nicht vollends kampflos überlassen.

Als Heather die Tür zum Speisezimmer geöffnet hatte und ihr bedeutete, einzutreten, straffte sie sich. Sie wollte sich vor Henry ihre Angst vor dem, was er ihr eröffnen könnte, nicht anmerken lassen. Blass aber äußerlich gefasst betrat sie den Raum und setzte sich auf den Stuhl, den Henry ihr zurecht schob.

„Guten Morgen, Liebes. Gestern sind wir ja unterbrochen worden. Wir müssen noch über unsere Hochzeit reden." Violet erstarrte bei diesen Worten. Sie hatte ganz verdrängt, dass Henry ihr gestern eröffnet hatte, sie heiraten zu wollen! Sie atmete tief durch um ihren aufsteigenden Ärger zu unterdrücken. Henry hatte schon den Titel, das Familienvermögen und ihr Elternhaus bekommen. Sie würde er nicht bekommen!

„Ich wüsste nicht, was es da zu reden gäbe. Ich werde Sie nicht heiraten, Henry. Ich bin volljährig, Sie können mich nicht zwingen, das habe ich Ihnen schon gestern gesagt!" Violet starrte Henry feindselig an, aber der lachte nur.

„Ich mag es, wenn du so halsstarrig bist." Er trat hinter sie und wie schon am Abend zuvor legte er ihr seine Hände auf die Schultern.

„Aber du solltest wissen, wann es besser ist, nachzugeben." Er drückte so fest zu, dass ihr ein erschrecktes Keuchen entfuhr. Dann ließ er seine Hände nach vorne wandern und dieses Mal hielt er sich nicht zurück. Während sich seine Finger um ihre Brüste schlossen, senkte er seinen Mund auf ihren Nacken. Er biss zu, während er gleichzeitig in ihre Brüste kniff. Violet zuckte zusammen und versuchte, sich seinem Griff zu entwinden, aber er hielt sie wie in einem Schraubstock fest.

„Möchtest du wieder nach Bedlam?", flüsterte er unheilvoll in ihr Ohr.

„Ich glaube, du verkennst deine Situation, liebste Cousine. Ich habe die Macht, dich wieder dorthin zu schicken!" Er trat endlich einen Schritt zurück und das kalte Entsetzen, das Violet bei diesen Worten in die Glieder fuhr, lähmte sie. So ruhig, als wäre nichts gewesen, ging Henry um den Tisch herum und setzte sich ihr gegenüber hin. Seine Stimme klang kalt und sachlich.

„Es gibt eine Menge Leute, die ohnehin glauben, dass du dorthin gehörst. Eine Bemerkung hier, ein vertrauliches Wort da..." Er sah sie eindringlich an.

„Und zur Not habe ich Heather, die bezeugen kann, dass du deiner Schwägerin einen Stoß gegeben hat, so dass diese die Treppe hinunterstürzte. Der Tod deines Bruders hat dich so sehr aus der Bahn geworfen, dass du gar nicht wusstest, was du da tatest."

Violet keuchte entsetzt auf.

„Aber das... ist gelogen! Sie wissen doch genau..."
„Hmmm, weiß ich das?" Er grinste sie an.
„Kannst du das Gegenteil beweisen? Nein? Dann
solltest du besser in unsere Heirat einwilligen."
Tränen sammelten sich in Violets Augen als sie den
Ernst der Lage erkannte. Heather würde unweigerlich
zu ihrem Bruder halten und seine Lügen bestätigen,
wenn er das von ihr verlangen würde, das war ihr klar.
„Und vergiss nicht, dass ich nun Catherines Vormund
bin. Ich bestimme, was mit ihr geschieht, Liebes.
Vielleicht wäre es besser, wenn ich sie fortschicke, weg
von all den schlimmen Erinnerungen..." Violet
erstarrte.
„Oder vielleicht arrangiere ich auch jetzt schon eine
gewinnbringende Verbindung mit einem Lord. Einem,
den *ich* aussuche, denn ich habe das Recht dazu!" Vor
Violets Augen verschwamm der gedeckte Tisch und sie
schloss die Augen. Ihr war schwindelig. Sie bemerkte
nicht, dass Henry sie aufmerksam beobachtete. Als sie
die Augen nach einer Weile wieder öffnete, sah sie das
triumphierende Lächeln in seinem Gesicht. Er hatte
gewonnen, das wusste er. Violet konnte nicht anders.
Sie konnte sich ihre Freiheit nicht dadurch erkaufen,
dass sie ihre Nichte opferte. Und sie wollte auch nicht
wieder nach Bedlam! Sie befeuchtete ihre Lippen und
versuchte, etwas zu sagen, aber ihre Stimme versagte.
Henry dagegen lehnte sich zufrieden zurück und
verschränkte die Arme vor der Brust.
„Ich sehe, du bist zur Vernunft gekommen."
Als Violet weiterhin nur auf das Tischtuch starrte und
nichts sagte, fuhr Henry fort: „Gut. Sobald die
Sondererlaubnis aus London eintrifft, werden wir hier

in aller Stille getraut. Ich rechne im Übrigen täglich damit und der Pfarrer ist ebenfalls bereits informiert."
Violet nickte wie in Trance. Sie musste weg hier, weg von diesem Mann und seinen Plänen mit ihr. Sie spürte Übelkeit in sich aufsteigen und erhob sich.
„Ich... möchte jetzt gehen", brachte sie mit zitternder Stimme hervor. Scheinbar besorgt erhob Henry sich ebenfalls und trat vor sie hin.
„Ich weiß, das alles kommt sehr überraschend für dich." Er strich ihr mit dem Finger über die Lippen, die sie angeekelt zusammenpresste.
„Nicht doch, Liebste, gewöhne dich besser daran, dass ich mit dir tun und lassen kann, was und wann ich will." Unvermittelt griff er in ihre Haare und zog ihren Kopf in den Nacken. Dann presste er seine Lippen auf ihre und als sie die Zähne zusammenpresste, schlug er ihr mit der freien Hand ins Gesicht.
„Verweigere dich mir niemals, hast du verstanden! Du gehörst mir!" Sein Lippen senkten sich erneut auf ihre, und dieses Mal wagte sie es nicht, sich ihm zu widersetzen. Er schob ihr seine Zunge in den Mund und Violet unterdrückte tapfer einen Würgereiz. Seine Hand wanderte ihrem Rücken hinunter und presste ihren Unterleib gegen seinen. Seine Erregung war deutlich zu spüren und Violet schloss entsetzt die Augen. Wenn er jetzt...
Unvermittelt ließ er sie los. Dann glitt ein berechnendes Lächeln über sein Gesicht.
„Ich werde versuchen, mich bis zu unserer Hochzeitsnacht zu beherrschen, Liebes. Aber wer weiß, vielleicht komme ich auch schon heute Nacht zu dir?!"
Er leckte sich über die Lippen, so, als ob er einen

besonderen Leckerbissen vor sich hätte.

„Geh jetzt auf dein Zimmer. Bis zu unserer Hochzeit wirst du es nicht verlassen. Ich lasse dir deine Mahlzeiten nach oben schicken." Damit ließ er sie stehen und ging zum Tisch zurück, an dem er sich niederließ als sei nichts geschehen. Violet dagegen flüchtete mit einem erstickten Aufschrei aus dem Speisezimmer. Vor der Tür wartete schon Heather mit einem wissenden Grinsen, bereit, sie wieder einzusperren und erst wieder herauszulassen, wenn der Pfarrer sie zu ihrer Hochzeit im Salon erwartete.

Ava, Nicholas und Colin saßen zusammen im Salon als Georg, der Butler, nach einem leisen Klopfen auf Nicholas Aufforderung hin eintrat. Unschlüssig blieb er in der Tür stehen und verbeugte sich.

„Was gibt es denn, George?", fragte Nicholas, weil der Mann nichts sagte.

„Mylord, draußen ist jemand, der Euer Gnaden, Lady Ashford, sprechen möchte." Nicholas sah Ava an, aber die zuckte nur mit den Schultern.

„Ich erwarte niemanden." Sie wandte sich dem Butler zu.

„Wer ist es denn, George? Hat er eine Karte abgegeben?"

Der Mann räusperte sich.

„Kein Mann, Mylady, und äh... auch keine Karte. Eine Frau, sie sagt, sie heißt Bridget und kommt von Banbury House."

Ava runzelte die Stirn, dann nickte sie George zu.

„Lassen Sie sie eintreten, George. Wenn es die Bridget ist, die ich kenne, dann ist sie die Zofe von Lady Violet." Ava sah Colin und Nicholas irritiert an. Während sie noch überlegte, was die Frau wohl hier wollte, trat Bridget auch schon ein. Sie versank augenblicklich in einen tiefen Knicks. Als Ava sie aufforderte, sich zu erheben, tat sie es, aber als sie daraufhin schwankte, war Ava sofort bei ihr um sie zu stützen.

„Bridget, um Himmels Willen, was ist denn geschehen?" Alarmiert nahm sie das Aussehen der Frau wahr. Aufgelöste Haare, zerknitterte, teilweise zerrissenen Kleidung und ein von Tränenspuren übersätes, schmutziges Gesicht. Außerdem schien Bridget vollkommen entkräftet zu sein, denn sie klammerte sich an Avas Arm, um nicht einzuknicken.

„Verzeihen Sie, Euer Gnaden! Ich..." Sie richtete sich mühsam auf und Ava half ihr zu einem Stuhl. Energisch forderte sie Bridget auf, sich zu setzten.

„Bridget, was ist passiert? Ist etwas mit Lady Violet?" Schon mit Bridgets Eintreten hatte sich ein ungutes Gefühl in Ava breit gemacht, aber bei dem Anblick der derangierten, zitternden Frau steigerte sich ihr Unbehagen noch.

„Euer Gnaden... ich... suche eine Anstellung. Ich mache alles, was Sie wollen. Ich kann in der Küche helfen oder..." Ava unterbrach den Wortschwall der Frau.

„Warum suchen Sie denn eine Anstellung, Bridget? Sie

161

sind doch bei Lady Violet in Stellung."

„Nicht mehr, Mylady. Der neue Herr hat mir gekündigt." Sie schniefte und strich sich eine unordentliche Haarsträhne aus dem Gesicht. Ava runzelte irritiert die Stirn. Sie wandte sich an ihren Mann.

„Weißt du, wer Williams nächster Verwandter ist? Ich meine, wer wird sich denn um die Verwaltung des Landsitzes und des Vermögens der Familie kümmern?" Nicholas dachte einen Moment nach.

„Ich meine mich zu erinnern, dass William von einem Richard Holcombe sprach. Das muss ein entfernter Cousin sein."

„Oh, nein, Mylord", fiel Bridget ihm ins Wort, errötete aber sogleich wegen dieser Ungehörigkeit.

„Entschuldigen Sie, Euer Gnaden", sie senkte den Kopf, aber Nicholas forderte sie auf, weiterzusprechen.

„Nun, der Name, den er uns nannte, war Newton. Ja, genau, Mister Newton."

Ava riss die Augen auf. „Wie bitte?"

Bridget zuckte zusammen   .

„Ich meine schon. Also ich bin mir ziemlich sicher, dass er diesen Namen nannte."

„Nicholas, wie kann das sein?", keuchte Ava, aber bevor dieser antworten konnte, räusperte Bridget sich.

„Mylord, Mylady, bitte entschuldigen Sie, dass ich... also, dass ich mich einmische, aber es ging das Gerücht unter der Dienerschaft, dass... dieser Lord Holcombe unerwartet verstorben sei. Und dass nun Mister Newton der rechtmäßige Vormund für die Kinder und der Verwalter des Vermögens sei." Sie senkte betreten den Blick. Eine kalte Hand griff nach Avas Herz. Sie hatte die Szene auf dem Ball noch deutlich vor Augen, als dieser Henry versucht hatte... Und nun war er in Banbury House und seine Stellung ermöglichte ihm, erheblichen Einfluss auf das Leben der Familie Banbury zu nehmen. Und Violet war ihm hilflos ausgeliefert! Sie atmete ein paar Mal tief ein und aus, dann wandte sie sich wieder an Bridget.

„Bridget, ich bitte Sie, erzählen Sie uns alles, was sie wissen. Es kann sein", *nein, ganz sicher ist es so!*, „dass Lady Violet in großer Gefahr ist!"

Ein Seitenblick zu Colin sagte ihr, dass er die Szene interessiert verfolgte.

Aufmunternd nickte Ava Bridget zu, während sie sich selbst wieder setzte. Zunächst zögernd, dann immer flüssiger begann die Frau, die Geschehnisse, soweit sie ihr bekannt waren, zu schildern. Als sie schließlich damit endete, wie sie sich bis nach Ashford Hall durchgeschlagen hatte, herrschte für einen kurzen Moment Stille, dann erhob sich Ava etwas umständlich aus ihrem Sessel.

„Ich muss zu Violet. Ich muss wissen, was da vor sich geht!" Entschlossen zog sie an der Klingelschnur und als George erschien, wies sie ihn an, die Kutsche vorfahren zu lassen.

„Du bleibst hier, ich gehe!" Nicholas war ebenfalls aufgesprungen. Auch Colin hatte sich erhoben, sah aber nur von einem zum anderen.

„Nein, ich gehe! Wenn dort irgendetwas nicht stimmt, dann werde ich es eher herausfinden als du, geliebter Gatte!" Ava funkelte Nicholas an, aber der gab sich unbeeindruckt.

„Du bleibst hier. Ich gehe."

„Nein! Violet ist *meine* Freundin, du kannst mich nicht aufhalten, Nicholas! Außerdem wird sich dieser Mensch hüten, mir etwas anzutun. Immerhin bin ich eine Duchess und was immer er auch vorhat, er wird es sich nicht mit uns verscherzen wollen!" Beide fochten einen stummen Kampf mit feurigen Blicken aus. Schließlich seufzte Nicholas.

„Also gut, aber du musste mir versprechen, auf dich und ihn...", er deutete auf den deutlich gerundeten Bauch seiner Frau...

„*Sie!*"

„Meinetwegen auch *sie* aufzupassen! Und du nimmst außer dem Kutscher auch noch James mit!" James war einer der Knechte, ein Hüne von Mann, der allein schon durch seine Statur in der Lage war, anderen gehörigen Respekt einzuflößen.

„Aber ja doch, Liebster, ganz wie du willst", flötete sie scheinbar nachgiebig, dabei hatte sie auf ganzer Linie gewonnen. Colin hatte den Disput mit einigem Interesse und zunehmender Belustigung verfolgt.

„Sag mal, Ashford, kann es sein, dass du...", stichelte er, nachdem Ava den Salon verlassen hatte.

„Schweig still, Fairmont. Kein Wort mehr oder...", knurrte Nicholas.

„Also gut, wie du willst. Aber..."

„Hör zu, alter Freund. Wenn Ava diesen Blick hat, dann tut man besser daran, ihr ihren Willen zu lassen. Und jetzt kein Wort mehr davon!"

Colin klappte den Mund auf, dann wieder zu. Im Stillen beglückwünschte er sich dazu, Nicholas' Angebot, seine Felder zu pachten, angenommen zu haben anstatt weiterhin über eine Heirat nachzudenken.

164

Ava wurde in den Salon geführt und das erste, was ihr auffiel, war die Stille. Bei ihren vorherigen Besuchen war es nie so still im Haus gewesen. Das bestärkte das ungute Gefühl, das sie nun schon den ganzen Morgen über begleitete hatte. Den Mann, der ihr die Tür geöffnet hatte, kannte sie nicht, aber das passte zu dem Bild, das Bridget ihr vermittelt hatte. Es schien tatsächlich so, als habe dieser Henry keine Zeit verloren, sich als Hausherr einzurichten. Auch dass der Butler ihr auf ihren Wunsch, Lady Violet zu sprechen, mitgeteilt hatte, diese sei unpässlich und könne keinen Besuch empfangen, trug nicht zu ihrer Beruhigung bei. Erst ihr starres Beharren darauf, dann mit Lord Holcombe reden zu wollen, hatte ihn dazu veranlasst, sie in den Salon zu führen. Erleichtert wischte sie sich den Schweiß von der Stirn. Erst in letzter Minute war ihr eingefallen, dass sie ja nicht nach Henry Newton verlangen konnte. Offiziell wusste sie ja gar nicht, dass er hier war. Da niemand kam, um ihr Tee oder Gebäck anzubieten, setzte sie sich einfach in einen Sessel und wartete. Und wartete. Fast schien es ihr, als hätte man sie vergessen, da öffnete sich doch noch die Tür und Henry Newton trat ein. Er verbeugte sich mit einem abweisenden Gesichtsausdruck vor ihr und nahm dann Ava gegenüber in einem weiteren Sessel Platz. Gerade noch rechtzeitig erinnerte Ava sich, dass sie sich erstaunt über seine Anwesenheit geben musste. Henry durfte ja nicht wissen, dass sie bereits über seine

Anwesenheit im Bilde war. Sie setzte einen neugierigen Gesichtsausdruck auf und zog die Augenbrauen in gespieltem Erstaunen nach oben.

„Oh, Mister Newton! Ich wusste ja nicht, dass Sie auch hier sind! Ich dachte eigentlich...“

Er ging nicht auf ihren Einwand ein sondern schlug scheinbar entspannt die Beine übereinander.

„Wenn Sie mit Richard Holcombe gerechnet haben, so muss ich Ihnen leider mitteilen, dass er unerwartet auf dem Weg hierhin verstorben ist. Der Familienanwalt setzte mich kurz danach davon in Kenntnis, dass überraschenderweise ich nun der nächste Verwandte von Lady Banbury und Lady Violet bin.“ Ava brachte ein überraschtes „Oh!“ zustande und versuchte, einigermaßen unbeteiligt auszusehen.

„Wie man mir aber sagte, wollten Sie Lady Violet einen Besuch abstatten, Euer Gnaden?“ Seine Stimme war genauso kalt und unfreundlich wie sein Gesichtsausdruck.

„Leider haben sich die Ereignisse in der letzten Tagen überschlagen und meine Verlobte“, er beobachtete Ava bei diesen Worten genau, „ist etwas mitgenommen.“ Tatsächlich gelang es Ava nicht, ihre Verblüffung ob dieser Ankündigung zu verbergen. Sie zog eine Augenbraue in die Höhe und ihr Nasenflügel weiteten sich kaum merklich. Sie kämpfte sichtbar um Fassung, was Henry mit Genugtuung zur Kenntnis nahm.

„Sie sind mit Lady Violet verlobt? Das ist... ich meine...“, Ava räusperte sich und versuchte krampfhaft, sich den Anschein von Gelassenheit zu geben, aber ihr heftiger Atem verriet ihre innere Anspannung.

„Ich kann mir vorstellen, dass Sie diese Ankündigung

überrascht, aber wir haben uns ausgesprochen und wollen so schnell wie möglich heiraten. Wir halten das beide für das Beste. Aber ich sehe, Euer Gnaden, ich muss Ihnen an dieser Stelle etwas erklären." Nun endlich läutete Henry nach dem Butler und bestellte Tee und Gebäck für sich und seinen Gast. Ava nutzte die Stille bis zum Eintreffen des Gewünschten und versuchte, sich zu beruhigen. Der Blick, mit dem Henry sie während der ganzen Zeit musterte, war ihr unangenehm, und sie ahnte, dass er sie einer Prüfung unterzog. Ein falsches Wort von ihr, ein verräterisches Zucken, und er würde sie hinaus komplimentieren, ohne dass sie wusste, was hier vor sich ging und vor allem, ohne dass sie Violet helfen konnte. Als der Butler den Tee eingegossen und sich zurückgezogen hatte, hatte sie sich soweit in der Gewalt, dass sie ihrem Gegenüber freundlich zunicken konnte.

„Nun bin ich aber neugierig, Mister Newton."

Er griff ebenfalls nach seiner Tasse, nahm einen Schluck und lächelte sie an.

„Sehen Sie, Lady Ashford, das ist schon das erste, was Sie nicht wissen können. Ich bin nicht länger Mister Newton. Unglücklicherweise stürzte meine geschätzte Cousine Margret die Treppe hinunter und verlor in Folge dessen ihr Kind. Somit bin ich der Erbe des Titels. Ich bin der neue Earl of Banbury." Mit Genugtuung nahm er Avas entsetztes Keuchen zur Kenntnis.

„Margret ist... sie hat..." Sie schlug die Hand vor den Mund.

„Ja, ich ordnete gerade im Arbeitszimmer einige Papiere als ich laute Stimmen hörte. Dann dieses

schreckliche Geräusch, als Margret...", er senkte
scheinbar betroffen den Blick. Als er wieder aufsah,
blitzte kurz so etwas wie Zufriedenheit darin auf.
„Ein... weiteres bedauerliches Unglück, bei allem, was
unserer Familie in den letzten Wochen zugestoßen ist!"
Er ließ sie nicht aus den Augen als er fortfuhr.
„Sie müssen wissen, dass es Violet war, mit der
Margret sich oben an der Treppe gestritten hatte. Dann
der Sturz..."
Ava griff nach der Teetasse, aber ihre Finger zitterten
so sehr, dass sie sie klirrend wieder abstellte, ohne
einen Schluck zu nehmen. Sie atmete ein paar Mal ein
und aus und es dauerte einige Augenblicke, bis sie ihre
Fassung einigermaßen wieder gefunden hatte.
„Das ist ja schrecklich", flüsterte sie.
„Ja, zumal...", er machte eine bedeutungsschwere
Pause, „nun, es sah für den unbeteiligten Betrachter so
aus als ob..." Sein Blick war kalt wie Eis und Ava lief
ein Schauer über den Rücken als sie begriff, was er
damit andeuten wollte. Natürlich glaubte sie keinen
Augenblick, dass Violet ihre Schwägerin *gestoßen*
haben könnte, aber das spielte keine Rolle. Wenn er
dieses Gerücht in die Welt setzen würde...
„Ich sehe, Sie verstehen, welche Motive Violet und ich
für die in Ihren Augen möglicherweise übereilte
Hochzeit haben. Aber es gibt bereits Gerede unter den
Dienstboten..." Er beugte sich in seinem Sessel etwas
nach vorne und senkte vertraulich seine Stimme.
„Als ihr Ehemann kann ich sie schützen, verstehen Sie?
Niemand wird es wagen, sie zu verdächtigen."
Oh ja, Ava verstand sehr gut, was er damit andeuten
wollte! Tatsächlich hatte er ihr damit aber auch -

gewollt oder ungewollt - die Erklärung geliefert, warum Violet eingewilligt hatte, ihn zu heiraten. Er erpresste sie. Wenn es keine Zeugen für seine Behauptung gab... Oder, noch schlimmer, wenn es Zeugen dafür gab... Wer konnte schon sagen, wie weit dieser Mann gehen würde? Wenn Erpressung zu seinem Repertoire gehörte, dann würde er ganz sicher auch vor einer Bestechung nicht zurückschrecken!

„Was... was sagt denn Margret zu... all dem?", presste Ava mühsam hervor. Möglicherweise war sie die einzige, die den Verdacht, Violet habe sie gestoßen, wirksam ausräumen konnte.

„Oh, meine geschätzte Cousine leidet sehr unter dem Verlust ihres ungeborenen Kindes. Sie hat... wenige lichte Momente seitdem." Dass er und Heather dafür sorgten, dass sie seit ihrem Sturz in einer Art Dämmerzustand verbrachte, verschwieg er natürlich, aber er konnte nicht verhindern, dass seiner Mundwinkel zufrieden zuckte.

„Oh, ich verstehe." Und das tat sie wirklich, sogar mehr als er ahnte. Ava begann sich zu fragen, ob die Aneinanderreihung all dieser unglücklichen Zufälle, angefangen mit Williams Tod, möglicherweise enger zusammenhingen als man im Allgemeinen vermuten konnte. Sie nahm sich vor, mit Nicholas über ihren Verdacht zu sprechen. Immerhin kannte er den einen oder anderen Bow Street Runner und auch einen Konstabler, dem er vor fünf Jahren geholfen hatte, eine Gruppe von Adeligen unschädlich zu machen, die sich an unschuldigen Mädchen vergriffen hatten. Ganz sicher würde dieser Konstabler Nicholas mit einigen Auskünften, besagte Unglücksfälle betreffend, weiterhelfen können. Aber nun galt es erst einmal, gute Miene zu bösem Spiel zu machen und sich das Entsetzen, das sie bei dieser Schlussfolgerung überkommen hatte, nicht anmerken zu lassen. Erst einmal ging es um Violet und darum, wie sie es verhindern konnte, dass es zu dieser Eheschließung kam.

„Ja... ich denke, unter den gegebenen Umständen wäre eine Hochzeit das Beste für Lady Violet. Sie ist meine Freundin und ich kenne sie sehr gut, wie Sie ja sicherlich bereits bemerkt haben. Violet ist sehr... labil..." Ava leistete im Stillen Abbitte für diese Behauptung.

„Ich denke, so wie Sie mir die Situation geschildert haben, würde ihr eine starke Schulter in dieser schweren Zeit gut tun." Ava hatte das Gefühl, an ihren Worten fast zu ersticken, aber erstaunlicherweise hatte sie sowohl ihre Stimme als auch ihre Gesichtszüge unter Kontrolle. Sie schaffte es sogar, diesen widerlichen Kerl anzulächeln.

„Wann soll denn die Trauung stattfinden? Ich meine, es würde mich und meinen Gatten freuen, wenn wir dabei sein dürften." Henrys Gesicht verschloss sich augenblicklich.

„Gerade heute Morgen ist die Sondererlaubnis aus London eingetroffen. Der Pfarrer unserer Gemeinde, der die Trauung vollziehen wird, wird morgen im Laufe des Tages von einem Besuch bei einem kranken Gemeindemitglied zurückerwartet, also kann er Violet und mich morgen Abend trauen." Zufrieden über diese Ankündigung nahm er noch einen Schluck Tee, der allerdings inzwischen kalt war, was er mit einem

170

angeekelten Kopfschütteln quittierte. Ava indessen kämpfte mit einer plötzlich aufsteigenden Übelkeit. Morgen also schon! Dieser Teufel! Es gelang ihr irgendwie, ihr Entsetzen darüber hinunter zu schlucken. „Oh, das ist...", *Wahnsinn !,* „etwas plötzlich, aber ich denke, mein Mann und ich könnten es einrichten, der Trauung beizuwohnen. Violet würde es sicher viel bedeuten." Mehr brachte sie beim besten Willen nicht heraus. Henry musterte sie aus zusammengekniffenen Augen.

„Euer Gnaden, ich möchte Sie nicht vor den Kopf stoßen, aber... wir planen nur eine einfache Zeremonie, ganz ohne Gäste. Die bedauerlichen Vorfälle der letzten Zeit erlauben es nicht, dass wir...", begann er, aber Ava wusste, dass sie reagieren musste. Sie bemühte sich um ein Lächeln von dem sie hoffte, es würde ausreichend freundlich ausfallen. Sie erhob sich etwas mühsam und strich ihre Röcke glatt. Das gab ihr etwas Zeit, sich ihre Worte genau zu überlegen. Immerhin hing von seiner Reaktion eine Menge ab.

„Aber das verstehe ich doch, Lord Banbury! Es ist nur... ich fürchte, eine unter diesen Umständen derart schnell geschlossene Ehe... könnte zu Gerede führen." Sie befeuchtete sich die Lippen und sprach schnell weiter.

„Ich dachte, wenn mein Mann und ich... also, wenn wir vielleicht Ihre Trauzeugen sein könnten..." Sie machte eine bedeutsame Pause und sah ihr Gegenüber an.

„Immerhin würde bestimmt niemand mehr an der Ernsthaftigkeit und Rechtmäßigkeit dieser Verbindung zweifeln, wenn der Duke und die Duchess of Ashford, zumal die beste Freundin der Braut, dieser Verbindung ihren Segen geben!" Sie betonte Nicholas' und ihren Titel sehr deutlich und tatsächlich sah sie, dass Henry die Stirn runzelte. Sie hoffte inständig, dass er ihnen erlauben würde, der Trauung beizuwohnen! Was das allerdings bringen sollte, darüber hatte sie sich noch keine Gedanken gemacht, aber vielleicht kam ihr ja noch eine Idee, wie sie Violet in letzter Minute helfen könnte. Atemlose Sekunden verstrichen, ohne dass sie an Henrys Gesicht ablesen konnte, wie er sich entscheiden würde. Henry hingegen hatte vorgehabt, dieser impertinenten Frau und ihrem noch viel blasierterem Mann die Teilnahme schlichtweg zu verweigern. Er war das gesamte Gespräch über das Gefühl nicht losgeworden, dass diese Frau nicht ganz so harmlos war, wie sich den Anschein zu geben versuchte. Aber ihr Argument, dass eine Ehe, die ein Duke und eine Duchess bezeugten, eher akzeptiert werden würde, war nicht von der Hand zu weisen. Was allerdings den Ausschlag gab, sie schließlich doch einzuladen, war der Versuch, sie so lange unter Kontrolle zu haben, bis Violet endlich seine Frau war. Wenn der Duke und die Duchess hier in Banbury House waren, konnte er einige seiner Bediensteten anweisen, ihnen nicht von der Seite zu weichen, nur für den Fall, dass sie etwas planten, das seine Pläne am Ende doch noch durchkreuzen konnte!

„Ich sehe, dass es Ihnen wichtig ist, an diesem Tag an der Seite meiner zukünftigen Frau zu sein. Und ich denke, auch Violet würde es viel bedeuten, wenn Sie bei ihrer Hochzeit zugegen sind. Ich erwarte Sie und Ihren Gatten also morgen im Laufe des Tages. Die Trauung ist für den frühen Abend vorgesehen." Er verbeugte sich vor Ava und bedeutet ihr damit, dass das Gespräch für ihn beendet war. Ava setzte ein erfreutes Lächeln auf und reichte ihm die Hand.

„Ich danke Ihnen, Lord Banbury! Bitte grüßen Sie Violet von mir. Ich werde nun gehen und meinem Mann von diesen Neuigkeiten berichten." Sie wandte sich erleichtert zur Tür, drehte sich aber noch einmal um, nur um Henrys siegessicheren Blick aufzufangen. „Bis morgen dann, Mylord!"

⁂

„Und was willst du jetzt tun?" Unsicher sah Nicholas seine Gattin an, die unruhig im Salon auf und ab ging. Sie hatte die Stirn gekraust und tippe sich unaufhörlich mit dem Zeigefinger gegen die Lippen.

„Wenn ich das wüsste!", murmelte sie, ohne innezuhalten. Nicholas seufzte. Die Neuigkeiten, die Ava ihm überbracht hatte, waren in der Tat besorgniserregend, aber er war fatalistisch genug, sie einfach hinzunehmen. Natürlich war auch ihm bewusst, was das für Violet bedeuten würde, aber er sah keinen Weg, diese Hochzeit noch zu verhindern. Im Gegensatz zu seiner Frau, die seit ihrer Rückkehr vom Anwesen der Banburys zwischen Hoffnung und Verzweiflung hin- und hergerissen war.

„In jedem Fall müssen wir da morgen hin!" Sie war stehen geblieben und aus ihren grauen Augen schossen die schwefelgelben Blitze, die er so gut kannte und die ihn seit ihrem ersten Zusammentreffen so faszinierten. Allerdings bedeuteten sie auch, dass seine Gattin in diesem Zustand zu allem entschlossen war.

Colins Eintreten unterbrach ihr stummes Kräftemessen und beide wandten ihre Blicke dem Mann zu, der angesichts der angespannten Atmosphäre in diesem Zimmer unentschlossen in der Tür stehen geblieben war.

„Ich äh... hatte angeklopft, aber...", begann er unsicher.

„Komm ruhig herein, Fairmont. Ich habe das unbestimmte Gefühl, dass ich einen vernünftigen Mann an meiner Seite gut gebrauchen kann!" Nicholas winkte ihn herein und Colin trat schulterzuckend ein.

„Ich weiß zwar nicht, um was es geht, aber..." Er sah von Ava zu Nicholas und wieder zurück, aber offenbar fühlte sich keiner der beiden bemüßigt, ihn aufzuklären.

„Ich wollte mich auch nur verabschieden." Er streckte Nicholas seine Hand hin, die dieser wortlos ergriff.

„Ich habe es etwas eilig, wie du weißt. Windhurst sitzt mir im Nacken!" Dann wandte er sich ab und verbeugte sich vor Ava.

„Mylady, ich danke Ihnen für die Gastfreundschaft und..."

Weiter kam er nicht, denn Ava unterbrach ihn, indem sie sich die Hand vor den Kopf schlug.

„Himmel, warum habe ich nicht gleich daran gedacht?!"

Stirnrunzelnd sah Colin zuerst Ava, dann seinen Freund an, aber Nicholas zuckte nur die Schultern und sah genauso ahnungslos aus wie er. Inzwischen hatte Ava sich gefasst und baute sich vor Colin auf.

174

„Stimmt es, dass Sie Kapitän eines Kaperschiffes waren?" Ihr Blick war nicht zu deuten.

„Äh ja, Mylady." Fragend runzelte er die Augenbrauen.

„Und Sie haben als Kapitän auch nicht nur Befehle gegeben, sondern sind auch... sagen wir mal, selbst in die Takelage geklettert, um..." Ja, um was? Ava hatte keine Ahnung, was man da oben so machte, aber das war hier auch nicht wichtig. Wichtig war nur, dass er klettern konnte. Belustigt sah Colin sie an.

„Ja, ich habe mich an allen Arbeiten beteiligt, die auch meine Mannschaft zu erledigen hatte. Ich wäre ein schlechter Kapitän, wenn..."

„Sehr gut, Lord Fairmont, sehr gut!" Avas zufriedenes Gesicht ließ ihn innehalten. Er versuchte zu ergründen, was dieser plötzliche Themenwechsel zu bedeuten hatte. Hilflos sah er zu Nicholas hinüber, der sich plötzlich auf seinen Sessel fallen ließ und stöhnend seinen Kopf auf seine Hände stützte. Irritiert sah Colin zu Ava hin, die ihre Wanderung durch den Salon wieder aufgenommen hatte. Ganz deutlich war zu erkennen, dass sie etwas beschäftigte.

„Ich weiß nicht... also ich würde dann jetzt gerne aufbrechen, wenn..."

Ava blieb abrupt stehen.

„Lord Fairmont, Sie müssen uns helfen!" Entschlossen sah sie ihn an.

„Ich verstehe nicht? Wobei könnte ich..."

„Ava, bitte, lass Colin da heraus!" Nun erhob sich Nicholas und stellte sich vor seine Frau.

„Es ist nicht sein Problem, liebste Gattin!"

Da waren wieder diese schwefelgelben Blitze und Nicholas zuckte unwillkürlich zusammen. Er hatte es

geahnt! Seine unerschrockene Gattin hatte eine Idee!
Und auch, wenn er noch nicht die gesamte Tragweite
ihres Plans ermessen konnte, so wusste er doch, dass
ihm nicht gefallen würde, was sie ausheckte.
„Es ist vielleicht nicht Lord Fairmonts Problem,
liebster Gatte, aber es ist die *Lösung* für sein Problem!"
Colin räusperte sich vernehmlich. Es gefiel ihm nicht,
dass man über ihn statt mit ihm redete. Und von
welchem Problem sprach die Duchess?
„Also bitte, wenn jemand die Güte hätte, Licht in meine
verwirrende Unwissenheit zu bringen?", mischte er sich
ein. Aber weder Ava noch Nicholas sahen ihn an.
„Was immer du vorhast, Frau: Nein!" Aufgebracht
funkelte Nicholas Ava an.
„Nein?! Darf ich dich daran erinnern, dass ich Violet
schon einmal gerettet habe? Und zwar, als du durch
Abwesenheit geglänzt hast, liebster Gemahl!", konterte
sie furchtlos.
„Ja, ich meine, nein.., ach was! Finde dich damit ab,
dass es dieses Mal nichts gibt, was du tun kannst,
um..."
„Ich störe nur äußerst ungern euren interessanten
Disput, aber wenn es um mich geht, sollte ich vielleicht
entscheiden, was ich tue oder nicht?!" Colin wusste
nicht genau, ob er amüsiert oder ärgerlich sein sollte,
aber aus Avas Worten hatte er entnommen, dass es
irgendwie um Violet ging. Bei dem Gedanken, dass sie
in Gefahr sein könnte, machte sich ein beklemmendes
Gefühl in ihm breit. Immerhin hatte er nun die
ungeteilte Aufmerksamkeit der beiden Streithähne.
Auffordernd sah er Ava an.
„Also, um was geht es?"

176

„Violet soll morgen Henry Newton, den neuen Earl of Banbury heiraten!" So schlicht und doch so schmerzlich klangen Avas Worte in seinen Ohren. Er dachte an Violets Panik, als dieser Kerl sie auf die Tanzfläche hatte zerren wollen, aber dann überlagerte die Erinnerung an ihr letztes Zusammentreffen dieses Bild. Er hatte sie an der Seite dieses Mannes den Tanzsaal verlassen sehen und es hatte nicht den Anschein gehabt, als hätte Henry sie dazu nötigen müssen.

„Ich verstehe nicht, was daran so schlimm sein sollte. Ich hatte letztens den Eindruck, dass die beiden...", begann er, aber nun traf ihn ein Blick aus diesen rauchumwölkten, dunkelgrauen Augen, der ihn innehalten ließ.

„Wie immer Ihr *Eindruck* ist, er ist falsch!" Wütend tippte Ava ihm nun mit dem Zeigefinger vor die Brust. „Aber natürlich sehen Männer nur, was sie sehen wollen, Fairmont! Ich versichere Ihnen, *ich* habe auch so allerlei gesehen, als Sie mit Miss Windhurst tändelten! Und doch stehen Sie hier, ungebunden und bester Laune!" Empört schnaubte Ava durch die Nase, was ihrem Gatten einen erstickten Lau entlockte, der einem Lachen nicht unähnlich war.

„Eins zu Null für die Duchess, Fairmont!", keuchte er erstickt als er sich wieder in der Gewalt hatte.

„Hier geht es nicht darum, wer gewinnt, liebster Gatte, hier geht es vielmehr darum, wer verliert, wenn wir nicht eingreifen!" Entschlossen sah sie Colin an.

„Wir haben nicht viel Zeit, daher kann ich Ihnen nicht alles erklären, aber..."

Ava holte Luft und setzte den beiden zunehmend

sprachlosen Männern ihren Plan auseinander. Als sie wenig später mit den Worten: „Sehen Sie es als das an, was es ist: ein Geschäft! Nicht mehr und nicht weniger!", schloss, herrschte einen Augenblick atemlose Stille. Colin hatte sich als erster gefasst und schüttelte ablehnend den Kopf.

„Es tut mir, leid, aber ich kann Ihnen da nicht helfen." Als er Avas enttäuschten Blick auffing, fügte er an: „Ich eigne mich nicht als Retter unschuldiger Frauen!" Kurz blitzte ein Gesicht vor seinen Augen auf, aber die Konturen waren verschwommen und er ahnte mehr als er es erkannte, dass es Aimees Antlitz war. Ein altbekannter Schmerz begann sich von seinem Bauch aus den Weg in seinen Körper zu bahnen. *Sie* hatte er auch nicht retten können!

Ava musterte ihn lange und sah ihm dann direkt in die Augen.

„Ich weiß zwar nicht, vor was Sie davonlaufen, oder was Sie sonst umtreibt, aber jetzt und hier können Sie sich und Violet helfen. Nur das zählt."

Colin schloss für einen kurzen Moment die Augen. War es so offensichtlich, dass ihn der Gedanke an Aimee und sein Versagen immer noch tief erschütterte? Und bot sich ihm hier vielleicht die Möglichkeit, seinen Fehler wieder gut zu machen? Er öffnete seine Augen und trat zum Fenster. Im hellen Sonnenschein spielten Lizzy und ihr kleiner Bruder gerade Fangen. Laut juchzend flitzte der kleine Kerl um einen Baum und zeigte seiner Schwester eine lange Nase. Lizzy, erhitzt und mit aufgelöstem Lockenkopf, rannte hinter ihm her und lachte hell auf als sie ihn schließlich abklatschte und so selbst zur Gejagten wurde. Aimee und er hätten

178

auch Kinder haben können. Eine Familie. Wenn... Aber es hatte keinen Sinn, über verschüttete Milch nachzudenken. Ein Bild schob sich vor seine Augen. Ein lachendes, leuchtendes Gesicht, ebenso erhitzt wie Lizzys, blonde Locken... Und dieses befreite Lachen, als das Pferd zum Sprung über den kleinen Bach ansetzte! Wenn es stimmte, dass Violet zu dieser Ehe erpresst wurde, dann würde sie dieses Lachen für immer in sich verschließen. Er dagegen hatte die Chance, Violet die Freiheit zu ermöglichen, die sie sich nach Avas Schilderungen wünschte. Und vielleicht würde das ausreichen, um die Frau zum Vorschein zu bringen, die sie tief in ihrem Inneren vergraben hatte. Ihre oft nachdenklich blickenden, ernsten Augen, ihre Verletzlichkeit... In vielem glich sie der Frau, die er einst geliebt hatte, nur dieses strahlende Lachen hatte er nie bei Aimee gesehen. Was, wenn es ihm gelänge, die Dunkelheit aus Violets Leben zu vertreiben? Langsam drehte er sich zu Ava und Nicholas um. Er hatte einen Entschluss gefasst. Ob der richtig oder falsch war, würde sich zeigen.

Violet zuckte zusammen als sie das inzwischen schon vertraute Klacken des Schlosses vernahm. Sie hatte kurz zuvor mehrere Stimmen von unten vernommen, ganz so, als seien Gäste gekommen, aber das interessierte sie nicht weiter. Seit zwei Tagen war sie hier eingesperrt und von den wenigen Augenblicken, in denen Heather ihr Essen oder frisches Wasser brachte, war sie allein. Sie durfte noch nicht einmal das Zimmer verlassen, um ihre Notdurft zu verrichten. Das demütigte sie mehr als alles andere. Und obwohl sie wusste, dass das genau das war, was Henry erreichen wollte, schämte sie sich jedes Mal in Grund und Boden, wenn Heather mit unbewegtem Gesicht den Nachttopf abholte um ihn zu leeren. Beinahe hatte Henry es geschafft, dass sie sich danach sehnte, endlich ihr Zimmer wieder verlassen zu können, auch wenn es bedeutete, dass sie dann seine Frau werden müsste. Bis jetzt hatte Henry sie weder besucht noch ihr eine Nachricht schicken lassen, wann es soweit war. Allerdings hieß das auch, dass er sie nicht weiter mit seinen lüsternen Avancen belästigt hatte. Aber auch das war nur dazu angetan, dass sie sich in den einsamen Stunden bis ins Detail auszumalen begann, was er mit ihr anstellen würde, wenn es soweit wäre. Die vertrauten Albträume waren wiedergekommen, das altbekannte Grauen griff mit kalten Fingern nach ihr, wenn sie versuchte, etwas zu schlafen. Sie fühlte sich ausgelaugt, schwach und entsetzlich müde, aber es machte ihr nichts aus. Längst war es nur wieder ihr Körper, der existierte und ihre Seele war, wie schon damals in Bedlam, dabei, sich fortzustehlen. An einen Ort, an dem es nur Blumen und Sonnenschein gab, Wärme und Licht. Und so drehte sie sich nicht einmal um als Heather eintrat.

„Es ist soweit, Cousine. Der Pfarrer ist gerade eingetroffen. Ich habe hier ein Kleid für dich. Henry

180

wünscht, dass du es zur Trauung trägst." Violet hörte Stoff rascheln und als sie sich wie in Trance umdrehte und auf das Bett starrte, auf dem Heather den bauschigen Traum aus cremefarbener Seide ausgebreitet hatte, wurde ihr übel. Nun war es also soweit. Sie würgte und konnte gerade noch den Nachttopf erreichen, in den sie das wenige erbrach, das sie heute zu sich genommen hatte. Angewidert rümpfte Heather die Nase. Keuchend wischte Violet sich die Tränen aus dem Gesicht, während sie sich auf das Bett fallen ließ.

„Stell dich nicht so an! Du hast Glück, dass Henry ganz besessen von dir ist! Immerhin will er dich heiraten. Er hätte sich auch so nehmen können, was er will!" Sie begann, die restlichen Accessoires wie Strümpfe, Unterwäsche und Schuhe neben dem Kleid auszubreiten und griff dann nach dem Nachttopf. „Mach dich soweit fertig, ich bringe das hier weg und dann helfe ich dir beim Anziehen des Kleides. Und...", an der Tür drehte sie sich noch einmal um, „... vergiss nicht dich gründlich zu waschen. Du siehst schrecklich aus. Gib dir Mühe, sonst wird Henry ungehalten sein. Er wünscht sich eine strahlende Braut!" Damit verließ sie das Zimmer und vergaß auch nicht, wieder abzuschließen. Verzweifelt griff Violet nach dem sauberen Tuch, das neben der Waschschüssel lag und tauchte es in das kühle Wasser. Ihr lag weniger daran, sich Henry als strahlende Braut zu präsentieren als vielmehr daran, sich selbst etwas Würde zu erhalten. Sie rieb sich gründlich ab und spülte sich mehrmals den Mund aus um den Geschmack nach bitterer Galle loszuwerden. Ein leises Klirren ließ sie innehalten. Es

181

kam vom Fenster und schon glaubte sie, ein Vogel wäre gegen die Scheibe geflogen, da hörte sie das Geräusch erneut. Irritiert ging sie auf das Fenster zu. Noch nie war ein Vogel vor die Scheibe geflogen... und schon gar nicht zweimal hintereinander! Als sie vorsichtig den Griff drehte, erstarrte sie. Eine große, kräftige Männerhand nutzte den Augenblick und griff nach dem Sims. Kurz darauf erschien eine zweite Hand und dann folgte ein angestrengtes Gesicht.

„Ich hoffe, ich komme nicht ungelegen?!" Viscount Fairmont! Colin! Mit einiger Mühe zog er sich so weit hoch, dass er die Beine ins Zimmer schwingen konnte und mit einem geschmeidigen Satz landete er vor der fassungslosen Violet. Sie öffnete den Mund aber kein Ton kam heraus. Ihre schönen, blauen Augen waren vor Erstaunen geweitet und Colin wusste in diesem Augenblick, dass er sich richtig entschieden hatte. Ganz gleich, was die Zukunft bringen würde, er wollte diese Frau mit einer Macht, die er nicht länger verdrängen konnte. All die Gefühle, die er so lange tapfer verdrängt hatte, kamen mit einem Mal an die Oberfläche und rissen den letzten Rest Unsicherheit mit sich fort.

Violet stand wie gelähmt vor dem offenen Fenster und versuchte weiterhin, etwas zu sagen. Schließlich gelang ihr ein leises Krächzen.

„Was... was machen Sie hier?"

„Sie vor einer Ehe retten, die Sie nicht wollen!" Er ging zur Tür und horchte, dann griff er sich einen Stuhl und verkantete ihn unter dem Türgriff.

„Wir haben nicht viel Zeit. Kommen Sie schon!" Colin blickte aus dem Fenster in die Tiefe und maß sie dann mit einem abschätzenden Blick. Immerhin befanden sie sich im zweiten Stock des Anwesens und es würde nicht leicht werden, sie auf diesem Weg hinauszubringen, aber ihm blieb keine andere Wahl. Jedenfalls nicht, wenn ihre Flucht möglichst lange unentdeckt bleiben sollte. Im Salon würde Ava einen Schwächeanfall vortäuschen und so lange wie möglich versuchen, die Aufmerksamkeit der Beteiligten auf sich zu ziehen. Zur Not musste sich Nicholas etwas einfallen lassen. Aber so oder so war es ein gewagter Plan. Erst jetzt bemerkte Violet, dass Colin sich ein langes Seil um die Taille gewickelt hatte, das er nun löste und um den Fensterholm wand. Dann prüfte er mit einem Ruck, ob die Konstruktion hielt und sah sie auffordernd an.

„Wenn ich bitten darf?!" Einladend deutete er auf das offene Fenster. Draußen kroch langsam die einsetzende Dämmerung über die Felder und Violet spürte einen kühlen Lufthauch als sie sich hinausbeugte und hinuntersah. Ihr Mund wurde trocken.

„Niemals! Das geht nicht! Ich kann nicht!"
Colin verdrehte die Augen. Für einen kurzen Augenblick zweifelte er an Avas Behauptung, Violet wolle diese Ehe nicht. Vielleicht lagen sie alle falsch und diese Frau wollte gar nicht gerettet werden? Aber dann sah er ihr in die Augen und erkannte ihre Panik.

„Wenn Sie gerne die nächste Countess of Banbury werden möchten, verschwinde ich so schnell wie ich gekommen bin. Niemand wird etwas bemerken."
Knurrend löste er seinen Gürtel und maß kritisch den Umfang. „Das muss gehen", murmelte er zu sich selber, dann wandte er sich wieder Violet zu.

„Wenn Sie allerdings dem Teufel noch einmal von der

Schippe springen wollen, dann kommen Sie jetzt mit!"
Einladend hielt er ihr die Hand hin. Zitternd ergriff sie
sie. Wenn sie auch nicht ganz verstand, was hier vor
sich ging, so würde sie doch lieber bei einem Sturz ums
Leben kommen als Henrys Frau zu werden! Tapfer ließ
sie es geschehen, dass Colin sie zu dem offenen Fenster
schob.

„Jetzt wird es ein wenig... umständlich." Er zog seinen
Gürtel aus dem Hosenbund und bedeutete ihr, sich
hinter ihn zu stellen. Dann schlang er den Gürtel um sie
beide und zog ihn fest.

„Wir müssen irgendwie aus dem Fenster kommen. Und
Sie müssen ein bisschen mithelfen!" Er bugsierte sich
ächzend mit Violet auf dem Rücken aus dem Fenster
und suchte sich Halt an dem Rosenspalier, das
allerdings schon bessere Zeiten gesehen hatte und unter
dem Gewicht erheblich ächzte.

„Halten Sie sich an meiner Schulter fest. Schaffen Sie
das?"

Tapfer nickte Violet. Sie war sich nicht ganz und gar
nicht sicher, dass sie das konnte. Kurz hatte sie das
Gefühl, den Halt zu verlieren und schlang instinktiv
ihre Beine um seine Taille. Ein gepresster Laut entwich
ihm und Violet entschuldigte sich kleinlaut, weil sie
davon ausging, ihm wehgetan zu haben. Dass sein
unterdrücktes Keuchen von einem ganz anderen Gefühl
herrührte, ahnte sie nicht.

Schon beim Hinaufklettern hatte er sich zu seinem
Entschluss, ein Seil mitzunehmen, beglückwünscht.
Denn das Spalier knarrte und knirschte und löste sich
bereits an einigen Stellen von der Wand. Violet presste
sich ängstlich an ihn und wenn die Situation eine

184

andere gewesen wäre, hätte er die Wärme ihres Körpers durchaus genossen. Ihr warmer Atem an seinem Nacken, ihr dezenter Geruch nach Veilchen und ihre weichen Brüste, die sich an seinen Rücken pressten, waren dazu angetan, ihn alles um sich herum vergessen zu lassen, aber er verbat sich jeden weiteren erotischen Gedanken und ließ sich konzentriert hinabgleiten. Als sie schließlich festen Boden unter den Füßen hatten, hörte er, wie Violet erleichtert aufseufzte. Allein dieser Laut ließ seine Hose eng werden, aber er ignorierte das körperliche Verlangen, das ihre Nähe hervorrief, weiterhin tapfer. Zum ersten Mal bekam er eine Ahnung davon, was die folgenden Tage ihm abverlangen würden.

Schnell löste er den Gürtel und zog sie hinter sich her zum Stall. Der Weg über die leicht einsehbare Freifläche war ein Wagnis, aber das mussten sie riskieren. Hinter den Stallungen wartete James, der Pferdeknecht von Ashford Hall, auf sie. Violet keuchte von dem schnellen Lauf und hielt sich die Seite, aber sie sagte kein Wort. Erst als sie James erblickte, runzelte sie fragend die Brauen.

„Keine Zeit für Erklärungen", beschied Colin sie und hob sie kurzerhand auf ein bereit stehendes Pferd. Es war ein großer, kräftiger Hengst aus Ashfords Beständen und er würde sie schnell und sicher bis zu der nächsten Station ihrer Reise bringen. Dann schwang er sich hinter sie in den Sattel und nickte James zu.

„Alsdann! Sie reiten nach London! Und immer schön Spuren hinterlassen!" Der Angesprochene tippte sich an seine Kappe und nickte.

„Sie können sich auf mich verlassen, Mylord! Ich werde so viele Spuren hinterlassen wie Napoleons Heer in Frankreich!" Damit gab er seinem Pferd die Sporen und galoppierte davon. Colin wendete sein Pferd ebenfalls und trabte in die entgegengesetzte Richtung. Violet versuchte krampfhaft, den warmen Körper zu ignorieren, an den sie mit jedem Schritt des Pferdes gepresst wurde. Sie hatte noch keine Zeit gehabt, über die Geschehnisse der letzten Minuten - oder waren es Stunden? - nachzudenken. Sie hatte jegliches Zeitgefühl verloren und spürte erst jetzt, wie müde sie wirklich war. Sie konnte nicht verhindern, dass ihr immer wieder die Augen zufielen, obwohl sie sich dagegen wehrte. Sie wollte zu gerne wissen, was hier vor sich ging, aber Colin machte keine Anstalten, anzuhalten. Der gleichmäßige leichte Galopp, in den das Pferd inzwischen gewechselt war, tat sein übriges und so dämmerte sie schließlich doch davon. Colins starke Arme, die sie umfingen, erweckten ein sonderbares Gefühl von Geborgenheit in ihr und das letzte, an das sie dachte, war, dass vielleicht doch noch alles gut werden würde.

Colin musste sich beherrschen, sein Gesicht nicht in Violets weichem Haar zu vergraben. Der süße Duft nach Veilchen und Schlaf betörte ihn. Violet hatte sich im Schlaf an ihn gekuschelt und merkte so Gott sei Dank nicht, was ihre Nähe mit seinem Körper anstellte. Was würde sie sagen, wenn er ihr erklärte, was er vorhatte? In jedem Fall würde er ihr eine andere Option aufzeigen, auch wenn die nicht Bestandteil von Avas Plan gewesen war. Er würde sie nicht zwingen! Sie sollte eine Wahl haben. So sehr er sich auch einzureden versuchte, Gefühle würden bei seinem Tun keine Rolle spielen, so sehr wusste er auch, dass er sich selber belog. Wenn er es recht bedachte, hatte er sich von ersten Augenblick an in diese Frau verliebt. In ihre düstere Aura, die Geheimnisse, die sie vor der Welt verstecken wollte und dann, später, in dieses befreite Lachen, das ebenso zu ihr zu gehören schien, wie die Dunkelheit, die sie so oft umgab. Sie war schlagfertig, hatte eine spitze Zunge und war doch so verletzlich. Sie war stark und schwach in einem und was ihn bei jeder anderen Frau irritiert hätte, zog ihn bei Violet magisch an. Er seufzte und schalt sich einen Narren. Violet war genau die Sorte Frau, um die er seit Aimees Tod einen weiten Bogen machte, weil sie sein Herz berührte. Die Frauen, die er nach Aimee kennengelernt und in sein Bett gelassen hatte, waren spätestens am Morgen danach nicht nur aus den warmen Federn sondern auch aus seinem Leben verschwunden, ohne dass er ihnen auch nur einen wehmütigen Gedanken gewidmet hatte. Er hatte sich geschworen, niemals wieder Gefühle für eine Frau zuzulassen. Zu sehr schmerzte die Erinnerung an Aimee und daran, dass mit ihr auch die Wärme und das Licht aus seinem Leben verschwunden waren. Er hatte Aimee geliebt, aber offenbar war es nicht genug gewesen, um sie zu halten. Und nun war Violet

187

buchstäblich in sein Leben gestolpert und all seine tot geglaubten Gefühle drängten mit Macht wieder in sein vernarbtes Herz. Gleichzeitig hatte er furchtbare Angst, dass er bei Violet einmal mehr bei dem Versuch versagen könnte, die Schatten auf ihrem Gemüt zu vertreiben und das Lachen und die Unbeschwertheit in ihr Leben zurückzuholen. Denn das wollte er!

Als er den Blick zum Himmel richtete, bemerkte er den schwachen violetten Schimmer, mit dem der anbrechende Tag die Nacht verabschiedete. Er sah sich um und lenkte dann das Pferd in ein kleines Waldstück. Wenn alles gut ging, würden sie acht bis zehn Tage unterwegs sein, jedenfalls, wenn Violet sich mit seinem Plan einverstanden erklärte. Und das auch nur, wenn sie regelmäßig die Pferde wechseln würden, aber Nicholas hatte ihn sowohl mit ausführlichen Wegbeschreibungen als auch mit genügend Bargeld ausgestattet, um ohne größere Schwierigkeiten voranzukommen. Die einzige Unsicherheit bei ihrem Plan war Henrys Reaktion. Würde er sich die Mühe machen, sie zu verfolgen? Und wenn ja, würden sie ihn lange genug in die Irre führen können, bis Violet in Sicherheit war? Colin ließ sich vorsichtig aus dem Sattel gleiten und zog Violet mit sich. Erstaunlicherweise wachte sie nicht auf, sondern flatterte nur ein paar Mal mit den Lidern und murmelte etwas, das er nicht verstand. Er bettete sie vorsichtig auf den Boden und durchsuchte dann die Satteltaschen nach einer Decke. Nicholas und er waren überein gekommen, dass sie sich erst weit genug von Banbury House entfernen mussten, bis sie sich relativ gefahrlos in einem Gasthof einmieten konnten. Also würden sie die ersten Tage im Freien übernachten müssen. Und

188

zwar tagsüber, denn nachts war das Reiten zwar gefährlicher, weil das Licht fehlte, aber immerhin erschwerte das auch möglichen Verfolgern die Sicht. Er deckte Violet mit der Decke zu und streckte sich neben ihr im Gras aus. Dichte Büsche schützten sie vor neugierigen Blicken, sollte sich doch einmal jemand hierhin verirren, und so konnte er ebenfalls etwas dösen. Kaum hatte er das gedacht, da war er auch schon eingeschlummert.

Etwas kitzelte Violet an der Nase und sie schlug verärgert die Augen auf. Sie war müde und wollte nur schlafen. Der helle Sonnenschein irritierte sie. War es nicht gerade noch Nacht gewesen? Vorsichtig richtete sie sich auf und blinzelte. Nur langsam kehrten die Erinnerungen an die vergangene Nacht in ihr Gedächtnis zurück. Nur wenige Stunden hatten sie davon getrennt, ihren verhassten Cousin heiraten zu müssen, aber dann war da Colin gewesen, der sie einfach entführt hatte und... sie sah sich um... nun ein Stück von ihr entfernt auf dem harten Waldboden lag! Wo waren sie und was hatte er mit ihr vor? Und woher hatte er überhaupt gewusst, dass sie sich in dieser Lage befunden hatte? Leise schlug sie die Decke zurück und stand auf, nur um festzustellen, dass ihr alle Knochen weh taten. Sie gähnte und streckte sich ein wenig, dann ging sie zu Colin hinüber und rüttelte an seiner Schulter. Sie wollte jetzt sofort Antworten auf ihre Fragen. Sie hatte ihn noch nicht ganz berührt, da schloss sich seine rechte Hand wie ein Schraubstock um ihr Handgelenk. Vor Schreck keuchte sie auf und wollte einen Schritt zurücktreten, aber sein unbarmherziger Griff führte dazu, dass sie das

Gleichgewicht verlor und mit dem Oberkörper auf ihn fiel. Ganz kurz flammte die Erinnerung an ihre erste Begegnung auf und wie schon damals fühlte sie weder Unbehagen, ihm so nah zu sein, noch die Angst, die sie für gewöhnlich überkam, wenn sie ein Mann auf diese Art berührte. Stattdessen fühlte sie... noch bevor sie sich darüber klar werden konnte, was das Prickeln bedeutete, das die Berührung seines muskulösen Oberkörpers in ihrem Bauch ausgelöst hatte, ließ er sie mit einem leisen Fluch los.

„Himmel, was zum Teufel haben Sie sich dabei gedacht, mich so zu erschrecken?!" Weil sie sich nicht bewegte, griff er sie vorsichtig an beiden Oberarmen und schob sie ein Stück von sich. Dann richtete er sich auf und sah sie mit zusammengekniffenen Augen an. Violet räusperte sich, öffnete den Mund, um sich zu verteidigen, aber kein Laut kam über ihre Lippen. Colin fixierte sie mit seinem Blick und wieder fochten sie ein wortloses Duell aus, bis Violet schließlich den Blick senkte.

„Ich will wissen, was Sie jetzt vorhaben! Wo sind wir, was passiert jetzt mit mir und...", wie sollte sie all das fragen, was sie wissen wollte?, „... warum..."

Colin nahm den ängstlichen Unterton in ihrer Stimme wahr. Sie klang verunsichert und das konnte er ihr nicht verdenken. Nun war es also an der Zeit, dass er ihr Avas Plan erläuterte... und den, den er ersonnen hatte, um ihr eine Wahl zu lassen. Er wusste nicht, was besser für ihn war. Keine der beiden Möglichkeiten gefiel ihm, wenn auch aus ganz gegensätzlichen Gefühlen heraus.

„Also das Ganze hier", er deutete auf das angebundene Pferd und ihren Lagerplatz, „haben Sie ihrer Freundin

Lady Ashford zu verdanken." In wenigen Sätzen
erzählte er ihr, was die Duchess ihm berichtet hatte und
dass sie ihn gebeten hatte, Violet auf diesem Weg vor
dem Schicksal zu bewahren, Henry heiraten zu müssen.
Als er zu Avas Plan kam, was nun passieren sollte,
stockte er. Nun war es an ihm, sich zu räuspern. Wie
sollte er es ihr nur sagen?
„Und nun? Wie soll es denn jetzt weitergehen? Was ist,
wenn Henry mich sucht? Und..." Sie biss sich auf die
Lippen und sah so verloren aus, dass er sie am liebsten
in seine Arme genommen und ihr versichert hätte, alles
werde gut. Aber das konnte er nicht, denn so oder so
gab es keine wirkliche Garantie. Weder für ihn noch für
sie.
„Also Ihre Freundin hält es für das Beste, wenn...", er
sah sie an, denn er wollte ihre Reaktion auf die
folgenden Worte nicht verpassen, „... wir nach Gretna
Green reiten und dort...", er schluckte die Angst
herunter, sie könnte ihn auslachen - oder vielleicht noch
schlimmer - zustimmen?!, „... heiraten."
Ihre blauen Augen weiteten sich und ihre verlockenden
Lippen formten ein erstauntes Oh. Keine Ablehnung,
kein Entsetzen, aber auch keine Zustimmung. Was hatte
er erwartet? Dass die Frau, die sich bisher so
erfolgreich vor einer Ehe gedrückt hatte und sie auch
für ihre Zukunft unter normalen Umständen nicht in
Betracht gezogen hätte, glücklich in seine Arme sank
und seinen Antrag annahm? *Was heißt auch Antrag!*,
schalt er sich. Er hatte ihr ja gar keinen gemacht!
Wieder räusperte er sich.
„Das... also das war der Vorschlag Ihrer Freundin",
wiegelte er dann auch ab.

„Ich weiß sehr genau, dass Sie nicht heiraten möchten, daher habe ich Ihnen noch einen anderen Vorschlag zu machen."

„Und der wäre?" Sie leckte sich unsicher über die Lippen und sog dann die Unterlippe zwischen ihre Zähne. In ihren Augen las er Erstaunen, Angst und Bedenken. Sie sah so verletzlich aus, dass er in diesem Moment hoffte, sie würde mit ihm nach Gretna Green reiten und ihn heiraten, damit er sie ihr ganzes Leben vor allem beschützen könnte, was sie ängstigte!

„Ich könnte Sie zur Küste bringen, und Sie könnten nach Irland oder auf den Kontinent..." Er verstummte. Ihm wurde klar, dass er das um jeden Preis verhindern wollte. Er konnte sie nicht so einfach gehen lassen!

„Allerdings würden Sie dort nicht wirklich vor Ihrem Cousin sicher sein. Wenn er sie suchen und finden würde und sie wären nicht verheiratet... er könnte Sie genauso zwingen wie jetzt." Warum sagte er das? Wäre sie denn in einer Ehe mit ihm in Sicherheit? Was hatte er ihr schon zu bieten außer seinem Namen und dem Titel einer Viscountess? Nur ein dunkles, schuldbeladenes Gemüt. Vielleicht sollte sie tatsächlich weggehen und sich einen anderen Mann suchen, einen, den sie lieben konnte, der sie mit seiner Liebe einhüllen und ihre seelischen Narben heilen konnte, weil sie es *zuließ*. Aus *Liebe* zuließ.

„Warum... ziehen Sie es in Erwägung, mich zu heiraten?" Ihre Frage traf ihn gänzlich unvorbereitet. Er hatte eher gedacht, sie würde ihn auslachen, weil er ihr diesen Vorschlag gemacht hatte, ihn vielleicht ansehen, als hätte er den Verstand verloren oder aber sofort verlangen, sie an die Küste zu bringen... Stattdessen sah sie ihn so durchdringend an, als wollte sie in seine Seele schauen und ergründen, warum er ihr diesen Vorschlag gemacht hatte. Was sollte er darauf antworten? Die Wahrheit? Und was war die Wahrheit? „Nun, ich denke, wir beide könnten es als Geschäft betrachten." Er wusste in dem Moment, in dem er diese Worte aussprach, dass er nichts Falscheres hätte sagen können, aber er musste sich und sie vor zu großen Erwartungen schützen. Jedenfalls bis er sich sicher war, was er wirklich für sie empfand.

„Als Geschäft?" Ihre Stimme klang dünn und sie schlang die Arme um ihren Körper, wie um sich vor dem geschäftsmäßigen Ton, den er angeschlagen hatte, zu schützen.

„Nun ja, also..." Warum war er nur so verlegen um Worte? Warum fühlte es sich plötzlich schäbig an, ihr weiszumachen, sie wegen ihres Geldes zu heiraten? Bei den anderen Frauen hätte er keine Bedenken gehabt...

„Ich verstehe. Sie brauchen nach wie vor Geld. Geld, das Sie durch eine Heirat mit mir bekommen würden." Der traurige Ausdruck, der für einen Wimpernschlag über ihr Gesicht huschte, traf ihn mitten ins Herz. Dann straffte sie die Schultern und ihre Miene ließ keine weiter Deutung ihrer Gefühle zu.

„Wenn ich also zustimme, mit Ihnen nach Gretna Green zu reiten und Sie zu heiraten... welchen Vorteil hätte ich denn von... diesem Geschäft?" Violet zog eine Augenbraue in die Höhe und sah Colin spöttisch an.

„Soweit ich es beurteilen kann, beruhen Geschäfte auf Gegenseitigkeit."

„Nun, da Sie eigentlich nicht heiraten wollten, sondern sich gerne aufs Land zurückgezogen und frei und ungebunden gelebt hätten, biete ich Ihnen diese Freiheit. Sie könnten auf Fairmont House schalten und walten, wie Sie es wünschen." Er trat einen Schritt auf sie zu, aber sie wich zurück und kniff die Augen zusammen.

„Und Sie?"

„Ich?" Es dauerte einen kurzen Augenblick, bis er den Sinn hinter ihren Worten verstand. Sie wollte wissen, ob er ebenfalls dort wohnen und ihr womöglich doch reinreden würde.

„Also ich... um ehrlich zu sein, brauche ich Geld, um Fairmont House wieder zu einem florierenden Gut zu machen. Ich habe den Titel und das Gut geerbt und es steht nicht zum Besten damit. Wenn danach noch Geld übrig ist, dann...", der Teufel ritt ihn oder war es die Enttäuschung darüber, dass sie ihn augenscheinlich nicht in ihrer Nähe haben wollte?, „... würde ich mir gerne ein Schiff kaufen und..."

„Ein Schiff?" Sie riss die Augen auf.

„Ja, bevor ich diesen Titel erbte, war ich Kapitän einer Fregatte."

„Ein Handelsschiff?"

„Äh... so ähnlich." Warum hatte er Angst, ihr zu sagen, dass er im Namen der Krone fremde Schiffe aufgebracht und beraubt hatte? Vielleicht, weil er Angst hatte, sie könnte ihn für einen skrupellosen Verbrecher halten? Und hatte sie damit nicht sogar recht?

„Oh, ich verstehe! Die Art von Handel, von der nur eine Seite etwas hat. Ihre!" Erstaunlicherweise schien sie nicht im Geringsten verblüfft oder ärgerlich.

„Wenn Sie es so nennen wollen." Er musste nun doch grinsen. Augenscheinlich hatte er sie unterschätzt. Er hätte nicht erwartet, dass eine Lady der Gesellschaft so gelassen mit der Tatsache, dass er ein Pirat gewesen war, umgehen würde. Natürlich im Namen der Krone, das machte ihn zwar rechtlich nicht unbedingt angreifbar, aber moralisch...

Sie hob den Kopf und sah ihn geradeheraus an.

„Ich fasse zusammen, so macht man das doch unter Geschäftspartnern?" Ihre Stimme klang ebenso kalt wie entschlossen.

„Wir heiraten, sie bekommen meine Mitgift und ich im Gegenzug Ihr Wort, dass ich weiterhin tun und lassen kann, was mir gefällt." Als er den Mund öffnete, um etwas zu sagen, hob sie die Hand um ihn zu unterbrechen.

„Natürlich in dem Rahmen, dass Ihr guter Name keinen Schaden davonträgt." Nun blickte sie doch für einen kurzen Moment zu Boden und als sie ihn wieder ansah, überzog eine leichte Röte ihr Gesicht und sie knabberte unsicher an der Innenseite ihrer Wange.

„Ich... es gibt noch etwas... also ich..." Es passte nicht zu dem Bild der selbstsicheren Frau, das sie ihm offensichtlich vermitteln wollte, dass sie nun zögerte. Dann riss sie sich zusammen und wurde noch eine Spur roter.

„Also ich meine, wenn wir verheiratet sind, werden Sie dann... müssen wir..."

Ihm ging ein Licht auf. Sie sprach von dem geschlechtlichen Aspekt der Eheschließung! Er schluckte gegen die Enttäuschung an, die ihre offensichtliche Ablehnung dieser Seite der Ehe betraf.

„Natürlich müssen wir nichts tun, was Sie nicht möchten! Als ich sagte, dass Sie frei entscheiden können, was Sie tun oder lassen möchten, beinhaltete das selbstverständlich auch... Also, ich werde Sie zu nichts zwingen!"

Colin rief sich zur Ordnung. Er musste sich darauf besinnen, was sie ausgehandelt hatten. Ein Geschäft. Ihr Geld gegen die Freiheit, über ihr Leben selbst zu bestimmen. Und wenn sie ihn in diesem Leben nicht haben wollte, dann musste er das akzeptieren.

„Also gut. Dann ist es abgemacht." Sie drehte sich um als hätte sie nicht gerade in eine Hochzeit eingewilligt, die für sie wahrscheinlich nur das kleinere Übel war, sondern als hätte sie bei Madame Angelique ein neues Kleid in Auftrag gegeben.

Sie ritten eine weitere Nacht und konnten am nächsten Morgen an einer Postkutschenstation das Pferd gegen zwei frische Reittiere eintauschen. Nicholas hatte Colin ausreichend Geldmittel mitgegeben, damit sie sich ein zweites Pferd leisten und somit schneller vorankommen konnten. Violet bestand darüber hinaus darauf, sich Hosen und ein Hemd zu kaufen, weil sie es nicht gewohnt war, im Damensitz und mit einem Kleid zu reiten. Gegen das Argument, dass sie so auch nicht sofort als ein reisendes Pärchen erkannt werden würden, konnte Colin nichts Vernünftiges einwenden.

Sie wagten es noch nicht, hier nach einem Zimmer zu fragen, aber sie aßen zumindest etwas Warmes und gönnten sich eine Rast. Colin hatte beschlossen, dass sie nun nachts rasten und tagsüber reiten würden, denn inzwischen waren dunkle Wolken am Himmel aufgezogen und verhießen den für England typischen Regen. Da die Wolken auch nachts den Mond verdunkelten, war es zu gefährlich, gänzlich ohne Licht zu reiten. Und so ritten sie den Tag hindurch bis die Abenddämmerung einsetzte. Seit ihrem Gespräch am ersten Tag hatten sie nur wenig miteinander geredet. Jeder hing seinen eigenen Gedanken nach, und so ließen sie ihre Pferde nebeneinander her traben. Ab und zu warf Colin Violet einen kurzen Blick zu, aber in ihrem Gesicht las er nur grimmige Entschlossenheit. Insgeheim bewunderte er ihre Haltung. Unter ihren Augen lagen inzwischen tiefe Schatten, manchmal fielen ihr sogar die Augen zu, aber sie hielt sich krampfhaft im Sattel. Sie musste todmüde sein, sie ritten ins Ungewisse, was ihr sichtbar zu schaffen machte, und doch kam keine Klage über ihre Lippen. Auch als es im Verlauf des Tages zu regnen angefangen hatte, hatte sie nur wortlos die Kapuze ihres Umhangs über ihren Kopf gezogen und sein Angebot, in einem Waldstück zu rasten, ignoriert. Er hatte sie definitiv unterschätzt. Sie war zäher als er angenommen hatte. Und entschlossener als er es ihr jemals zugetraut hätte. Warum nur verspürte er den törichten Wunsch, sie würde das alles nicht aus Angst vor diesem Bastard tun, sondern weil sie *ihn* heiraten *wollte*?

Als der Regen immer stärker wurde und sie an einer Weggabelung an einem Wegweiser vorbeiritten, unter dem ein fast verblichenes Holzschild auf ein kleines Gasthaus hinwies, entschied er spontan, dass sie dort den heutigen Abend verbringen würden. Sie waren beide bis auf die Knochen nass und würden in dem immer stärker werdenden Unwetter ohnehin nicht mehr viel weiter kommen. Violet brauchte trockene Kleidung, etwas Warmes zu essen und, wenn möglich, vielleicht ein warmes Bad. Ganz sicher aber brauchte sie Schlaf.

Er lenkte sein Pferd neben sie und stellte nach einem kurzen Seitenblick fest, dass sie die Augen geschlossen hatte und leicht hin und her schwankte. Himmel! Sie schlief ja schon im Sattel ein! Er hielt beide Pferde an, beugte sich ein wenig zu ihr hinüber und rüttelte sie sanft an der Schulter. Mit einem unwilligen Knurren öffnete sie die Augen und sah ihn müde an. Sie brauchte einen kurzen Augenblick, bis sich der träge Schleier aus ihrem Blick geschlichen hatte.

„Was ist los? Warum haben wir angehalten?"

„Weil ich nicht möchte, dass Sie sich den Hals brechen, wenn Sie vom Pferd fallen."

„Ich falle nicht vom Pferd! Das letzte Mal, dass ich von einem Pferd gefallen bin..."

„Lassen Sie mich raten. Ist Jahre her, es war ein sich aufbäumender Hengst und in vollem Galopp." Amüsiert zog er die Mundwinkel kraus.

„So ähnlich." Beleidigt wischte sie sich die Regentropfen aus dem Gesicht.

„Können wir dann jetzt weiter? Ich meine, wir haben es doch eilig, oder?!" Warum ärgerte es ihn, dass sie es so eilig hatte, diese Farce von Hochzeit durchzuziehen? Weil es ihr nur darum ging, diesem Bastard zu entkommen? Weil sie dafür diese Ehe in Kauf nahm, weil er das kleinere Übel wahr? Colin erinnerte sich noch deutlich daran, dass er schon einmal das kleinere Übel gewesen war und dass es dabei auch um ihren Cousin Henry gegangen war.

„Wir haben es nicht so eilig, dass wir uns eine Lungenentzündung in diesem Unwetter holen werden", knurrte er verstimmt.

„Und wenn Sie vor lauter Müdigkeit vom Pferd fallen und sich den Hals brechen..."

„Wäre das auch eine Lösung!", fauchte sie plötzlich.

„Ich verstehe schon, dass es Ihnen nicht so eilig damit ist, mich zu heiraten, wie mir, wenngleich ich dachte, Sie bräuchten *möglichst schnell* meine Mitgift! Aber ich versichere Ihnen, ich werde nicht hier sterben, und sei es nur, damit Sie dieses verfluchte Geld bekommen, dass mein Bruder in gutem Glauben auf meinen Kopf ausgesetzt hat!" Wütend gab sie ihrem Pferd die Sporen und trabte an. Colin brauchte einen Augenblick um sich von seiner Verblüffung zu erholen, dann folgte er ihr ärgerlich. So sah sie das also! Grob griff er in ihre Zügel und ihr Pferd machte einen unwilligen Satz zur Seite. Sie geriet nicht einmal ins Wanken und bewies damit, dass sie eine wirklich gute Reiterin war, aber das spielte jetzt keine Rolle.

„Hören Sie mir genau zu, denn ich sage das nur einmal, verstanden?!" Seine braunen Augen funkelten nun fast schwarz vor unterdrücktem Ärger und unwillkürlich zuckte Violet zusammen. Die spürbare Wut, die in seinen Worten mitschwang, machte ihr Angst.

„Sie halten mich für einen skrupellosen Mitgiftjäger. Stimmt! Ich brauche Geld, viel Geld und möglichst schnell. Stimmt auch. Aber vielleicht, nur vielleicht, gibt es auch noch einen ganz anderen Grund, Ihnen zu helfen, indem ich Sie heirate!" Er beruhigte sich etwas, auch wenn es immer noch in ihm brodelte. Das Schlimmste daran war, dass er gar nicht so genau wusste, was ihn an ihren Worten so verletzt hatte.

„Einen anderen Grund?" Verwirrt sah sie ihn an und runzelte die Brauen.

Colin verfluchte sich innerlich. Wie sollte er ihr erklären, was einen Großteil seiner Motive ausmachte, ohne ihr zu gestehen , dass er... ja, was eigentlich? Sich in sie verliebt hatte? Ganz schlechte Antwort! Sie würde ihn sicherlich auslachen oder, noch schlimmer, sich vollkommen von ihm zurückziehen, weil sie sich in die Enge gedrängt fühlen würde. Sie wollte keine Gefühle, jedenfalls nicht von ihm, sie wollte ihre Freiheit!

„Ich hasse es nun einmal, wenn Kerle wie dieser Henry Newton meinen, sie könnten alles bekommen, was sie sich nur wünschen!" Selbst in seinen Ohren klang das hart und verletzend. Keine Frau hörte gerne, dass sie nur geheiratet wurde, damit niemand anders sie bekam. Während der Regen stetig weiter auf sie hinab prasselte, saß Violet nur da und sah ihn an. Das intensive Blau ihrer Augen war eine Spur heller geworden, fast grau... und durchscheinend. Schließlich nickte sie.

„Verstehe." Mehr nicht. Dann räusperte sie sich.

„Wenn wir dann also weiter reiten könnten..."

„Nein."

„Nein?" Irritiert sah sie ihn an.

„Nein." Colin deutete zu dem Hinweisschild des

200

Gasthofes.
„Wir werden heute nicht mehr weit kommen und bei dem Wetter ist es ratsamer, irgendwo unterzukommen. Wir reiten zum *Birds Cove* und fragen nach einem Zimmer." Als er sah, wie sich ihre Augen weiteten, fügte er hinzu: „Nach zwei Zimmern." Nun war er es, der sich räusperte und dann deutete er entschlossen in die Richtung, die ihnen das Schild wies.
„Nach Ihnen."

Violet rubbelte sich mit einem sauberen Tuch die Haare trocken und setzte sich dann neben den kleinen Kamin, in dem ein dünnes Feuer brannte, das es noch nicht geschafft hatte, die kalte Feuchtigkeit aus dem Raum zu vertreiben. Natürlich war gerade noch ein Zimmer frei gewesen, denn vor ihnen hatten schon einige andere Reisende aufgrund des anhaltend schlechten Wetters hier Zuflucht gesucht. Colin hatte es gemietet und sie dann nach oben geschickt, damit sie aus den nassen Kleidern schlüpfen und sich aufwärmen konnte. Er selbst war in dem stickigen aber immerhin warmen Gastraum geblieben und hatte sich zunächst etwas zu trinken bestellt um ihr Gelegenheit zu geben, sich ungestört ausziehen zu können. Er würde später etwas zu essen bestellen und es ihr dann hinaufbringen, hatte er ihr gesagt, bevor er... ja, was? In dem Gastraum schlafen würde? Sich im Stall einen Platz suchen würde?

Sie fuhr sich mit den Fingern durch die wirren Locken und kuschelte sich dann in die warme Decke, die die freundliche Gastwirtin ihr zusätzlich aufs Zimmer hatte bringen lassen. Sie konnte nicht umhin, die Enttäuschung vollends aus ihrem Herzen zu vertreiben, die Colins lapidare Antwort auf ihre Frage, welchen Grund er noch haben könnte, sie zu heiraten, ausgelöst hatte. Sie war eine Närrin, wenn sie angenommen hatte, er... könnte ihr gestehen, dass er Gefühle für sie hegte? Nein, er hatte ihr deutlich gesagt, dass er sie wegen des Geldes heiratete, das ihm in diesem Fall gehören würde. Im Grunde hatte er nie etwas anderes behauptet. Warum auch? Von Anfang an hatte er mit offenen Karten gespielt, das immerhin rechnete sie ihm hoch an. Er hatte ihr nicht vorgespielt, in sie verliebt zu sein, um an ihre Mitgift zu kommen. Und ganz bestimmt war das ehrlicher als in vielen anderen Ehen, die wenigstens von einer Seite in dem Glauben geschlossen wurden, so etwas wie Liebe wäre im Spiel. Sie dachte unwillkürlich an ihre Schwester, die ihrem Mann eben diese Gefühle vorspielte, um sich den Titel einer Countess zu sichern. Nein, sie selber würde nicht wollen, dass jemand ihr etwas vorspielte, was er nicht empfand. Da war die Wahrheit schon ehrlicher, wenn auch schmerzlich. Ganz sicher könnten sie so etwas wie Freundschaft zueinander aufbauen. Das war zwar nicht das, was sie sich wünschte, aber wenn es das einzige war, was Colin ihr geben konnte, dann würde sie damit zufrieden sein. Nein, zufrieden sein müssen. Immerhin hatte er ihr versprochen, ihr die Freiheit zu lassen, ihr Leben so zu leben, wie sie es wünschte. Nur, was wünschte sie sich? Vor Wochen noch hatte sie gedacht, ein kleines Cottage und ihr selbstbestimmtes Leben wäre alles, was sie von ihrer Zukunft erwartete. Und nun? Nun wünschte sie sich etwas, das genauso naiv war, wie der Wunsch, ihre eigenen Entscheidungen zu treffen. Sie hatte in den letzten Tagen erkannt, dass das für Frauen in dieser Welt unmöglich war. Der Traum von einem selbstbestimmten Leben war ausgeträumt, wahrscheinlich war das schon lange passiert, bevor sie es sich hatte eingestehen wollen. In dieser Welt dominierten Männer, was sie wollten, geschah.

Ein leises Klopfen an der Tür unterbrach ihre Gedanken.

„Ich bin's, Colin. Ich bringe Ihnen etwas zu essen."

Violet ging zur Tür und sperrte auf. Sie hatte sich eingeschlossen, weil sie es immer noch ängstigte, mit so vielen unbekannten Menschen in einem Haus zu sein. Colin trat mit einem großen Tablett in der Hand ein. Schwungvoll stellte er es auf dem kleinen Tisch ab, der neben zwei Stühlen, einem Bett und einer kleinen Kommode das einzige Möbelstück in dem Raum war. Auf dem Tablett stand eine Schale mit dampfender Fleischbrühe, Roastbeef und Yorkshire Pudding, Aalsülze und Gemüse und einer Portion süßen Apfelcrumbles. Schnuppernd zog Violet die Nase kraus und schloss genießerisch die Augen. Der Duft ließ ihr das Wasser im Mund zusammenlaufen und ihr Magen erkundigte sich mit einem lauten Knurren, auf was sie denn noch wartete. Sie setzte sich an den kleinen Tisch und griff zu dem Besteck als sie registrierte, dass Colin unschlüssig stehen geblieben war.

„Wein oder Ale?", fragte er und sah sie mit einem

undefinierbaren Blick an.

„Wein." Sie tauchte den Löffel mit der rechten Hand in die heiße Suppe und pustete vorsichtig die Hitze aus der Flüssigkeit, bevor sie sie schluckte. Mit der Linken versuchte sie krampfhaft, die Wolldecke festzuhalten um nichts von ihrem Körper, oder vielleicht auch ihrer Seele?, preiszugeben. In Colin breitete sich bei diesem Anblick ein zärtliches Gefühl aus. Nie war ihm diese Frau verletzlicher erschienen als hier, in diese graue Decke gehüllt, mit feuchten Haaren und vor Kälte zitternd. Für ihn hatte es fast den Anschein, als versuche sie sich vor der Welt da draußen zu schützen, indem sie sich in den wollenen Stoff einwickelte.

Violet bemerkte seinen Blick nicht, denn sie aß konzentriert die warme, belebende Suppe. Konnte es sein, dass sie noch nie eine so wunderbare Fleischbrühe gekostet hatte? Oder lag es daran, dass mit jedem Löffel ihre innere Kälte ein klein wenig mehr verschwand?

Als Colin kurz darauf mit dem Wein zurückkehrte, hatte sie bereits einen Großteil der Suppe ausgelöffelt. Schuldbewusst sah sie ihn an.

„Entschuldigen Sie, aber ich habe, glaube ich, Ihre Hälfte bereits..."

„Meine Hälfte?" Fragend sah er sie an während er den Wein in ein Glas goss und neben sie hinstellte.

„Nun ja, Sie wollen doch bestimmt auch etwas warme Suppe?"

Ein leises Lächeln stahl sich in seine Augen.

„Ich habe bereits im Gastraum gegessen. Das ist alles für sie." Dann wandte er sich zum Gehen.

„Oh, ich... das ist viel zu viel! Möchten Sie nicht... ich

meine, vielleicht könnten Sie mir beim Essen Gesellschaft leisten?" Scheu sah sie ihn an. Sie wollte nicht, dass er ging. Wollte nicht alleine sein, nicht hier, mit all diesen Fremden.

„Wenn Sie es wünschen." Colin zog sich den zweiten Stuhl heran und musterte die Frau, die so stark und so schwach in einer Person sein konnte. Gerade noch hatte sie sich draußen im Regen von nichts aufhalten lassen, und jetzt hatte sie hier vor irgendetwas Angst. Dass er nicht der Grund war, hatte ihm ihre Bitte, bei ihr zu bleiben, verraten. Amüsiert beobachtete er, wie sie einen Großteil der Speisen verschlang, die er ihr mitgebracht hatte, nur vor dem Aalgelee rümpfte sie ihre hübsche kleine Nase.

„Ich mag keinen Fisch", entschuldigte sie sich, bevor sie die Portion an die Seite schob und stattdessen zu dem Apfelcrumble griff, den sie mit seligem Lächeln in ihren Mund schob. Als sie die Augen schloss und sich genüsslich die Lippen leckte, musste er an sich halten, denn die Geste war so ungewollt erotisch, dass er sie am liebsten auf der Stelle geküsst und aufs Bett geworfen hätte, um noch ganz andere Dinge mit ihr zu tun, als sie nur zu küssen. Als sie ihre Augen wieder öffnete und ihn unschuldig anlächelte, wurde sein Mund trocken. Ein anderes Körperteil dagegen erwachte unerwünschter Weise zum Leben.

„Ich wusste nicht, dass Sie keinen Fisch mögen." Seine Stimme klang gepresst und es war auch nicht das, was er hatte eigentlich sagen wollen, aber es schien ihm das Unverfänglichste. Oder vielleicht Dümmste. Oder...

„Sie wissen sehr viel nicht über mich." Violet sagte das so leise, dass er fast glaubte, er hätte sich verhört.

Erstaunt sah er sie an. Sie hatte fast geflüstert und doch dröhnte ihre Stimme in seinen Ohren.

Wollte sie, dass er sie nach all dem Unbekannten fragte? Oder wollte sie vielmehr, dass er sie und ihre Geheimnisse in Ruhe ließ? Noch nie hatte ihn eine Frau so sehr verunsichert.

„Oh, ich weiß, dass Sie keinen Fisch mögen." Er grinste sie an um die Spannung zu vertreiben, die sich unbemerkt zwischen ihnen aufgebaut hatte.

„Und dass Sie eine hervorragende Reiterin sind, die schon lange nicht mehr vom Pferd gefallen ist."

„Das ist ein Anfang." Violet lächelte ihn ihn offen an, dann trank sie einen Schluck Wein.

„Wo werden Sie schlafen?", fragte sie mit nahezu unbeteiligter Stimme, als hätte es den kurzen Moment der Annäherung nie gegeben.

„Ich äh...", ein kleiner Teufel ritt ihn, als er süffisant hinzufügte: „... hatte ein sehr vielversprechendes Angebot."

„Ein... oh!" Flammende Röte überzog ihr Gesicht, als sie den Sinn seiner Worte erfasste.

„Dann will ich Sie nicht aufhalten." Violet bemerkte, dass er eine Braue fragend in die Höhe zog. Nein, sie würde ihn ganz gewiss nicht aufhalten, auch wenn sie den scharfen Stich der Eifersucht nicht unterdrücken konnte.

„Ich wünsche Ihnen eine gute Nacht." Damit stand sie auf und ging, etwas umständlich, denn der Wollstoff hatte sich dummerweise um ihre Beine gewickelt, zu dem Bett, auf dem sie sich niederließ. Trotz aller Bemühungen verrutschte der obere Teil der Decke dabei etwas und ließ den Ansatz ihrer Brust erkennen.

Als sie seinen Blick bemerkte, zog sie den Stoff verlegen hoch.

„Hätten Sie ein anderes Angebot?" Seine kehlige, raue Stimme verursachte ein Prickeln auf ihrer Haut und sie schluckte.

„Nnnein...", stotterte sie und sah zu Boden. „Jedenfalls keines, das die Freuden einschließt, die Sie... andernorts erwarten!" Sie hatte sich gefangen und blitzte ihn nun ärgerlich an.

„Falls Sie darauf warten, dass ich Sie aufhalte, dieses großzügige Angebot anzunehmen, irren Sie sich." Ihr Herz klopfte laut, so dass sie glaubte, er müsse es hören.

„Wenn ich von Ihnen erwarte, dass Sie mir meine Freiheit lassen, dann bin ich selbstverständlich bereit, Ihnen dasselbe zuzugestehen. Wir beide wissen, dass unsere Ehe nur ein... Handel ist. Ein Geschäft, nicht mehr und nicht weniger." Sie wunderte sich selber, dass ihre Stimme so kühl und unbeteiligt klang, während ihr Herz sich schmerzhaft zusammenzog. Sie musste sich eingestehen, dass der Gedanke, Colin würde die Nacht mit irgendeiner Schankmagd verbringen , ihr körperlichen Schmerz bereitete.

Ein Handel, ein Geschäft! Warum nur trafen ihn diese Worte und verursachten dieses eigentümliche Ziehen in seiner Brust? Schließlich war es genau das, was er immer gewollt hatte. Das Problem bei der Sache war nur, dass er ausgerechnet bei der Frau, die er im Begriff war, in ein paar Tagen zu heiraten, mehr wollte. Viel mehr. Und dass genau sie diejenige war, die ihn immer wieder daran erinnerte, dass ihre Ehe nur auf dem Papier bestehen würde.

„Dann wünsche ich Ihnen jetzt auch eine gute Nacht."
Verärgert über sich und seine widerstreitenden Gefühle
wandte er sich ab und hatte mit zwei großen Schritten
die Tür erreicht. Worauf wartete er denn noch? Dass sie
ihn zurückrief? Und ihn bat, zu bleiben? In die Stille
hinein drückte er die Klinke herunter und verließ ihr
Zimmer. Natürlich hatte sie ihn gehen lassen. Frustriert
begab er sich wieder in den Schankraum, der sich zu
dieser Stunde bereits bis auf zwei weitere Reisende, die
an einem Tisch saßen und offensichtlich sein Schicksal,
kein Zimmer mehr für die Nacht bekommen zu haben,
teilten, geleert hatte. Die Wahrheit war nämlich, dass
Colin kein Angebot von einer Schankmagd bekommen
hatte, das Bett zu mit ihr zu teilen. Und selbst wenn, er
hätte es nicht angenommen. Der Gedanke, dass seine
zukünftige Ehefrau dort oben in ihrem Zimmer schlief,
während er... Nein, er war zwar in den Augen vieler ein
ruchloser Bastard, aber das würde er nicht tun. Einen
Rest Anstand hatte er sich immerhin bewahrt. Eine
Ehefrau auf seinem Landgut und eine Mätresse in der
Stadt, das mochte wohl angehen und würde von der
Gesellschaft toleriert werden, weil es eben fast üblich
war, aber niemals würde er sie auf diese Weise
kompromittieren.
Einige Gläser Ale später musste er sich dann der
Aufgabe widmen, einen Schlafplatz für die Nacht zu
finden, wollte er nicht hier auf der harten Bank in der
Wirtsstube nächtigen. Er zog den Stall in Betracht, aber
als er einen Blick hineinwarf, war der nicht nur
ebenfalls gut mit schnarchenden Männern gefüllt, die
Ausdünstungen der ungewaschenen Menschen und der
Tiere, die latente Unruhe und der Geräuschpegel ließen

ihn aber schnell von dieser Idee Abstand nehmen. Verdrossen wandte er sich wieder dem Wirtshaus zu. Dann also doch die harte Bank.

Violet konnte lange nicht einschlafen. Der Gedanke an Colin, wie er dort im Bett einer anderen Frau lag und mit ihr... Nein, sie wollte nicht daran denken. Im Nachhinein kam es ihr mehr als kindisch vor, dass sie ihm nicht angeboten hatte, hier bei ihr zu schlafen. Schließlich hatten sie bereits nebeneinander geschlafen, unter freiem Himmel, und er hatte sich ihr nie unschicklich genähert. Die Frage, die sie viel mehr umtrieb war, ob sie sich nicht vielleicht tief in ihrem Herzen wünschte, er würde sie begehren. Bevor sie ihn kennengelernt hatte, hatte sie nie solche Gedanken in Bezug auf einen Mann gehabt. Im Gegenteil: Der Gedanke, jemand könnte sie so berühren, wie dieser schmierige Aufseher in Bedlam es getan hatte, war ihr so zuwider, dass sie jedes Mal, wenn sie daran dachte, Übelkeit verspürte. Ihr Körper verspannte sich bei dem Gedanken an seine groben Finger, die ihren nackten Körper gierig betastet hatten, wie er sie schließlich in sie hineingestoßen hatte... Ein Schweißfilm bildete sich auch jetzt auf ihrer Haut, wenn sie an die Schmerzen und die Angst dachte, die sie dabei verspürt hatte. Aber dann hatte sie mit Ava darüber gesprochen, die ihr längst eine gute Freundin geworden war, und Ava hatte ihr von sich erzählt. Sie hatte die gleichen Erfahrungen mit einem Mann gemacht, nur dass sie wirklich vergewaltigt worden war, was Violet am Ende erspart geblieben war. Aber Ava hatte es geschafft, ihre Angst und die Demütigung beiseite zu schieben und sich Nicholas zu öffnen. Und sie hatte Violet gesagt, dass es Nicholas gelungen war, all die furchtbaren Erinnerungen, die sie an die Tat hatte, mit schönen aufzuwiegen. Und sie fragte sich nicht zum ersten Mal, ob vielleicht Colin der Mann sein könnte, der das dunkle Gespenst der Erinnerung und Angst, das ihr so oft die Luft zum Atmen nahm, besiegen könnte.

Violet erwachte durch ein lautes Poltern. Ganz offensichtlich war sie doch noch eingeschlafen und nun durch ein Geräusch geweckt worden. Stimmen waren auf dem Flur vor ihrem Zimmer zu hören und jemand pochte laut an ihre Tür. Noch bevor sie wusste, warum ihr der Schweiß ausbrach und sie zu zittern anfing, nahm sie die Dunkelheit wahr. Es war so dunkel im Zimmer, dass sie noch nicht einmal die Umrisse der spärlichen Möbelstücke erkennen konnte. Das Feuer im Kamin war längst erloschen. Dunkle Wolken hatten das milchige Licht des Mondes und das Funkeln der Sterne verschluckt, so dass auch durch das Fenster kein dämmriger Schimmer fiel. Das Pochen und Lachen vor ihrer Tür übertönte ihren Herzschlag und sie zwang sich, tief ein und aus zu atmen. Wie hatte sie nur vergessen können, sich eine Kerze oder ein Öllicht zu besorgen? Oder wenigstens genügend Brennholz für den Kamin? Panik stieg langsam in ihr hoch und legte sich wie ein Stein auf ihre Brust. Das Atmen fiel ihr zusehends schwerer, aber sie konnte sich nicht bewegen. Wie gelähmt saß sie im Bett, versuchte, das bisschen Verstand, das der Panikattacke noch widerstand, zu mobilisieren, um sich zu beruhigen. Aber wie immer war dieser nicht fassbaren Angst vor der Dunkelheit nicht mit Vernunft beizukommen. Die lauten Stimmen, die Geräusche und das Klopfen an ihrer Tür nahm sie nur noch wie von weiter Ferne wahr. Dumpf hämmerte es in ihrem Kopf und sie wusste, dass jetzt die Bilder und Geräusche wiederkommen würden, vor denen sie sich so sehr fürchtete. Sie hörte das Fiepen der Ratten und das Rascheln des Strohs, als sie sich ihr näherten, spürte die Bisse und schlug um sich, um sie zu vertreiben. Faulige Nässe umfing sie und schließlich hörte sie das, was sie mehr als alles andere fürchtete. Schwere Schritte und dann das dumpfe Schlagen auf Holz. *Er* kam! Und sie konnte nichts dagegen tun!

„Kanns'se mitkomm. Is'n hübsches Ding da drin. Und sie hattn großsses Bett", nuschelte der Kerl, der zusammen mit seinem Freund versuchte, in Violets Zimmer zu gelangen.
„Ich würde vorschlagen, ihr verschwindet jetzt sofort, dann vergessen wir das hier." Colins Stimme klang zwar ruhig, aber wenn die beiden Männer nicht so betrunken gewesen wären, hätten sie den drohenden

Unterton ohne Schwierigkeiten wahrnehmen können.
So aber grinsten sie nur schmierig.

„Sssei kein Spielverderber. Oder willssse se etwa für
dich alleine?" Der Kleinere der beiden klopfte seinem
Kameraden beifallheischend auf die Schulter und
nickte mit glasigen Augen.

„Zum letzten Mal: verschwindet!" Colin schubste den
Wortführer in Richtung Gang, aber für seinen Zustand
ungewöhnlich schnell zog der andere ein Messer und
stach damit in Colins Richtung.

„Geh du doch!", konnte er noch nuscheln, bevor ihn
Colins wuchtiger Schlag nach hinten taumeln ließ.
Einen weiteren wütenden Vorstoß mit dem Messer
quittierte Colin mit einem gezielten Faustschlag, der
den Mann zu Boden warf, wo er sich stöhnend das
Kinn hielt.

„Schon gut, sss schon gut. Wir gehn ja ssschon!"
Ängstlich zog der zweite Kerl seinen Kameraden auf
die Beine und beide trollten sich knurrend in Richtung
Gastraum.

„Violet! Machen Sie auf. Ich bin es. Bitte. Sie müssen
keine Angst mehr haben. Die Kerle sind weg!" Aber
nichts rührte sich hinter der Tür. Kein Rascheln, keine
Schritte.

„Violet, ich bin es, Colin. Violet?" Als sie wieder nicht
öffnete, beschlich ihn Angst. Sie konnte doch nicht so
fest schlafen, dass sie den Krach überhört hatte?! Er
griff an die Klinke, aber immerhin war die Tür noch
abgeschlossen. Das beruhigte ihn allerdings nur
bedingt, denn das hieß nur, dass niemand in ihr Zimmer
gelangt war. Es erklärte aber nicht, warum sie nicht
öffnete.

Colin warf sich mit aller Gewalt gegen die Tür. Beim dritten Versuch flog sie mit einem lauten Krachen auf. Einen kurzen Moment brauchten seine Augen, um sich an die Dunkelheit zu gewöhnen, die in ihrem Zimmer herrschte. Immerhin fiel aus dem Flur nun etwas Licht hinein, so dass er erkennen konnte, dass Violet aufrecht im Bett saß.

„Violet, was zum Teufel..." Er ging auf das Bett zu, aber sie rührte sich nicht.

„Violet?" Als er näher kam, sah er, dass sie zitterte. Ihre Augen fixierten einen Punkt in der Dunkelheit, den nur sie sehen konnte. Schweiß stand auf ihrer Stirn und sie war leichenblass. Er setzte sich neben sie und nahm ihre Hand. Eiskalt!

„Licht, bitte, Licht", flüsterte sie plötzlich. Inzwischen hatten sich ein paar Reisende vor dem Zimmer versammelt, die durch den Lärm geweckt worden waren und nun wissen wollten, was es damit auf sich hat. Neugierig musterten sie das zersplitterte Holz der Tür und Colin, der bei dieser jungen Frau auf dem Bett saß und deren Hand hielt, während sie wie abwesend vor sich hin starrte. Laut fluchend drängelte sich nun auch noch der Wirt dazwischen und versuchte, Ruhe in die Versammlung zu bringen.

„Was ist hier passiert?", donnerte er. Auch er beäugte Colin misstrauisch, erkannte dann aber, dass die Frau auf dem Bett und er zusammengehörten.

„Meine Frau wurde von ein paar Betrunkenen belästigt." Colin kamen die Worte wie selbstverständlich über die Lippen. Meine Frau! Wie gut sich das anhörte.

„Oh, äh, das ist... bedauerlich. Ich werde mich sofort

darum kümmern." Damit scheuchte der Wirt die Schaulustigen wieder in ihre Zimmer zurück, blieb aber selbst unschlüssig vor der zerstörten Tür stehen.

„Äh", er kratzte sich am Kopf, „kann ich noch etwas für Sie tun?"

„Licht." Violets Stimme war so leise, dass Colin sie fast nicht verstand. Ihre Finger hatten sich in Colins Hand gekrallt und drückten nun fest zu.

„Wenn Sie uns noch etwas Feuerholz und vielleicht eine Kerze oder eine Öllampe bringen könnten, wäre ich Ihnen sehr dankbar." Colin streichelte beruhigend über Violets Handrücken.

„Und Brandy. Eine ganze Flasche, wenn möglich."

Bis der Wirt mit dem Gewünschten zurückkam, herrschte Schweigen zwischen den beiden. Nur Violets heftiger, sich nur langsam normalisierender Atem war zu hören. Colin hingegen versuchte, sich ein Bild davon zu machen, was hier gerade passiert war. Violets Zustand hatte nichts mit den beiden Männern zu tun, die an ihre Tür geklopft hatten, das wusste er. Er kannte diesen Zustand von Aimee. Sie hatte ebenfalls oft so reagiert, nachdem sie... nun, nachdem ihr das angetan worden war. Und nie hatte er in diesen Augenblicken zu ihr durchdringen können. Sie hatte ihn gar nicht bemerkt, wenn er neben ihr gesessen und versucht hatte, sie zu trösten. Ein paar Mal hatte sie ihn sogar angeschrien, er solle fortgehen und sie in Ruhe lassen. Violet dagegen lehnte sich plötzlich an ihn und er legte die Arme um sie. Ihr Zittern hatte nachgelassen und er konnte deutlich spüren, dass sie langsam wieder aus dieser Welt zurückkehrte, die sie, warum auch immer, betreten hatte. Wortlos stellte der Wirt die Karaffe mit dem Brandy und zwei Gläser auf dem Tisch ab, legte Feuerholz nach und schürte den Kamin, und auch eine Öllampe stellte er auf den Nachttisch neben das Bett. Dann verbeugte er sich, murmelte nochmals eine Entschuldigung und zog die Tür so gut es ging ins Schloss.

Colin wollte aufstehen und den Brandy eingießen, aber Violet hielt ihn zurück.

„Nur... nur noch einen Augenblick. Bitte." Sie schloss die Augen, nahm erneut seine Hand und lehnte den Kopf an seine Schulter. So saßen sie eine Weile schweigend nebeneinander und Colin durchströmte ein nie vorher gekanntes Gefühl von Wärme. Ihr weicher, nun wieder warmer Körper löste nicht das sexuelle Begehren aus, das er normalerweise in einer derart intimen Situation empfunden hätte. Vielmehr rührte ihn Violets scheue Nähe und weckte in ihm das Gefühl, sie vor allem Bösen in dieser Welt beschützen zu wollen. Sie erschien ihm in diesem Moment so verletzlich, so zerbrechlich, dass er sie ohne nachzudenken auf seinen Schoß zog und ihr sanft über die blonden Locken strich. Ganz zart ließ er seine Lippen über die Narbe an ihrer Schläfe gleiten und als sie nicht zurückzuckte oder sonst irgendeine Art von Abwehr zeigte, erfüllte ihn ein heißes Glücksgefühl. Sie wich nicht vor ihm zurück, hatte keine Angst vor seiner Nähe, so wie Aimee es zuletzt gehabt hatte! Vielleicht konnte er doch das Dunkel in ihrer Seele mit Licht fluten!

„Ich... es gibt noch vieles, was du nicht über mich weißt." Die vertrauliche Anrede kam ihr ganz selbstverständlich über die Lippen. Als sie ihn daraufhin ansah, schimmerten Tränen in ihren Augen.

Das klare Blau war im flackernden Schein der Öllampe einem unergründlichen Dunkel gewichen. „Ich habe diese Panikattacken immer... wenn es dunkel ist. Ich brauche immer... Licht, wenigstens etwas, damit ich schlafen kann. Und manchmal hilft auch das nicht." Ihre Stimme war immer leiser geworden. Sie sah ihn nun nicht mehr an, rückte sogar von ihm ab, aber Colin wusste, dass es nicht an ihm lag, dass sie sich zurückzog. Und er würde ihr diese Distanz lassen, die sie nun offenbar nötiger hatte als seine Nähe.

„Warum, Violet? Was ist passiert, dass du so... dass du so verängstigt bist?"

„Ich war... an einem schrecklichen Ort eingesperrt. Dort war es dunkel und ich hatte furchtbare Angst", wisperte sie tonlos. Er erinnerte sich, was die jungen Männer auf dem Ball über sie gesagt hatten. Dass sie in Bedlam eingesperrt gewesen war und dort...

Er stand auf und goss den Brandy randvoll in zwei Gläser. Eines reichte er ihr.

„Trink. Das wird dir gut tun." Zufrieden sah er, dass sie einen großen Schluck nahm. Sie musste husten als ihr die Schärfe des Getränks kurz den Atem nahm, aber tapfer trank sie einen weiteren Schluck.

„Du musst nicht darüber sprechen, wenn du nicht willst. Ich...", begann er, aber sie unterbrach ihn heftig.

„Ich will aber, Colin! Ich habe so lange nicht darüber gesprochen, mich dieser Angst und der Ohnmacht hingegeben, die die Erinnerungen an diese Zeit in mir auslösen, aber jetzt will ich nicht mehr! Ich will, dass es mir keine Angst mehr macht! Ich will, dass es aufhört, mich zu beherrschen!" Sie holte tief Luft.

„Ich will mein altes Leben zurück, Colin, ich will

wieder ich sein!" Sie stand auf, griff zu der Flasche und goss sich ein weiteres Glas ein, das sie wieder mit zwei Schlucken leerte. Unentschlossen sah Colin ihr zu, wie sie ein weiteres Glas hinunterstürzte. Den Versuch, sich noch einmal nachzuschenken, vereitelte er, indem er ihr das Glas abnahm und auf den Tisch stellte.

„Das reicht jetzt, Violet. Du bist so starke Getränke nicht gewöhnt."

Sie funkelte ihn wütend an.

„Und ich will verdammt nochmal keinen Mann, der mir das Trinken verbietet! In meinem neuen Leben!" Ihre Aussprache war schon etwas verwaschen und ihre Wangen glühten. Sie schubste ihn zur Seite und griff nach der Flasche, aber Colin war schneller und entwand sie ihr.

„Du legst dich jetzt hin. Wir reden morgen weiter!" Bestimmt dirigierte er sie in Richtung Bett. Sie wehrte sich, hatte seiner Entschlossenheit aber wenig entgegenzusetzen. Er drückte sie auf die Matratze und baute sich drohend vor ihr auf.

„Hinlegen! Zudecken!", befahl er. Violet brummte etwas Unverständliches und wollte wieder aufstehen, aber er drückte sie erneut herunter.

„Keine Chance, Liebes!" Lächelnd beobachtete er wie sich ihr Gesicht vor Wut verzog. Immerhin schien der Alkohol auch ihre Panikattacke weggespült zu haben. Schmollend streckte sie sich aus und zog sich die Decke bis zum Kinn hoch.

„Kannsu bitte bleiben?", nuschelte sie und sah ihn so drollig an, dass er lachen musste. Himmel! Diese Frau wechselte ihre Stimmungen wie andere ihre Garderobe!

„Ja, ich bleibe." Er zog sich die Stiefel aus, aber als er

217

auch sein Hemd ablegen wollte, wurden ihre Augen groß.

„Was machssu da?"

„Ich ziehe mich aus. Das macht man so, wenn man zu Bett geht."

„Aber das is nich... geht nich..." Ein Anflug von Panik kehrte in ihre Augen zurück und Colin behielt seufzend Hemd und Hose an, bevor er sich zu ihr legte.

Er wartete darauf, dass sie sich wieder an ihn kuscheln würde, aber das tat sie nicht. Stattdessen begann sie fast augenblicklich leise zu schnarchen. Wunderbar! Er hatte sich also eine Frau ausgesucht, die schnarchte! Er drehte sich auf den Rücken, verschränkte die Arme hinter dem Kopf und starrte an die Decke. Es waren nur noch ein paar Stunden, bis es dämmern würde und sie sich wieder aufmachen müssten. Er dachte daran, was Violet wohl in diesem Loch alles widerfahren war, aber als er an die Stelle kam, wo seine Gedanken sich mit dem auseinandersetzen mussten, dass man sie dort womöglich vergewaltigt hatte, wurde ihm übel und eine unbändige Wut kroch in ihm hoch. Er hatte das bereits einmal erlebt, hatte hilflos mitansehen müssen, wie Aimee an diesem Erlebnis zerbrochen war, wie sie ihm immer mehr entglitten war, bis er ihr nicht mehr helfen konnte. Würde er bei Violet ein zweites Mal scheitern? Konnte eine Frau so ein Erlebnis jemals vergessen? Leise seufzend drehte Violet sich um und schmiegte sich an ihn, legte einen Arm über seinen Bauch und ihr Gesicht an seinen Hals. Vorsichtig drehte er sich auf die Seite und sah sie an. Ob die Narbe an ihrer Stirn auch aus ihrer Zeit in Bedlam stammte? Oder war sie vom Pferd gestürzt und hatte sich dabei verletzt? Zum ersten

Mal nahm er auch die blassen Narben an ihren Armen wahr, da ihr Unterkleid hochgerutscht war und ihm diesen Blick gewährte. Sanft strich er die feinen Linien nach, die so aussahen, als hätte sie sich dort gekratzt. Das Bedürfnis, sie in den Arm zu nehmen, sie zu beschützen und sie all das Schlimme vergessen zu lassen, das sie erlebt hatte, überkam ihn und er zog sie an sich. So fest umschlossen hielt er sie lange Zeit, bis auch er schließlich einschlief.

Violet erwachte im trüben Licht des anbrechenden Tages. Ihr Kopf dröhnte und ihre Zunge fühlte sich pelzig an. Sie hatte Durst und wollte sich aufrichten, um etwas Wasser zu trinken, da bemerkte sie den anderen Körper neben sich. Colins Körper! Gleichzeitig wurde ihr schwindelig und übel. In ihrem Kopf hämmerte ein erbarmungsloser Schmied mit dem Hammer auf einen Amboss und in ihren Ohren summte ein ganzer Bienenschwarm. Sie erinnerte sich nur sehr vage an den gestrigen Abend. Da war Lärm gewesen. Und Dunkelheit. Und sie hatte wieder eine dieser Panikattacken gehabt, die sie mit dem Teil ihrer Vergangenheit konfrontierten, den sie am liebsten vergessen würde. Und der ihr jedes Mal wieder verdeutlichte, dass sie keine Macht über ihren Körper hatte, wenn die Erinnerungen kamen. Aber etwas war gestern anders gewesen. Bevor sie ganz abdriften konnte war Colin plötzlich da gewesen, daran erinnerte sie sich. Und daran, dass er sie in den Arm genommen und ihre Dämonen damit in Schach gehalten hatte. Als sie zu ihm hinüber blickte, begegnete sie seinem Blick. Etwas flackerte in seinen braunen Augen auf, aber sie konnte es nicht deuten. Sein Anblick jagte ihr einen Schauer über den Rücken und Hitze floss wie Lava durch ihre Adern. Nie hätte sie geglaubt, dass die Nähe eines Mannes so etwas in ihr auslösen könnte. War es das, wovon Ava gesprochen hatte? Begehren?

Verlegen räusperte sie sich und drehte sich um.

„Guten Morgen."

„So wie du aussiehst, ist es kein guter Morgen. Du hast einen Kater." Colin grinste unverschämt, schwang aber seine Beine aus dem Bett und griff nach dem Krug mit Wasser. Er goss ein großes Glas voll und reichte es ihr.

„Ich... es tut mir leid." Violet nahm einen großen Schluck und blickte verlegen zu Boden. Sie wusste nicht genau, ob es etwas gab, sie etwas getan oder gesagt hatte, das ihr leid tun sollte, aber...

„Was genau tut dir denn leid?" Unschuldig sah Colin sie an und Violet wurde rot. Sie erinnerte sich an die Panikattacke und daran, dass Colin sie aus diesem Dunkel gerissen hatte, bevor ihr Verstand sich ganz der Angst vor der Dunkelheit ergeben hatte. Und daran, dass sie instinktiv gespürt hatte, dass es in seiner Macht stand, ihre Dämonen in ihre Schranken zu weisen. Danach verloren sich ihre Erinnerungen in einer wabernden Nebelwand. Die Frage, warum Colin sie plötzlich duzte, bereitete ihr noch mehr Kopfschmerzen als der Alkohol, aber sie wagte nicht, ihn nach der letzten Nacht zu fragen.

„Wäre... wäre es zuviel verlangt, wenn wir es einfach dabei beließen?" Fahrig verschränkte sie ihre Finger und stand auf. Kurz musste sie sich an der Bettkante festhalten, dann verschwand der Schwindel langsam und auch die Übelkeit legte sich etwas. Nur die Kopfschmerzen blieben. Colin stand auf und war mit zwei schnellen Schritten an ihrer Seite. Vorsichtig griff er nach ihren Händen.

„Du hast nichts getan oder gesagt, was dir leid tun müsste." Der Blick seiner braunen Augen suchte den ihren und hielt ihn fest.

„Und ich auch nicht."

Violet hatte nicht die Kraft, sich seiner Nähe zu entziehen. Er streichelte mit seinen Daumen vorsichtig über ihre Handrücken und ihre Haut brannte an den Stellen, an denen er sie berührte, wie Feuer. Sie wusste nicht, wie lange sie so da gestanden hatten, aber wenn es nach ihr gegangen wäre, hätte dieser Augenblick nie enden sollen. Wenn sie es bis jetzt noch nicht wahrhaben wollte, dann konnte sie das Gefühl, das Colin in ihr auslöste, nun plötzlich einordnen. Sie wünschte sich, er würde sie immer so halten, sie beschützen und an ihrer Seite sein. Sie hatte sich in ihn verliebt. Ausgerechnet in einen Mann, der sie nur ihres Geldes wegen heiratete und der ihre Ehe nur als Geschäft ansah. Und der sich von ihrem Geld ein Schiff kaufen und sie möglichst schnell wieder verlassen wollte!

„Wir müssen aufbrechen, Violet." Colins warme Stimme riss sie aus ihren Gedanken und sie räusperte sich.

„Ja, stimmt, du brauchst meine Mitgift ja dringend." Sie wusste nicht, warum sie ihn so bissig anfuhr, und sie fühlte sich auch nicht wirklich besser, als er daraufhin zusammenzuckte und ihre Hände los ließ als halte er glühende Kohlen darin fest.

„Ja, *ich* brauche das Geld und *du* einen Ehemann, der dich vor deinem Cousin beschützt und dir dann deine Freiheit lässt. Du musst mich nicht immer daran erinnern." Seine Augen verdunkelten sich bedrohlich und Violet wich einige Schritte zurück. Warum hatte seine Stimme so belegt geklungen? Fast so, als hätten ihn ihre Worte wirklich verletzt? Aber noch bevor die Spannung zwischen ihnen unerträglich wurde, hatte er seine Stiefel angezogen und ging zur Tür. Sie bemerkte, dass er kurz durchatmete, bevor er sich noch einmal umdrehte.

„Komm herunter, wenn du fertig bist. Ich lasse uns ein Frühstück auftragen und dann sollten wir so schnell wie möglich aufbrechen." Offenbar hatte er sich wieder unter Kontrolle, denn seine Stimme klang nun unbeteiligt, fast abweisend.

Violet zog sich grübelnd die noch klamme Hose und das Hemd über, flocht sich die Haare und steckte sie auf. Warum hatte sie das gesagt? Warum war sie wütend? Colin hatte schließlich von Anfang an mit offenen Karten gespielt. Er wollte ihr Geld. Nicht mehr und nicht weniger. Dumm nur, dass sie inzwischen offensichtlich mehr wollte. Viel mehr!

Das Frühstück verlief schweigend. Jeder schien seinen eigenen Gedanken nachzuhängen und Colins abweisende Miene lud nicht zu einem Gespräch ein. Violet hatte sich eigentlich entschuldigen wollen, aber im Verlauf des Vormittags verwandelte sich ihre Reue in Wut. Warum sollte sie sich bei Colin für ihre Worte entschuldigen, wenn sie doch die Wahrheit waren?! Wahrscheinlich hatte sie seinen männlichen Stolz verletzt, als sie ihn daran erinnert hatte, dass er das Geld einer *Frau* brauchte! Aber unabhängig von ihren törichten Gefühlen für diesen Mann hatte sie schließlich auch ihren Stolz. Und wenn er auch schon ihr Herz in seiner Hand hielt, ihren Stolz würde er ihr nicht nehmen, denn der war alles, was ihr bleiben würde, wenn er sie verließ!

Als sie am Abend in einem kleinen Gasthaus etwas abseits des Weges rasteten und dort noch zwei Zimmer frei waren, beschloss Colin, dass sie dort übernachten würden. Sie kamen gut voran und mit jeder Meile ließ die Wahrscheinlichkeit nach, dass sie verfolgt wurden. Wortlos begleitete er Violet nach dem Essen hinauf zu ihrem Zimmer, überreichte ihr einen Korb Feuerholz und zwei Öllampen, und verabschiedete sich mit einem kurzen Nicken. Violet sah ihm nach und verspürte unwillkürlich ein leichtes Frösteln. Alles an Colin strahlte Kälte aus. Seine Augen, seine Miene, seine Haltung. Sie fragte sich, wie ein Mensch sich so verwandeln konnte. Nichts erinnerte mehr an den fürsorglichen Mann, der sie in der vergangenen Nacht noch vor den Dämonen der Vergangenheit beschützt hatte.

Zwei weitere Tage ritten sie Richtung Norden. Und zwei weitere Tage lang schwiegen sie sich größtenteils an. Außer ein paar höflichen Belanglosigkeiten oder einem unverfänglichen Gespräch über die Zimmer oder das Essen in den Gasthöfen, die sie aufsuchten, wechselten sie keine weiteren Worte und Violet wurde es zunehmend schwerer ums Herz. Wenn alles nach Plan verlief, würden sie morgen Nachmittag in Gretna Green eintreffen. Und dann würde sie diesen Mann heiraten, der ihr zunehmend ein Rätsel war. Sie hatte seine fürsorgliche Seite kennengelernt und sich eingeredet, er würde etwas für sie empfinden, und wenn es vielleicht auch nur Sympathie war. Aber seit sie ihm vorgehalten hatte, nur aus dem Grund zur Eile zu mahnen, weil er möglichst schnell an ihr Geld wollte, verhielt er sich ihr gegenüber kühl und unnahbar. Er hatte jegliche Gefühlsregung aus seinem Gesicht verbannt und es blieb nichts als grimmige Entschlossenheit übrig. Sie selbst dagegen schwankte seit dem Streit zwischen Reue, Wut und Enttäuschung. Als sie schließlich ein kleines Gasthaus etwa eine Meile abseits des Weges entdeckten, steuerte Colin sein Pferd wortlos in die angegebene Richtung. Widerstand regte sich plötzlich in ihr. Dieser selbstherrliche Mann ging wie selbstverständlich davon aus, dass sie ihm folgen würde, weil sie ihn in seinen Augen heiraten musste. Aber sie war sich zunehmend unsicher, ob sie das wirklich wollte. War das in einem anderen Leben gewesen, als sie sich geschworen hatte, den Kampf gegen die Dunkelheit in ihrer Seele und in ihrem Herzen aufzunehmen? Um endlich zu leben? Um endlich wieder etwas zu fühlen? Um vielleicht doch noch... zu lieben? Wenn sie morgen Colin heiraten würde, was bliebe dann von diesem Wunsch noch übrig? Sie hatte sich in Colin verliebt, vielleicht liebte sie ihn sogar. Sie wusste es nicht genau, weil sie so etwas noch nie vorher erlebt hatte. Mit ihren Gefühlen für ihn und dass er sie nicht erwiderte, würde sie sich vielleicht arrangieren können. Was sie aber nicht tolerieren würde, war, dass er sie nicht wenigstens respektierte und selbst wenn er diese Verbindung als Geschäft ansah, war miteinander reden unabdingbar. Schweigen, nur weil sie seine männliche Eitelkeit womöglich verletzt hatte, das würde sie nicht hinnehmen. Sie würde ihn also zum Reden zwingen müssen.

Daher beachtete sie ihn nicht weiter und ritt stur geradeaus. Sie lächelte bei dem Gedanken an sein verdutztes Gesicht, wenn er bemerken würde, dass sie ihm nicht gefolgt war. Er würde möglicherweise wütend sein, sie anschreien oder sonst was, aber er würde mit ihr reden müssen!

Eine halbe Meile später wurde sie zunehmend unsicher als sie bemerkte, dass er ihr wider Erwarten nicht folgte. Sie biss die Zähne zusammen. Sie war nicht besonders mutig und bei dem Gedanken, die Nacht alleine in der Wildnis verbringen zu müssen, verwandelte sich der Mut, den sie gerade noch verspürt hatte, in einen feurigen Klumpen Angst in ihrem Magen.

Ihre Stute scheute plötzlich und stieg und fast wäre sie aus dem Sattel gerutscht. Als sie das Tier wieder beruhigt hatte, sah sie den Grund, warum das Pferd sich erschreckt hatte. Hinter einem mächtigen Baumstamm war ein Reiter plötzlich auf den Weg geritten. Colin. Alles an ihm war gespannt wie eine Bogensehne, bevor ein Pfeil sie verließ. In seinen Augen loderte ein beängstigendes Feuer als er auf sie zuritt bis er mit ihr auf gleicher Höhe war.

„Dreh. Um." Seine Stimme war schneidend und so leise, dass sie ihn fast nicht verstanden hätte.

„Nein." Sie unterdrückte einen Anflug von Furcht, drückte ihrer Stute leicht die Fersen in die Flanken und ritt trotzig an ihm vorbei.

Schnell hatte er sein Pferd gewendet und war wieder an ihrer Seite. Er griff in die Zügel und mit einem unwilligen Schnauben blieb ihre Stute stehen.

„Was ist los mit dir? Warum folgst du mir nicht zu dem Gasthaus?"

„Ist *blind folgen* das, was du in Zukunft von mir erwartest?" In ihrem Tonfall schwang Ärger, aber auch Spott mit. Irritiert runzelte er die Brauen.

„Was meinst du damit?"

„Du hast mir versprochen, dass du mir meine Freiheit lässt, wenn wir verheiratet sind. Aber schon jetzt bestimmst du, was wir tun und lassen, welchen Weg wir nehmen, wann und wo wir rasten." Wütend funkelte sie ihn an. Eine Weile lang musterte er sie nur und Violet fühlte sich unbehaglich. Ihr Verhalten erschien ihr mittlerweile kindisch.

„Was ist los mit dir? Was willst du wirklich?" Er sah ihr in die Augen und wirkte zunehmend verärgert.

Violet befeuchtete sich ihr Lippen und ahnte nicht, wie sehr ihn das aus dem Konzept brachte.

„Reden?" Sie hatte ihn energisch auffordern wollen,

226

mit ihr zu reden, stattdessen klang es eher wie eine Frage.

„Reden?" Verblüffung schwang in seiner Stimme mit als ihm klar wurde, dass sie es ernst meinte.

„Ja, reden. Seit zwei Tagen schweigst du mich an. Ich weiß nicht, warum du das tust und was ich falsch gemacht haben könnte, dass du mich so behandelst, als hätte ich dich irgendwie beleidigt. Und wenn es so war, dann will ich wenigstens wissen, womit ich dich beleidigt habe. Ich will und werde morgen keinen Mann heiraten, der mich ignoriert. Wir wissen beide, dass unsere Ehe aus rein praktischen Gründen geschlossen wird, aber auch in diesem Fall erwarte ich ein Mindestmaß an Respekt von dir." Sie holte Luft und bemerkte, dass sich sein Gesicht bei ihren letzten Worten wieder verschlossen hatte.

„So wie es unter Geschäftspartner eben üblich ist." Colin zuckte zusammen als hätte sie ihn geschlagen. Nur mühsam unterdrückte er den Drang, sie zu schütteln und ihr zu verbieten, ihn immer und immer wieder daran zu erinnern, dass er sich keine Hoffnungen machen sollte, sie könne irgendwann mehr für ihn empfinden als für ihren Verwalter oder den Stallknecht.

„Komm mit. Wir reden. Aber nicht hier." Grimmig ließ er sein Pferd antraben ohne sie noch eines Blickes zu würdigen. In diesem Augenblick war es ihm gleich, ob sie ihm folgen würde oder nicht. Es war ein Angebot, so wie unter Geschäftspartnern, und sie konnte es annehmen oder nicht.

Wenig später saßen sie vor dem gemütlich wirkenden Gasthof ab. Schweigend überreichten sie dem herbeigeeilten Stallburschen ihre Pferde und Colin fragte den Wirt nach zwei Zimmern. Leider erfreute sich die Herberge offensichtlich großer Beliebtheit, denn auch hier war nur noch ein Zimmer frei. Colin mietete es zähneknirschend und fand sich damit ab, im Stall schlafen zu müssen. Aber das war immerhin besser, als mit der Frau in einem Zimmer zu schlafen, die sein Blut trotz ihres widersprüchlichen Verhaltens und ihrer abweisenden Art immer wieder in Wallung brachte.

Schweigend aßen sie eine Pastete aus Lammfleisch und tranken dazu erstaunlich gut schmeckendes, frisches Ale. Die Spannung, die seit dem Gespräch im Wald zwischen ihnen herrschte, konnte es allerdings nicht so einfach hinunterspülen. Violet hatte begonnen, verlegen die Serviette zusammen zu rollen und als Colin den letzten Schluck ausgetrunken hatte, fasste sie sich ein Herz.

„Ich möchte jetzt wissen, warum du seit zwei Tagen kein Wort mehr mir mir redest? Was habe ich gesagt oder getan, dass du so abweisend bist?" Sie versuchte, all den Groll aus ihrer Stimme herauszuhalten, den sie empfand. Sie hatte keine Ahnung, warum sie gerade das kalte Schweigen dieses Mannes so sehr schmerzte. Sie war es seit fünf Jahren gewöhnt, dass man sie ignorierte, tuschelnd über sie sprach, als wäre sie nicht anwesend oder sich auch von ihr abwendete und schwieg, wenn sie sich doch einmal nach London begeben hatte, aber Colins Schweigen konnte sie nicht ertragen. Er drehte den Becher mit Ale in seiner Hand und sagte wieder eine Weile nichts. Fast erschien es Violet, als müsse er über seine Antwort nachdenken.

Dann stellte er den Becher mit einem lauten Knall auf den Tisch und stand auf. Fast grob packte er Violets Handgelenk und zog sie hoch.

„Dann lass uns reden, aber nicht hier." Sie konnte kaum Schritt halten, als er mit großen Schritten auf die Treppe zuging, die in das obere Stockwerk und zu ihrem Zimmer führte. Er stieß die Tür auf und schob sie hinein, bevor er sie losließ. Obwohl er sie grob behandelt hatte, fühlte sie keine Angst, nur Erleichterung. Alles war besser als dieses Schweigen und die Kälte, die er ausgestrahlt hatte.

„Setz dich", befahl er und deutete auf einen Stuhl, der vor einem kleinen Holztisch stand.

„Was genau willst du wissen, Violet?", fragte er, nachdem sie sich gesetzt hatte. Er selber baute sich vor ihr auf und stützte die Hände auf den Tisch.

„Warum es mich verletzt, wenn du mich immer und immer wieder daran erinnerst, dass ich dein Geld brauche? Daran erinnerst, dass unsere Ehe nichts mehr und nichts weniger sein wird, als ein *Geschäft?*" Seine Stimme war immer leiser geworden und Violet musste sich anstrengen, seine letzten Worte zu verstehen. Sie hatte seine Worte zwar gehört, aber sie wusste nicht, was er ihr damit sagen wollte. Immerhin war das doch die Wahrheit, oder?

„Ich verstehe nicht. Was stört dich an der Wahrheit?" Violet runzelte die Augenbrauen und sah ihn fragend an. Colin antwortete nicht sofort, stattdessen richtete er sich auf und fuhr sich durch sein Haar. Er ging zum Feuer und legte einige Scheite nach. Schließlich drehte er sich wieder zu Violet um. In seinen Augen brannte ein eigentümliches Feuer als er sie anblickte.

„Dass es *deine* Wahrheit ist, Violet." Er klang traurig und resigniert. Sie hielt den Atem an, weil sich eine törichte Hoffnung in ihr Herz schlich.

„Meine Wahrheit? Was soll das heißen, Colin?" Sie stand auf, stellte sich so nah vor ihn, dass sie seine Wärme und seinen Duft nach Sandelholz, Leder und Minze wahrnehmen konnte und sah ihm fest in die Augen. Er schluckte und erwiderte ihren Blick.

„Dass deine Wahrheit leider nicht meine ist. Also nicht nur. Natürlich brauche ich Geld, aber hast du dich nie gefragt, warum ich dann nicht einfach Amelie Windhurst oder Lady Catherine geheiratet habe?"

„Warum hast du nicht?" Sie hielt den Atem an, weil sie sich nicht sicher war, ob sie die Wahrheit hören wollte.

„Weil... es verrückt ist. Catherine war nicht die Frau, die ich ein Leben lang an meiner Seite haben wollte. Auch wenn du es nicht glaubst, ich verkaufe mich nicht um jeden Preis. Bei Amelie...", er holte tief Luft als müsse er Mut fassen, „... es hört sich verrückt an und das ist es auch, aber ich habe sie nicht geheiratet, weil sie in mich verliebt war."

Verwirrt schüttelte Violet den Kopf und während sie noch überlegte, was sie darauf antworten sollte, fuhr er fort: „Ich hatte mir geschworen, dass ich nur eine Ehe eingehen würde, in der Gefühle keine Rolle spielen. Weder bei mir noch bei meiner Frau. *Das* wäre ein Geschäft gewesen, Violet. Geld im Gegenzug für den den Titel einer Viscountess."

„Und... was ist jetzt anders, dass es dich verletzt, wenn..."

„Alles ist anders, Violet. Ich verstehe es selbst nicht. Ich wollte nie wieder Gefühle in eine Frau investieren.

Und bis jetzt ist mir das auch gelungen. Bis ich dir begegnet bin. Und die Ironie liegt darin, dass ich jetzt genau das bekomme, was ich gesucht habe. Eine Frau, die nicht in mich verliebt ist. Nur..." Er drehte sich von ihr weg, aber Violet hatte deutlich die Qual in seinen Augen gesehen.

„Nur?", flüsterte sie heiser.

„Nur dass es dieses Mal nicht das ist, was ich mir wünschen würde."

Violet trat hinter ihn und berührte ihn sanft an der Schulter. Ihr Herz pochte schnell in ihrem Brustkorb und sie holte tief Luft.

„Und was würdest du dir wünschen?"

Er drehte sich zu ihr um und strich unendlich sanft über ihre Wange, dann ging er zur Tür und drückte die Klinke.

„Dass du... ach was, Violet. Du bekommst, was du dir gewünscht hast. Ein neues Zuhause, in dem du schalten und walten kannst, wie du möchtest. Das habe ich dir versprochen. Und ich..."

Mit zwei großen Schritten war Violet bei ihm und legte ihre Hand auf seine, die die Klinke gedrückt hielt.

„Und wenn das auch nicht mehr das ist, was ich möchte?" Sie sah ihm fest in die Augen.

„Wenn ich nämlich auch keine Ehe mehr möchte, die nur ein Geschäft ist?"

Ungläubig sah er sie an. Er öffnete den Mund, um etwas zu sagen, schloss ihn aber wieder, als kein Ton heraus kam.

„Violet." Alles verlor an Bedeutung, als sie sich in die Augen sahen. Ganz langsam beugte er sich zu ihr hinunter. Er wollte ihr Gelegenheit geben, sich ihm zu entziehen, wenn sie doch nicht so mutig war, wie ihre Worte. Aber stattdessen sah sie ihn nur lächelnd an und kam ihm entgegen. Unendlich sanft berührte er ihre Lippen mit seinen während er sie an sich zog. Sie schmeckte süß wie Ambrosia, war scheu und neugierig zugleich, weil sich auch hier ihr widersprüchliches Wesen zeigte. Sie schmiegte sich in seine Arme und er knabberte zärtlich an ihrer Unterlippe. Als sie leise seufzte, drang er mit seiner Zunge in ihren Mund vor und trank gierig ihre Süße. Er wusste nicht, wie viel Zeit vergangen war, als sie sich schließlich schwer atmend voneinander lösten. Violet zitterte ein wenig und er nahm sie fest in den Arm.

„Bleibst du... bleibst du heute Nacht bei mir?", fragte sie schüchtern und errötete bis über beide Ohren.

„Wenn du das wirklich möchtest, dann bleibe ich." Er beugte sich erneut über sie und hauchte ihr einen Kuss aufs Haar.

„Colin, ich... ich muss dir..." Verlegen wandte sie sich ab und rang die Hände. Er hatte ein Recht darauf zu erfahren, was sie in Bedlam erlebt hatte, aber es fiel ihr trotz allem schwer, sich ihm anzuvertrauen. Bis auf Ava hatte sie nie jemandem etwas über diese schreckliche Zeit erzählt und auch ihre Freundin wusste nicht alles..

„Du musst gar nichts, Violet. Wir legen uns jetzt schlafen. Ich sorge dafür, dass immer ein Licht brennt und passe auf dich auf, wenn... wenn du wieder diese Albträume hast. Wir werden darüber reden, aber nicht heute Abend. Du bist müde und morgen haben wir noch ein gutes Stück Weg vor uns."

Halb erleichtert, halb beklommen nickte sie. Sie war noch nicht so weit, ihm alles zu sagen und daher

232

dankbar für den Aufschub, den er ihr gewährte. Tatsächlich legte er sich nur neben sie, strich ihr Haar beiseite und küsste sie, bevor er sich auf den Rücken drehte.

„Gute Nacht, Violet."

„Gute Nacht, Colin."

Noch nie war Colin eine Nacht so lang erschienen. Violet schlummerte entspannt in seinen Armen, aber er fand keinen Schlaf. Zu sehr hatten ihn ihre Worte aufgewühlt. Er wusste nicht, warum er sie nicht in dem Glauben gelassen hatte, er würde nichts für sie empfinden. Aber er hatte gestern Abend einen Punkt erreicht, an dem es ihm schlichtweg ganz gleich gewesen war, ob er sich mit seinem Geständnis zum Trottel machte. Er hatte sich für ihren Spott gewappnet und sich eingeredet, es mache ihm nichts aus, wenn sie ihn verhöhnte. Er würde ohnehin schnellstmöglich wieder in See stechen und müsste sie niemals wiedersehen, wenn sie es nicht wollte. Oder er. Aber ihre Reaktion hatte er nicht einmal im Entferntesten vorausgeahnt. Und nun lag er hier und grübelte, wie er mit ihren Gefühlen für ihn umgehen sollte. Bevor sie ihm gesagt hatte, dass auch er ihr etwas bedeutete, hatte er sich damit herausreden können, dass es ihm egal sein könnte, wenn sie die Dunkelheit, die auf ihrer Seele

lastete, nicht würde besiegen können. Aber ihr
Vertrauen, über ihren eigenen Schatten zu springen und
einem *Mann* zu vertrauen, *ihm* zu vertrauen, ließ die
Bürde, die er übernommen hatte, wie einen
tonnenschweren Felsbrocken auf seinen Schultern
lasten. Aber gleichzeitig gab ihr Vertrauen ihm Kraft.
Die Kraft, sich trotz seiner eigenen Ängste auf sie
einzulassen. Auf die Düsternis, die sie immer noch
umgab, aber auch auf das Licht und ihr helles Lachen.
Als die ersten hellen Strahlen des neuen Tages über den
Horizont krochen, stand er vorsichtig auf, um sie nicht
zu wecken. Sie musste todmüde sein und er wollte sie
so lange es ging schlafen lassen. Leise schürte er das
Feuer und setzte sich auf einen Suhl, um sie einfach nur
anzusehen. Sie hatte sich zusammengerollt wie ein
Kätzchen und ihr blondes Haar umfloss sie wie ein
Heiligenschein. Sie lächelte leicht und wenn man sie so
sah, konnte man sich nicht vorstellen, dass sie jemals
etwas Schlimmes erlebt haben könnte. Ihr Unterkleid
war heruntergerutscht und gab den Blick auf die zarte
Haut an ihrem Brustansatz frei und Colin ertappte sich
bei dem Gedanken, wie es wohl wäre, diese Stelle zu
küssen und zu liebkosen, bis sie leise seufzen und nach
mehr verlangen würde. Wenn es nach ihm ging, nach
viel mehr, aber er wusste auch, dass er sie das Tempo
bestimmen lassen musste, in dem sie sich ihm
annäherte. Als hätte sie seinen hungrigen Blick gespürt,
räkelte sie sich und schlug die Augen auf. Einen kurzen
Augenblick lang ruhten ihre Augen auf ihm, dann
verschwand das letzte Bisschen Schlaf aus ihren
verhangenen Pupillen und sie lächelte ihn an. Und
obwohl es ein eher trüber Tag werden würde, ging in

234

den kleinen Zimmer für Colin die Sonne auf.

„Guten Morgen." Schüchtern sah sie ihn an, so als ob sie erst ausloten wollte, ob sie den gestrigen Abend nur geträumt hatte. Colin stand auf und setzte sich neben sie auf das Bett. Sie zuckte nicht zurück, als er ihr die wirren Locken hinter die Ohren strich und ihr einen zarten Kuss auf die Stirn hauchte.

„Guten Morgen." Sein Mund wanderte weiter, immer auf ihre Reaktion bedacht. Er küsste ihre Schläfe, ihre Lider und wanderte weiter nach unten, bis er an ihrem Mund angekommen war. Aber noch immer spürte er keine Abwehr. So ermutigt küsste er ihre Lippen, die sie ihm willig öffnete. Wie schon am gestrigen Abend konnte er nicht genug von ihr, ihrem Geschmack und dem süßen Seufzen bekommen, das sie nach einer Weile ausstieß. Aber wie schon am Abend zuvor musste er auch dieses Mal von ihr ablassen, bevor er noch zu weit ging. Sein Verlangen nach ihr zeichnete sich deutlich in seiner Hose ab und er wollte sie nicht verschrecken. Ihre Reaktion auf ihn war die einer unschuldigen jungen Frau, aber er war sich unsicher, ob sie das war. Immerhin hatte sie in Bedlam um ihr Überleben kämpfen müssen und er wusste nicht, wozu man sie dort gezwungen hatte. Aber so oder so würde es sie ängstigen, wenn er sich nicht unter Kontrolle halten konnte.

„Komm, Liebes, zieh dich an. Wir haben noch einen weiten Weg vor uns, wenn wir heute Abend heiraten wollen." Er zwinkerte ihr zu.

„Oder willst du doch lieber, dass ich dich an die Küste bringe?"

„Nur, wenn du mich dort auf das Schiff bringst, das du

kaufen willst und mit mir fort segelst." Sie ging auf seinen Lockeren Ton ein, aber bei der Erwähnung des Schiffes, von dem er so oft gesprochen hatte, schlich sich ein Unterton in ihre Stimme, den er nicht zu deuten wusste. Als sie zögerte, stand er auf und ging zur Tür. „Ich gehe schon vor und kümmere mich um ein Frühstück und sehe nach den Pferden."

Und obwohl ihre Scheu, sich vor ihm anzuziehen, zu erwarten gewesen war, spürte er einen kleinen Stich im Herzen. Er wusste, sie würde noch Zeit brauchen, ihm voll und ganz zu vertrauen, aber nachdem sie ihn nicht zurückgewiesen und seine Küsse sogar erwidert hatte, hatte er geglaubt, sie hätte ihre Zurückhaltung ihm gegenüber aufgegeben. So aber war sie in ihr altes Muster verfallen. Die Angst, sich jemandem schutzlos zu präsentieren, war zurückgekehrt.

Das trübe, unbeständige Wetter der letzten Tage war strahlendem Sonnenschein gewichen, und Violet entspannte sich immer mehr, je näher sie ihrem Ziel kamen. Zwar ritten sie auch heute schweigend nebeneinander her, aber es war nicht mehr das anklagende, explosive Schweigen der vergangenen Tage, sonder ein entspanntes, freundliches und erwartungsvolles Schweigen.

Vielleicht auch ein ängstliches, wenn Violet an die bevorstehende Hochzeit und die darauf folgende Nacht dachte. Colin hatte sich am Morgen sehr verständnisvoll verhalten, indem er ihr den Freiraum gegeben hatte, den sie brauchte, um sich anzuziehen. Wenn sie allerdings an den Kuss dachte, den sie kurz zuvor geteilt hatten, wusste sie nicht mehr so genau, ob sie sich nicht doch gewünscht hätte, er wäre geblieben.

236

Colin hatte mit seiner fürsorglichen, zurückhaltenden Art etwas in ihr geweckt, das sie noch nicht gekannt hatte. Sie hatte deutlich seine Erregung gespürt, als er sie geküsst hatte und ein Teil von ihr hatte sich gewünscht, er möge ihr nachgeben und sie lehren, was Ava ihr immer wieder erklärt hatte: dass es durchaus wunderbar sein konnte, wenn ein Mann und eine Frau... Ein anderer Teil von ihr allerdings hatte sich zurückgezogen in diese dunkle Ecke ihres Bewusstseins, jene Ecke, die nicht vertrauen konnte und die erfüllt war mit Erinnerungen an die Demütigung und die lüsternen, gierigen Finger, die ihren Körper entlangfuhren, in sie hineinstießen... Als Violet zu Colin hinübersah, bemerkte sie, dass er sie mit einem unergründlichen Blick musterte. Sie wusste nicht, ob er aus ihrem Gesichtsausdruck hatte herauslesen können, an was sie gerade hatte denken müssen, aber seine Miene verriet Besorgnis. Und plötzlich überkam sie Wut. Wut, immer wie ein rohes Ei behandelt zu werden, weil niemand sich traute, sie auf Bedlam anzusprechen, und ihr so ermöglichte, sich immer zurückzuziehen und sich nicht mit dem auseinanderzusetzen, was sie erlebt hatte. Warum sie auf einmal das Gefühl hatte, darüber reden zu wollen, konnte sie sich nicht erklären, aber sie musste es tun. Aus einem Impuls heraus hielt sie ihr Pferd an und atmete einmal tief durch.

„Colin, ich muss... will dir etwas über meine Zeit in Bedlam erzählen." Tapfer sah sie ihn an, aber seine Miene verschloss sich und er schüttelte den Kopf.

„Violet..."

„Was? Willst du es nicht wissen,weil es dich nicht

interessiert? Weil *ich* dich nicht interessiere?" Sie war wütend vom Pferd gerutscht und baute sich jetzt vor seinem Braunen auf.

„Hast du Angst etwas zu erfahren, mit dem du nicht umgehen kannst? Etwas, das mich in deinen Augen beschmutzt? Oder war dein Liebesgeständnis gestern gelogen, nur um mich bei Laune zu halten, damit ich die Hochzeit nicht doch noch absage?"

„Violet..." Ihre Worte verletzten ihn, aber er ahnte, dass sie verzweifelt war. Wie schmerzlich sich ihr schönes Gesicht vorhin verzogen hatte, wie stumpf und entrückt ihr Blick gewesen war... Es gehörte nicht viel Phantasie dazu, sich vorzustellen, an was sie gedacht hatte. Sie würden heute Abend heiraten und ganz sicher machte sie sich Sorgen wegen der Hochzeitsnacht, wegen...Er hatte ihr Zeit lassen wollen, sich mit ihrer Vergangenheit auseinanderzusetzen, aber plötzlich begriff er, dass sie reden wollte. Darüber reden musste. Sie musste aussprechen, was sie so verängstigte, so panisch reagieren ließ. Das war etwas gewesen, das Aimee nicht getan hatte. Nicht gekonnt hatte. Über das reden, was ihr passiert war. Sie hatte sich vor der Welt verschlossen, vor ihm, und den Menschen, die sich um sie sorgten. Sie hatte sich in ihre eigene Welt geflüchtet, still gelitten und war letztlich daran zerbrochen.

Colin war mit einem Satz aus dem Sattel und zog Violet in seine Arme. Sie zitterte und Tränen liefen über ihre Wangen, aber sie wehrte sich nicht gegen seine Berührung.

„Schscht." Er legte seinen Zeigefinger unter ihr Kinn und hob ihren Kopf zu sich an, damit sie ihm in die Augen sehen konnte.

„Ich habe alles so gemeint, wie ich es gesagt habe, Violet!" Sein Blick bohrte sich in ihren.

„Ich habe dir Zeit geben wollen, aber wenn du reden möchtest, dann tu es." Er küsste unendlich zart die Narbe auf ihrer Stirn, wischte ihr mit dem Daumen die Tränen ab und küsste sie schließlich sanft auf ihre bebenden Lippen.

„Und denk daran, ganz gleich, was dir widerfahren ist, ich liebe dich!"

„Es... es tut mir leid, Colin. Ich wollte nicht an dir zweifeln. Ich möchte nur dass du alles weißt, bevor du dich ein Leben lang an mich bindest. Du musst wissen, was mich ausmacht, was der dunkle Teil von mir ist, jetzt und vielleicht für immer." Sie trat einen Schritt von ihm zurück und sah sich um. Dann deutete sie auf einen Baumstumpf und er setzte sich. Eine Weile ging sie unruhig auf und ab, ohne ihn anzusehen, so als müsse sie sich erst Mut machen. Dann, übergangslos, blieb sie stehen, mit dem Rücken zu ihm, und begann, leise zu erzählen. Sie fing bei ihrer Idee an, sich für die armen Menschen in Whitechapel einzusetzen, ihnen etwas Gutes tun zu wollen, berichtete davon, in ihrem naiven Übermut in Männerkleidung selbst dorthin gegangen zu sein und kam schließlich zu dem Punkt, an dem sie dort überfallen und verschleppt worden war. Colin ließ ihr die Zeit, die sie brauchte, um fortzufahren.

„Ich weiß heute, dass es dumm und überaus naiv war, ein Abenteuer, das ein schreckliches Ende nahm. Ich weiß inzwischen auch, dass der Ort, an den man mich schließlich brachte, nicht viel mit dem eigentlichen Bedlam zu tun hatte, jener hochgelobten, offiziellen

Anstalt für Geisteskrankheiten. Außer, dass die
Kammer, in die man mich sperrte, im Keller dieser
Anstalt war. Dorthin brachte man Frauen, die keine
Angehörigen hatten, die sich um sie kümmern würden.
Oder diejenigen, von denen man das annahm. Und
wenn ich ausschließlich Frauen erwähne, weißt du, zu
welchem Zweck man sie dort einsperrte." Ihr Atem
kam nun stoßweise und ihre Schultern verspannten
sich.

„Ganz offensichtlich hatte man in mir ein sehr
lohnendes Objekt für die perversen Spielchen gesehen,
die der Aufseher und seine Freunde dort unten
veranstalteten. Ich war kaum dort unten, da kam", sie
stockte, „dieser Aufseher und..."

„Violet", unterbrach Colin sie sanft, weil er sich nicht
sicher war, ob er hören wollte, was man ihr angetan
hatte, aber sie hob nur ihre rechte Hand und unterbrach
ihn wortlos.

„Er riss mir die Kleidung vom Leib, küsste mich...", sie
schüttelte sich vor Ekel und der Erinnerung an diesen
Mann, „.... seine Hände waren überall an meinem
Körper." Ihre Stimme war nun so leise, dass Colin sie
kaum noch verstand.

„*In* meinem Körper", flüsterte sie.

„Es war schrecklich, ich war so hilflos, musste es
geschehen lassen... Dann bemerkte er, dass ich noch...
ich war noch Jungfrau und das brachte ihn auf eine
ganz andere Idee. Frauen, die ihm zu Willen sein
mussten, hatte er dort unten schließlich genug. Aber
eine wie mich, ein unberührtes Mädchen, versprach
eine Menge Geld und so verkaufte er mich an einen
berüchtigten Bordellbesitzer." Colin ballte die Hände

zu Fäusten und schluckte gegen den Kloß an, der sich in seiner Kehle gebildet hatte. Wenn er jemals die Möglichkeit hätte, diesen Bastard in die Finger zu bekommen... Heiße Wut, glühend wie Lava, flutete durch seine Adern, aber er hielt sich zurück, etwas dazu zu sagen, aus Angst, sie könnte es womöglich auf sich beziehen.

Sie drehte sich plötzlich zu ihm um und als er in ihre Augen sah, konnte er all die Verzweiflung und Dunkelheit erkennen, die sie selbst verspürt hatte. Sie gewährte ihm für einen kurzen Moment einen Blick in ihre Welt, ihre Seele, den Teil, den sie nicht beherrschen konnte. Der Teil von ihr, der sie in seinen dämonischen Krallen hielt, wenn es dunkel wurde.

„Weißt du, was das Schlimmste an meiner Zeit dort war?" Sie hatte jetzt ihre Augen geschlossen und bemühte sich heftig atmend um Fassung.

„Es war so dunkel dort unten, so vollständig schwarz. Und ich meine nicht die Schwärze, die man durch eine Fackel vertreiben könnte. Nicht das Fehlen von Licht, es war die Dunkelheit, die Hoffnungslosigkeit, die meinen Verstand erfasst hatte, meinen Geist, meine Seele. Ich dachte, ich würde dort sterben und... wünschte es mir sogar."

Colins Herz setzte für einen Schlag aus. Sie hatte sterben wollen, so wie Aimee.

„Aber Gott oder das Schicksal oder wer auch immer hat beschlossen, dass ich überlebe. Überlebe, Colin, nicht lebe. Ich bin meine eigene Gefangene, in einem Gefängnis ohne Gitter und suche...", jetzt liefen ihr wieder Tränen über die Wangen, aber sie schluckte tapfer und Colin kam nicht umhin, sie für ihre

Offenheit und ihren Mut, über diese Zeit zu sprechen, zu bewundern.

„... ich suche nach dem Schlüssel, der mir die Tür ins Leben wieder öffnet. Einen Weg in ein Leben ohne Angst vor der Dunkelheit, in das Leben, das ich führen möchte!"

Colin war aufgesprungen und zog sie nun in seine Arme. Eine ganze Weile standen sie so beieinander, dicht an dicht, und ließen den Schmerz vergehen, den beide fühlten. Als Violets Atem wieder normal ging und sich das Beben ihres Körpers gelegt hatte, löste sie sich von ihm und wischte sich die Tränen ab.

„Wenn... wenn du mich jetzt immer noch heiraten willst, dann müssen wir wohl los."

„Nichts auf der Welt kann mich aufhalten, und nichts wünsche ich mir mehr, als dass du heute noch meine Frau wirst, Violet. Und ich verspreche dir, zusammen finden wir einen Weg aus deinem Gefängnis." Wider Erwarten klang seine Stimme fest und entschlossen, obwohl er sich nicht sicher war, dass er ihr helfen konnte, das Trauma zu überwinden. Er musste ihr von Aimee erzählen, von seiner Angst, erneut zu versagen und ihr nicht helfen zu können, aber nicht jetzt, nicht, nachdem sie ihn so hoffnungsvoll ansah, dass es ihm die Brust zusammenschnürte.

Gegen Abend erreichten sie schließlich den Hof der kleinen Schmiede kurz hinter der Grenze zu Schottland. Auf einer kleinen Bank saß ein junges Paar, beide höchstens sechzehn Jahre alt, sie aufgeregt an ihrem einfachen Kleid zupfend und der pickelige Junge sehr blass und unruhig. Aus der Schmiede erklang ein metallenes Geräusch, als der Hammer auf den Amboss schlug und kurz darauf trat ein ebenfalls noch sehr junges Paar glücklich lächelnd heraus, das der Schmied gerade getraut hatte. Der winkte dem Paar auf der Bank zu und beide betraten aufgeregt die Schmiede.

„Woll'n se heute auch noch heiraten?" Eine weibliche Stimme hallte zu Colin und Violet hinüber und eine einfach gekleidete Frau trat aus der der Schmiede angegliederten Schänke hinaus und schüttete einen Eimer Schmutzwasser in die Gosse. Colin drückte Violets Hand und ging zu der Frau hinüber.

„Wenn es möglich ist, dann ja."

„Dann komm' se mal mit. Müssen vorher bezahlen, dann können se gleich rein." Sie wischte sich die Hände an ihrer Schürze ab und betrat die überraschend saubere und gemütliche Schänke. Wenn sie sich wunderte, warum ein gestandener Mann und eine ebenfalls nicht mehr ganz junge Frau in Männerkleidung hier heiraten wollten, dann sagte sie zumindest nichts. Es kamen überwiegend ganz junge Paare hierhin, die nach englischem Gesetz entweder noch nicht oder ohne Erlaubnis der Eltern hätten heiraten dürfen, oder eben solche, die keine Zeit hatten, auf eine offizielle Heiratsgenehmigung zu warten und ohne Bürokratie schnell Mann und Frau werden wollten. Auch als er seinen und Violets Namen und Titel nannte, blieb ihre Miene unbeteiligt, allerdings ahnte Colin, dass er aufgrund seines Adelstitels eine überzogene Gebühr entrichten musste, aber das war ihm egal.

„Woll' n se 'n Zimmer für die Nacht? Hätte noch eins frei. Wir ham nich so oft Gäste über Nacht. Wollen alle nur schnell heiraten und weg sind se." Sie zog bedauernd die Schultern hoch.

„Is doch nich romantisch, so ne Hochzeit! Schnell Ja und dann weg!", murmelte sie, dann wandte sie sich wieder Colin zu.

„Und was is mit Blumen oder nem Ring für die Braut?" Colin konnte deutlich die Geschäftsmäßigkeit aus ihren Worten hören und musste schmunzeln. Ganz offensichtlich hatten der Schmied und seine Frau hier ein weitaus ertragreicheres Geschäftsfeld aufgetan als nur Pferde zu beschlagen oder die ein oder andere Ware aus Eisen herzustellen.

„Ein Zimmer wäre uns recht und einen Ring und Blumen nehme ich auch." Es tat ihm im Herzen weh, dass er Violet nicht mehr bieten konnte als einen vertrockneten Strauß Heidekraut und einen aus einem Hufnagel geformten, aber immerhin mit einem blauen Glasstein verzierten Ring, aber er schwor sich, dass er ihr sofort einen neuen Ring kaufen würde, sobald er demnächst in London wäre, um seine Belange zu regeln. Er zahlte einen deutlich überhöhten Preis, aber das war es ihm wert. Dann ging er wieder zu Violet, die inzwischen ganz alleine auf dem Hof stand und sich neugierig umsah.

„Fletcher, da sind noch zwei!", rief die Frau ihrem Mann aus der Tür zu. Der Schmied streckte seinen Kopf aus der Tür und nickte Violet und Colin zu. Schnell übergab Colin ihr den kleinen Strauß und sie hob verblüfft die Brauen.

„Wo hast du den denn her?"

Colin schob sie über die Schwelle.

„Erzähl ich dir nachher. Ich habe auch noch ein Zimmer für die Nacht bekommen."

„Wo sind die Trauzeugen?" Der Schmied hatte sich die Hände an seiner Schürze abgewischt und bereits zu der Bibel gegriffen, die er immer griffbereit neben dem Amboss liegen hatte. Colin und Violet sahen sich fragend an, aber noch bevor sie etwas sagen konnten, war der Mann schon zur Tür gegangen und rief laut über den Hof: „Jane, Tom, kommt mal her. Wir brauchen zwei Trauzeugen!" Dann stellte er sich wieder neben den Amboss und während sie auf die zwei Herbeigerufenen warteten, musterte er die beiden Heiratswilligen neugierig. Sie entsprachen so gar nicht den Paaren, die er sonst traute, aber was ging es ihn an, warum diese beiden ausgerechnet hier nach Gretna Green in seine Schmiede gekommen waren, um zu heiraten?

„Ich spreche gleich die Trauformel, danach können Sie noch etwas Persönliches sagen, wenn Sie möchten, aber ich möchte Sie bitten, sich kurz zu fassen. Sie sind heute das fünfte Paar, das ich traue und meine Frau hat das Abendessen bereits zweimal verschoben."

Seine Frau und ein junger Mann betraten den kleinen, stickigen Raum und stellten sich neben Colin und Violet und ohne weitere Verzögerung begann der Schmied, nachdem er sich nach den Namen der Brautleute erkundigt und bei der Erwähnung von Colins Titel kurz verblüfft die Augenbrauen in die Höhe gezogen hatte, die Trauformel zu sprechen.

„Vor Gott dem Allmächtigen nehme ich, Colin, dich, Violet..." Die Worte rauschten in ihren Ohren und sie verkrampfte ihre Finger um den kleinen Strauß Heidekraut, den Colin ihr vorhin gegeben hatte.

„Nun, Lady Violet?" Die Stimme des Schmiedes riss

sie aus ihrer Erstarrung und Colin stupste sie leicht an.
„Wenn du wirklich willst, musste du jetzt Ja sagen",
raunte er ihr belustigt zu.

„Äh, ja, ja!" Und obwohl sie zuerst nicht gedacht hatte,
dass jemand ihr Gekrächze überhaupt verstanden hatte,
nickte der Schmied ihr wohlwollend zu.

„Dann stecken Sie ihrer Braut jetzt den Ring an."
Verwirrt sah Violet, wie Colin einen Ring aus seiner
Tasche hervorholte und ihn ihr an den Finger steckte.

„Wo hast du...?", fragte sie überrascht, aber er drückte
nur ihre Hand.

„Später."

„Wollen Sie sich nun noch etwas sagen?" Seine Stimme
klag ungeduldig, aber nicht unfreundlich.

„Nein." Wieder drückte Colin Violets Hand.

„Auch später", raunte er ihr zu und in Violets Ohren
klang seine raue Stimme wie ein Versprechen.

Nachdem sie sich in das Heiratsregister eingetragen
hatten, folgten sie dem Schmied und seiner Frau in die
gemütliche Gaststube. Dort hatte die Wirtin bereits ein
einfaches Essen vorbereitet und wenig später saßen sie
vor einer Platte mit Roastbeef, gebratenem Lamm und
Fischpastete, Yorkshire Pudding und Kartoffeln. Erst
jetzt bemerkte Violet, wie hungrig sie war und langte
herzhaft zu. Colin hingegen beobachtete amüsiert, wie
seine Frau alles kostete und genüsslich die Augen
verdrehte, wenn ihr etwas besonders gut schmeckte. Er
selbst verspürte keinen großen Appetit, weil er nicht
wusste, wie Violet auf das reagieren würde, was er ihr
noch zu sagen hatte. Sie hatte ihm offen und mutig ihr
Herz geöffnet und es war nur fair, wenn er ihr von
Aimee erzählte.

Nach einer gefühlten Ewigkeit lehnte Violet sich zurück und schloss die Augen.

„Ich kann beim besten Willen keinen Bissen mehr essen, Colin." Ihre Augen strahlten einen eigentümlichen Glanz aus.

„Ich danke dir, Colin. Für alles", sagte sie leise und sah ihn dankbar an.

„Das heute war..."

„Nicht das, was du verdient hättest." Traurig erwiderte er ihren Blick.

„Träumt nicht jede Frau von einem prächtigen Kleid, einer schön geschmückten Kirche und einem Ring, der ihrer würdig ist? Einem rauschenden Fest und..."

„Ich bin nicht wie jede Frau, falls du das noch nicht bemerkt hast. Das alles, was du aufgezählt hast, brauche ich nicht. Ich kann mir keinen schöneren Ort, keinen schöneren Ring und keine schönere Feier vorstellen als das hier." Sie deutete mit der Hand in den Raum.

„Weil ich das alles mit dem Mann erlebe, den ich liebe." Sie lächelte ihn an und dieses Lächeln war so aufrichtig und strahlend, dass es ihm den Atem nahm. Er nahm ihre Hand und zog sie von ihrem Stuhl hoch.

„Ich glaube, jetzt ist es Zeit für die Worte, die ich dir vorhin schon hatte sagen wollen." Er küsste sie zärtlich auf die Wange.

„Aber ganz bestimmt ist das hier nicht der richtige Ort dafür." Er zog sie unter dem wissenden Blick der Wirtin hinter sich her.

„Ich hoffe, es is' alles zu Ihrer Zufriedenheit, Mylord!", rief die Wirtin ihnen zufrieden grinsend hinterher.

Wenig später schloss sich die Tür ihres Zimmers hinter

ihnen.

„Oh." Violet machte große Augen und sah sich um. Verspätet, weil er nur Augen für seine Frau hatte, bemerkte auch Colin, was die Wirtin gezaubert hatte. Auf dem kleinen Tischchen stand eine Flasche Wein mit zwei Gläsern und im Kamin prasselte bereits ein gemütliches Feuer. Zudem erhellten einige Kerzen den Raum und tauchten ihn in ein warmes, einladendes Licht. Das Bett war mit frischer Bettwäsche bezogen und überall auf dem Laken verstreut lagen duftende Blütenblätter.

„Was... hast du das..." Violets Augen leuchteten im Schein der Kerzen und Colin verschlang sie mit den Augen. Ihre blonden Locken umgaben sie wie eine helle Aura, ihre Lippen waren vor Staunen leicht geöffnet und ihre Wangen überzog ein Hauch Röte. Und obwohl sie ein Hemd und eine Hose trug erschien sie ihm in diesem Augenblick weiblicher als alle Frauen, die er kannte.

„Auch wenn ich gerne Ja sagen würde, aber das hat sich jemand anderes ausgedacht." Er ging auf sie zu und konnte nicht widerstehen, ihren Mund zu küssen. Wie schon zuvor schmiegte sie sich in seine Arme und erwiderte seinen Kuss mit vorsichtiger Neugier. Und wie zuvor schon schob er sie nach einer Weile etwas von sich. Er fuhr sich durch seine dunklen Haare, ging zu dem kleinen Tischchen und goss Wein in zwei Gläser.

„Violet, das hier ist nicht das, was ich mir für unsere Hochzeit gewünscht hätte, aber ich verspreche dir, wenn wir zuhause sind holen wir alles nach." Es war nicht das, was er hatte eigentlich sagen wollen, aber es war ebenfalls etwas, das an ihm nagte. Dass er der Frau, die er liebte, nicht das bieten konnte, was sie verdient hätte.

„Wir kaufen dir ein wunderschönes Kleid..."

„Ach was, Hosen sind viel bequemer." Sie war auf ihn zugekommen und nahm ihm das Weinglas aus der Hand.

„Du bekommst einen wunderschönen Ehering..."

„Untersteh dich, Colin!" Sie nahm einen Schluck und sah ihn an.

„Und ich will auch keine große Feier mit all den Leuten, die mich immer geschnitten und beleidigt haben." Sie stellte das Glas vorsichtig auf dem Tisch ab und ab und legte ihre Hände auf seine muskulöse Brust. „Und ich kenne keine Kirche in London oder sonst wo, die es mit der Schmiede hier aufnehmen könnte. Also: hör auf, dich zu entschuldigen." Violet stellte sich etwas auf die Zehenspitzen und küsste ihn.

„Da ist noch etwas, Liebes. Ich muss... möchte dir auch etwas sagen", flüsterte er als sie sich wieder voneinander lösten. Irritiert zog sie die Augenbrauen hoch, aber er nahm nur ihre Hände in seine und räusperte sich.

„Es gab da eine Frau, Aimee." Er beobachtete ihre Reaktion, aber sie sah ihn nur interessiert an.

„Sie war..."

„Deine Frau?"

„Nein, aber sie hätte es werden sollen, aber dann..." Er brach ab. Wie sollte er ihr erklären, dass sie an eben dem Schicksal zerbrochen war, das auch Violet fast ereilt hätte? Wie sollte er ihr erklären, dass er sich hilflos fühlte, wenn sie Albträume hatte, weil er das alles schon einmal durchgemacht hatte und daran gescheitert war?

„Was ist passiert?" Violet hatte seine Miene studiert und sah ihn nun fragend an.

„Sie wurde vergewaltigt und..." Violet keuchte auf und ihre Augen begannen zu flackern.

„Sie wurde schwanger...", er fuhr sich mit der Hand über die Augen und atmete gequält ein, als er die Zeit noch einmal im Geiste erlebte, „... sie hat es nicht verwunden und ist ins Wasser gegangen." Es war so still im Raum, dass das Prasseln des Feuers fast ohrenbetäubend klang.

„Das... das tut mir leid, Colin. Du hast sie sehr geliebt, nicht wahr?" Traurig löste sie ihre Hände aus seinen und wollte ihren Kopf an seine Brust legen, aber er wich vor ihr zurück. Verletzt hielt sie inne.

„Das ist es ja gerade. Ich weiß es nicht, Violet. Ich meine, ob ich sie wirklich so sehr geliebt habe. Es war anders als jetzt mit dir. Aber wenn ich sie geliebt habe, dann war diese Liebe nicht genug um sie hier auf der Erde zu halten. Bei mir, bei ihren Eltern und Geschwistern. Ich habe sie nicht *genug* geliebt!" Die Verzweiflung in Colins Stimme schmerzte sie sehr.

„Verstehst du jetzt, warum ich manchmal zweifle? An mir? Ob meine Liebe zu dir stark genug ist, die Dunkelheit, die sich in deinen Geist geschlichen hat, zu vertreiben?" Er zog sie in seine Arme und umschlang sie, als ob er sich an ihr festhalten müsste.

„Colin, es ist nicht deine Schuld. Ich meine, vielleicht hast nicht du sondern sie nicht genug geliebt, um bei euch bleiben zu können", flüsterte sie in sein Ohr. Ihr warmer Atem kitzelte ihn aber ihre Worte trafen ihn wie ein Schlag.

„Wie meinst du das?"

Sie löste sich von ihm und sah ihm in die Augen, die vor Schmerz und Selbstzweifel dunkel loderten.

„Ich meine, dass sie vielleicht nicht genug Kraft hatte, bei euch zu bleiben. Sich selbst nicht genug geliebt hat." Sie schlag ihre Arme um ihren Körper um das Frösteln zu unterdrücken, das in ihr aufstieg. Sie dachte an die Zeit in der engen, dunklen Kammer und daran, dass auch sie sich damals den Tod gewünscht hatte. Und sie begriff auch, was es für ihre Familie bedeutet hätte, wenn sie dort tatsächlich gestorben wäre. Sie fühlte Colins eingebildete Schuld und seinen Schmerz fast körperlich, aber überraschenderweise fühlte sie auch ihre eigene Stärke, die sie so lange unter ihrem eigenen Schmerz begraben hatte. Sie hatte mit einem Mal das Gefühl, dass nicht Colin sie, sondern sie ihn beschützen musste. Vor sich selbst und seinen Selbstvorwürfen. Seiner vermeintlichen Schuld und dem irrationalen Gedanken, er hätte Aimee retten können. Sanft strich sie ihm über die Wange und holte ihn damit wieder aus seiner Vergangenheit ins Hier und Jetzt zurück.

„Colin, es gab eine Zeit, in der auch ich den Tod begrüßt hätte. Er erschien mir so viel erstrebenswerter als der tägliche Kampf um das, was ich in dieser dunklen, dreckigen Kammer erleben musste. Und auch der Gedanke an all die Menschen, die mich liebten, hätte mich nicht davon abgehalten, meinem Leben ein Ende zu setzen, wenn ich die Möglichkeit dazu gehabt hätte. In diesen Momenten gibt es keine Liebe, keinen Hass, kein Richtig oder Falsch, kein Gut oder Böse, nur die Sehnsucht nach Erlösung. Ich weiß, allein daran zu denken, seinem Leben ein Ende zu setzen, ist Sünde, aber in diesen verzweifelten Augenblicken war mir alles egal. Ich weiß nicht, wann sich das änderte, *warum* sich das änderte, aber irgendwann begriff ich, dass ich leben wollte. Dass ich nur einmal sterben kann, aber leben, leben kann ich jeden Tag! Und ich begriff auch, dass ich leben *wollte!*" Violet fuhr sich mit der Zunge über die trockenen Lippen.

„Ich habe mich für das Leben entschieden, Aimee entschied sich dagegen. Es war keine Entscheidung über ein zu viel oder zu wenig lieben, Colin. Das, was sie getan hat, hatte nichts mit dir zu tun."

„Aber..."

„Kein Aber, Colin. Du musst lernen, ihre Entscheidung zu akzeptieren. Ganz bestimmt hätte sie nicht gewollt, dass du dir die Schuld an allem gibst." Violet nahm sein Gesicht in beide Hände und sah ihn eindringlich an. Sie wusste, dass sie ihn nicht wirklich hatte überzeugen können, das würden Worte niemals schaffen, aber sie hoffte, ihm wenigstens etwas von dem Schmerz genommen zu haben, indem sie ihn in eine Welt hatte blicken lassen, die ihm fremd war. Eine Welt, in der all jene lebten, die die wahre Dunkelheit kennengelernt hatten, die Dunkelheit, die in jedem wohnte, aber nicht bei jedem die Oberhand gewann.

„Bitte, Colin, gib dir, gib uns eine Chance, neu anzufangen. Ohne Schuld und ohne die Dämonen der Vergangenheit."

Er hielt ihrem Blick stand, Augenblicke, Ewigkeiten, das wusste Violet hinterher nicht mehr zu sagen. Dann wandte er sich ab und an seiner verspannten Haltung

konnte sie den inneren Kampf erkennen, den er
ausfocht. Langsam drehte er sich wieder zu ihr um.
Schmerz aber auch Entschlossenheit im Blick. Er griff
in seine Hemdtasche und zog ein vergilbtes Blatt Papier
hinaus. Seine Faust schloss sich darum, und er schloss
kurz die Augen. Dann ging er entschlossen auf den
Kamin zu und warf es ins Feuer.

„Was war das?", fragte sie leise.

„Meine Vergangenheit, Liebes. *Ihr* Abschiedsbrief!"
Tränen standen in seinen Augen.

„Nicholas hat mir einmal gesagt, ich müsse meine
Dämonen versenken, damit sie nicht immer wieder an
die Oberfläche kommen und ich glaube, er hat recht."
Nun grinste er sie schief an.

„Ich versuche es erstmal mit verbrennen:"
Sie konnte hinterher nicht mehr sagen, woher sie den
Mut nahm, ihn sanft zu küssen, aber es war, als hätte
der Blick in ihrer beider Vergangenheit etwas in ihr
zerbrochen und neu wieder zusammengesetzt. Etwas,
das immer einige Risse behalten würde aber dennoch
wieder ganz war.

Er zögerte kurz, aber dann klammerte er sich wie ein
Ertrinkender an sie und erwiderte ihren Kuss.
Leidenschaftlich, verzehrend, alles gebend. Alles
nehmend. Unendlich hart und doch zart wie ein Hauch.
Verschlingend, kosend und fordernd und Violet gab
sich ganz dem hin, was ihr Körper ihr vorgab. Sie
wollte ihn, wollte seine Küsse und mehr. Viel mehr. Er
löste sich erst von ihr, als sie bereits nebeneinander auf
dem Laken lagen, aber nur, um sie sofort wieder zu
küssen. Ihre Lippen, ihren Hals, die weiche Grube an
ihrem Schlüsselbein. Den Ansatz ihrer Brüste... Schwer

atmend löste er sich schließlich von ihr und sah in ihre blauen Augen, forschte nach Abwehr oder Angst, aber alles was er sah, war Hingabe und Vertrauen. Er spürte einen Kloß in seinem Hals und auch wenn er sich sicherlich hundertmal gesagt hatte, dass sie Zeit brauchen würde, war ihm doch klar, dass er sie ihr nicht länger gewähren konnte. Er musste sie küssen, ihre weiche Haut liebkosen. Jeden einzelnen Zoll ihres Körpers wollte er erforschen und sein Herz barst vor Liebe, weil sie ihn nicht zurückwies sondern sich darauf einließ. Ohne Angst, ohne Zurückhaltung schenkte sie ihm ihre Seele und ihren Körper.

Violet konnte nicht mehr denken. Sie konnte nur fühlen und das, was sie fühlte war so wunderbar, fast magisch, dass ihr die Tränen kamen. Im Nachhinein wusste sie nicht mehr, wer wen ausgezogen hatte, aber schließlich lagen sie nackt nebeneinander. Colin widmete sich mit Hingabe ihren Brüsten. Er streichelte sie, küsste sie und sog schließlich an ihrer Brustwarze, und sie keuchte auf. Ein Gefühl, das geradewegs den Weg zwischen ihre Beine fand, ließ sie sich unruhig bewegen. Natürlich wusste sie, was zischen Mann und Frau vor sich ging, aber sie hätte niemals damit gerechnet, dass es *so* sein würde. Sie streichelte Colins Rücken, fuhr über seine muskulösen Schultern und krallte sich in ihnen fest, als sein Atem plötzlich über ihre Scham strich. Behutsam schob er ihre Beine auseinander als sie erstaunt aufkeuchte. Das konnte er nicht wirklich... Sie biss sich auf die Lippen um nicht vor Lust zu stöhnen, als er sie dort zärtlich küsste, mit seinen Lippen neckte und ihren Körper damit zum Glühen brachte. Etwas stieg in ihr auf, wie eine der Raketen, die sie einmal in den Vauxhall Gardens bewundert hatte und explodierte dann genau wie sie in tausend glühende Sterne. Wie durch einen Nebel sah sie Colins Gesicht, das sich zu ihr hinaufschob und sich zärtlich zu ihr hinunterbeugte, um sie zu küssen.

„Wir können es dabei belassen, Liebste. Wir müssen nicht..." Seine Augen flackerten vor Lust und auch seine Stimme vibrierte vor Begierde, aber er hielt sich zurück. Sie ahnte, dass es ihn all seine Willenskraft kosten würde, sich zu beherrschen, und dafür liebte sie ihn umso mehr, aber sie wollte diesen letzten Schritt mit ihm gehen. Wollte, dass er ihre Erinnerungen an die dreckigen Finger auf ihr, in ihr, auslöschte.

„Bitte, fass mich an." Ihre Stimme war kaum mehr ein Flüstern und ihre Wangen färbten sich noch dunkler als ihr Leidenschaft sie schon hatte erröten Lassen. Nur kurz stutzte er, dann begriff Colin, was sie bezweckte. Er knabberte an ihren Lippen, ihrem Mundwinkel während sich seine Hand langsam zwischen ihre Beine schob. Unendlich zärtlich streichelte er sie dort, reizte sie und fuhr schließlich mit einem Finger in sie hinein. Die ganze Zeit hatte sie die Augen geschlossen, so als müsste sie sich auf sich und ihre Reaktion konzentrieren, aber als er seinen Finger tastend in sie schob, riss sie ihre Augen auf und biss sich auf die Lippen. Einen Wimpernschlag lang fürchtete er, sie würde sich wehren, weil sie es nicht betragen konnte, so berührt zu werden, dann seufzte sie und sah ihn an. Und das, was er sah, ließ sein Herz vor Glück fast zerspringen. Violet lächelte. Er konnte nicht anders, als sie zu küssen, sie zu schmecken, sich ihn ihr zu verlieren. Der Wunsch, sie all die Liebe spüren zu lassen, die er für sie empfand, strömte durch seine Adern und sie schien ebenso zu fühlen, denn ihr Körper bog sich ihm einladend entgegen. Er zögerte nicht länger sondern schob sich über sie.

„Es wird wehtun, Liebes", raunte er zwischen zwei Küssen, aber der Blick, den sie ihm daraufhin schenkte, war voller Zuversicht und Vertrauen.

„Das ertrage ich, Colin." Ihre blauen Augen glühten vor Lust und spiegelten die Stärke wieder, die sie plötzlich empfand.

„Aber nur einmal, nur hier und heute."

Colin schluckte ihren kleinen Schmerzenslaut mit seinen Lippen, als er ihre Barriere durchstieß, und sich ganz in sie hineinschob. Dann verharrte er um ihr Zeit zu geben, sich an ihn zu gewöhnen, aber sie schien den Schmerz in dem Augenblick schon wieder vergessen zu haben, in dem sie ihn empfunden hatte. Und dann gab es nur noch sie und ihn.

❧

Als Violet am nächsten Morgen aufwachte, war das Bett neben ihr leer. Sie räkelte sich und lächelte zufrieden, als sie an die letzte Nacht dachte. Colin hatte ihr eine neue Seite von sich gezeigt, eine Seite, die sie nach ihren Erlebnissen in Bedlam verleugnet und verdrängt hatte. Colin hatte diesen Teil von ihr erweckt und erst jetzt fühlte sie sich vollständig. Vollständig und irgendwie befreit.

Die Tür öffnete sich und Colin trat mit einem großen Tablett ein. Der Duft von frisch gebackenem Brot erfüllte den Raum und Violets Magen knurrte laut.

„Das nenne ich eine freundliche Begrüßung!", schmunzelte er und stellte das Tablett schwungvoll auf dem Tisch ab. Dann ging er zum Bett hinüber und setzte sich neben Violet. Ihr Haar war zerzaust und als er ihr einen Kuss auf den Scheitel drückte, roch sie herrlich nach Schlaf. Er konnte ihren Lippen nicht widerstehen und küsste sie, schmeckte sie und war sich sicher, noch nie etwas Vergleichbares für eine Frau empfunden zu haben.

„Hast du Hunger?", fragte er überflüssigerweise, als ihr Magen erneut unwillig knurrte. Sie schwang die Beine aus dem Bett und grinste ihn mit einem übermütigen Funkeln in ihren Augen an.

„Ja, sehr!" Während sie herzhaft in einen mit Konfitüre bestrichenen Toast biss, beobachtete Colin sie aufmerksam. Sie hatte sich verändert. Sie strahlte heute etwas aus, das ihr eine neue Aura verlieh. Als sie ihn nach einer Weile anblickte und sich gesättigt den Finger ableckte, knurrte er unwillig auf. Mit einem Satz war er bei ihr und presste seine Lippen auf ihre.

„Du machst mich wahnsinnig, Violet!", stöhnte er in ihren Mund. Es war diese Mischung aus Unschuld und Verführung, die sie ausstrahlte ohne sich dessen bewusst zu sein, die ihn so faszinierte. Die er so an ihr liebte. Aber er wusste auch, dass er sich beherrschen musste. Nicht nur ihr Körper brauchte Ruhe, auch ihr Kopf sollte Zeit haben, sich an die neue Situation zu gewöhnen. Zu viel war in den letzten Wochen passiert, zu viel Schreckliches, das sie erst verarbeiten musste. Schwer atmend löste er sich von ihr.

„Möchtest du noch einen Tag hier bleiben oder lieber sofort aufbrechen und dein neues Zuhause sehen, Lady Fairmont?" Er strich ihr eine Strähne aus der Stirn und küsste die feine Narbe, die sich bis zum Haaransatz zog.

„Du kannst es wohl gar nicht erwarten, endlich alles zu regeln und die Mitgift einzustreichen, oder?", neckte sie ihn, aber dieses Mal war er nicht verletzt.

„Wenn du Fairmont House und die Menschen, die auf mich als ihren Gutsherren angewiesen sind, kennen würdest, würdest du meine Eile verstehen." Seine Stimme klag ernster als er es beabsichtigt hatte und sofort veränderte sich ihr Gesichtsausdruck.

„Ich wollte nicht.... entschuldige."

„Du musst dich nicht entschuldigen. Ich weiß, wie es in deinen Augen aussieht, aussehen muss. Aber ich bin nicht ganz der ruchlose Bastard, den viele in mir sehen. Ich habe das Geld nie für mich selbst gewollt. Ich hatte nie welches, warum also sollte mir das plötzlich so wichtig sein? Ich habe auf einem Schiff gelebt, bin über die Meere gesegelt, und war glücklich. Dazu braucht man kein Geld." Etwas in ihren Augen blitzte auf und für einen Wimpernschlag glaubte Colin, Schmerz darin gesehen zu haben.

„Aber dann erbte ich überraschenderweise den Titel und ein Gut. Und dieses Gut und die Menschen, die dort arbeiten und leben... die waren, die *sind* mir nicht egal. Es gab Missernten, das Geld, was noch vorhanden war, wurde falsch investiert..." Er fuhr sich durch die Haare.

„Ich hatte mit einem Mal Schulden, immense Schulden, und darüber hinaus war ich plötzlich für all das *verantwortlich*!" Violet legte ihm zärtlich eine Hand an die Wange.

„Du musst dich auch nicht entschuldigen, Colin!" Sie stellte sich auf die Zehenspitzen und küsste ihn sanft auf die Lippen.

„Lass uns aufbrechen. Ich bin neugierig auf mein neues Zuhause!" Sie trat einen Schritt zurück und sucht ihre Kleidung zusammen. Dann begann sie, sich anzuziehen und zum ersten Mal in seinem Leben musste Colin feststellen, dass Erotik nicht nur im Ausziehen von Kleidung bestand. So, wie Violet sich die Hose überstreife und dann das Hemd zuknöpfte... Sein Mund wurde trocken, aber er beherrschte sich.

„Wo genau liegt eigentlich Fairmont House?", fragte Violet, nachdem sie den letzten Knopf geschlossen hatte und sich zu ihn umdrehte.

„In der Nähe von Oxford, in Swindon. Wenn wir die Pferde öfter wechseln, können wir in gut einer Woche dort sein. Oder möchtest du doch lieber mit der Kutsche..."

„Nein, das dauert mir viel zu lange. Ich bin viel zu aufgeregt und neugierig, Fairmont House und seine Bewohner endlich kennenzulernen!" Sie tippte ihm mit dem Zeigefinger an die Brust.

„Außerdem sind wir ungestörter, wenn wir eine Rast einlegen!" Ihre Augen funkelten schelmisch und Colin stöhnte gespielt auf.

„Du magst keinen Fisch, bist eine hervorragende Reiterin, die nie vom Pferd fällt und dazu noch neugierig und unersättlich! Ich weiß nicht, ob ich noch

mehr über dich wissen muss, Weib. Oder wissen will!"
Er küsste sie zärtlich und schob sie dann von sich.
„Oh, wir haben unterwegs viel Zeit, uns richtig
kennenzulernen, Geliebter!" Und ihre Stimme verriet,
dass sie das nicht nur mit Worten zu tun gedachte.

Sie brauchten schließlich fast zwei Wochen, um nach
Swindon zu gelangen. Zum einen hatte sich das Wetter
wieder verschlechtert, zum anderen hatten sie
wesentlich öfter Rast gemacht, als nötig gewesen wäre.
Sie waren jede Nacht in einem anderen Gasthaus
abgestiegen, in einem besonders idyllisch gelegenen
waren sie sogar gleich für zwei Nächte geblieben, und
für Violet fühlte es sich fast so an wie eine richtige
Hochzeitsreise. Sie hatten viel miteinander geredet,
sich geliebt und Violet genoss die Unbeschwertheit, die
sich vorübergehend eingestellt hatte. Allerdings war
Colin immer schweigsamer geworden, je näher sie
ihrem Ziel kamen und Violet ahnte, dass er sich
Gedanken darum machte, was während seiner
Abwesenheit alles passiert sein könnte. Das Wetter der
letzten Wochen verhieß nichts Gutes, denn es war viel
zu kalt und nass gewesen, um eine gute Ernte einfahren
zu können, was ihre finanzielle Situation nicht gerade
verbesserte. Zwar war ihre Mitgift außergewöhnlich

hoch, aber sie hatte lange genug Einblick in die Führung eines Gutes bekommen, um abschätzen zu können, dass die Summe unter diesen Umständen nicht allzu lange reichen würde.

Und dann ritt sie an seiner Seite auf das Haus zu, das von nun an ihr Zuhause sein würde. Die lange, gekieste Auffahrt war sicher einmal prunkvoll gewesen. Jetzt aber überwucherte Unkraut den Kies und die Buchsbäume, die einst den Weg säumten, waren braun und verdorrt. Das Haus, auf das sie zuritten, war ebenfalls einst ein prächtiger Anblick gewesen, aber nun blätterte der Putz von den Wänden und in der Fassade waren bereits von weitem Löcher und Risse zu erkennen. Ein rascher Seitenblick auf Colin verriet ihr, dass er die Lippen zusammengepresst hatte und düster vor sich hin starrte.

Als sie vor der Terrasse anhielten, die dem Eingang vorgelagert war, sprang er von seinem Pferd und half ihr ebenfalls aus dem Sattel.

„Warte hier. Ich bringe nur die Pferde in den Stall." Grimmig stapfte er davon und Violet ging die paar Stufen hinauf zum Eingangsportal. Leider sah hier alles aus der Nähe noch trostloser aus als von der Ferne. Die Scheiben der großen Fenster, die sie von hier aus erblicken konnte, waren blind und von den hölzernen Rahmen blätterte die Farbe ab. Da niemand zu ihrer Begrüßung hinauskam, ging Violet zu einem der Fenster und versuchte, durch das blinde Glas etwas zu erkennen. Undeutlich konnte sie die Umrisse von Möbeln ausmachen, die mit weißen Tüchern abgedeckt waren, aber mehr war nicht zu erkennen.

Sie wollte sich gerade in die Richtung begeben, in die

Colin mit den Pferden verschwunden war, da kam er schon mit einem hochaufgeschossenen, schlanken Mann zurück, den Violet auf etwa fünfzig Jahre schätzte.

„Das ist Mr. Clifton, mein Verwalter." Er nickte Violet zu.

„Und das, Mr. Clifton, ist meine Gemahlin, Lady Fairmont."

Mr. Clifton verbeugte sich formvollendet vor Violet.

„Entschuldigen Sie, Mylady, dass niemand zu ihrem Empfang bereit stand." Verlegen sah er zu Boden.

„Wir hatten Sie nicht erwartet und... das Personal, das noch hier beschäftigt ist, befindet sich auf den Feldern. Aber selbstverständlich werde ich umgehend dafür sorgen, dass eine Köchin aus dem Dorf kommt und auch für eine Zofe werde ich sorgen." Er verbeugte sich abermals, aber als er sich abwenden wollte, hielt Violet ihn zurück.

„Das ist sehr freundlich von Ihnen, Mr. Clifton. Aber es ist schon spät und ich denke, es reicht vollkommen, wenn Sie sich morgen um alles kümmern. Für heute reicht ein einfaches Essen, nur etwas Käse und Brot, und ich komme auch gut ohne eine Zofe aus." Sie dachte an die letzten Tage, und daran, dass Colin ihr sehr gute Dienste beim An- und Auskleiden geleistet hatte, wobei er besser aus- als anziehen konnte. Sie konnte gerade noch ein verräterisches Grinsen unterdrücken. Colin räusperte sich und sie kannte ihn inzwischen gut genug, um das amüsierte Funkeln in seinen Augen deuten zu können. Er hatte gerade genau das Gleiche gedacht.

Clifton sah von einem zum anderen, und wenn er sich

wunderte, war er jedenfalls zu gut geschult, um etwas dazu zu sagen. Mit einem kurzen Nicken verabschiedete er sich.

„Ich lasse Ihnen etwas zu essen vorbereiten." Dann ging er den beiden voraus durch das Eingangsportal und verschwand in einer Tür zu ihrer Rechten.

„Zeigst du mir das Haus, Colin?" Neugierig sah Violet sich um, aber im Inneren sah es unwesentlich besser aus als von außen. Die Eingangshalle war schlicht, kein unnötiger Zierrat, noch nicht einmal Bilder hingen an den Wänden. Allerdings wiesen helle Stellen in der Tapete darauf hin, dass hier einmal welche gehangen haben mussten.

„Violet, ich... es tut mir so leid. Du hast etwas viel besseres verdient als das hier." Verlegen deutete er um sich, aber Violet war bereits auf ihn zugegangen, nahm seine Hand und rückte sie leicht.

„Colin, ich habe das Beste bereits bekommen. Dich." Sie zog ihn zu sich heran und küsste ihn zärtlich.

„Und nun zeig mir das Haus!"

Leider setzte sich der Hauch von Verfall auch in den anderen Räumen fort. Die wenigen Möbelstücke, die noch vorhanden waren, waren zum Schutz vor Staub und Licht mit weißen Tüchern verdeckt. Immer wieder wiesen helle Flecke an den Wänden darauf hin, dass hier einmal Bilder gehangen hatten und wenn überhaupt Teppiche auf dem Boden lagen, dann waren sie abgetreten und ausgeblichen. Einzig die Küche war in einem leidlich guten Zustand, was daran lag, dass das wenige Personal, das noch auf dem Gut arbeitete, hier verköstigt wurde.

Als sie vor einem Raum im ersten Stockwerk stehen

blieben, sah Colin sie ernst an. Ihm hatte der Rundgang sichtlich zugesetzt, denn er hatte ihm wieder einmal vor Augen geführt, wie viel Arbeit und Geld die Instandsetzung des Gebäudes kosten würde. Es gab zur Zeit nur einem Raum, der halbwegs wohnlich hergerichtet worden war, sein Schlafzimmer. Er öffnete langsam die Tür und bedeutete Violet, einzutreten. Tatsächlich hatte ein guter Geist bereits ein kleines Feuer im Kamin entzündet, das Bett war frisch bezogen und insgesamt wirkte die Einrichtung, wenn auch spärlich und einfach, so doch gemütlich. Über den Bettpfosten spannte sich ein dunkelblauer Baldachin, neben dem Kamin stand ein kleines, ebenfalls in Blau gehaltenes Sofa und um einen kleine Tisch herum drapierten sich zwei wunderschöne Hepplewhitestühle. Nach all den anderen Räumen erschien Violet dieser hier wie eine andere Welt.

„Das ist mein Schlafzimmer. Aber ich stelle es dir selbstverständlich zur Verfügung, bis du dir ein eigenes nach deinen Vorstellungen eingerichtet hast."

Verständnislos sah Violet Colin an.

„Du willst ein eigenes Schlafzimmer?" Irritiert zog sie die Augenbrauen zusammen.

„Ich dachte..."

„Ist es nicht so üblich, dass Eheleute getrennte Schlafzimmer haben?" Nun war Colin verwirrt. Bevor er den Titel eines Viscounts geerbt hatte, hatte er in Schiffskajüten oder in den Betten anderer Frauen geschlafen, aber seit er im Londoner *Ton* verkehrte hatte er mitbekommen, dass sich die Ehepartner nur zu... nun nur zu einem Zweck in *einem* Bett einfanden und ansonsten getrennte Zimmer hatten.

264

Violet lachte hell auf.

„Ich bitte dich, Colin, sieh uns an! Deine Viscountess trägt Hosen und ein Männerhemd. Wir haben entgegen aller Konventionen überstürzt in Gretna Green geheiratet und unsere Hochzeitsreise bestand darin, mehr oder weniger pittoreske Gasthäuser aufzusuchen oder im Wald zu schlafen!" Als sie sein verdutztes Gesicht sah, musste sie wieder grinsen.

„Ich denke nicht, dass wir dafür geschaffen sind, uns an Konventionen zu halten oder das zu tun, was üblich ist! Und ich will kein eigenes Schlafzimmer, es sei denn du willst es!" Mit einem großen Schritt war er bei ihr und zog sie in seine Arme. Wie er diese Frau liebte! Sie unterschied sich so sehr von allen Frauen, die er bisher kennengelernt hatte, und er dankte Gott oder dem Schicksal oder wem auch immer, dass sie nun seine Frau war!

„Ich will dich immer an meiner Seite, morgens, mittags abends und...", er küsste sie überschwänglich, „... ganz besonders nachts!" Eine ganze Weile standen sie so da, eng umschlungen, ihr Kopf an seiner Brust und seine Lippen auf ihrem Scheitel. Dann löste sich Colin von ihr und ging auf einen kleinen Sekretär zu, der zusammen mit einem Lehnsessel am Fenster stand. Er zog eine Uhrenkette aus seiner Tasche und löste einen Schlüssel davon ab, mit dem er eine Schublade des Sekretärs öffnete. Für den Bruchteil eines Augenblicks erschien das Bild ihres Cousins vor ihren Augen, wie er an jenem denkwürdigen Tag die Schublade des Schreibtisches ihres Bruders aufschloss, um einige Papiere herauszuholen, und wieder beschlich sie ein ungutes Gefühl. Etwas daran war falsch, nur wollte ihr partout nicht einfallen, was.

„Da du nun die Herrin dieses prächtigen Anwesens bist", immerhin schien Colin seinen Humor wiedergefunden zu haben, „möchte ich dir hoch offiziell und feierlich die Schlüssel zu deinem neuen Zuhause übergeben." Er reichte ihr ein Schlüsselbund und verbeugte sich grinsend.

„Es gibt nur deine und meine Schlüssel hier. Und da ich meine immer bei mir trage, kann ich dir nicht aushelfen, wenn wir doch einmal getrennt sind." Er ging auf sie zu und küsste sie leidenschaftlich.

„Was hoffentlich nur sehr selten der Fall und wenn, dann nur sehr kurz sein möge", flüsterte er ihr ins Ohr. Sofort stellten sich ihre feinen Härchen an den Armen auf. Sein Tonfall und die Art und Weise, wie er sich ihren Hals abwärts in Richtung ihrer Brüste küsste, ließ keinen Zweifel daran, dass er jedes Wort auch so meinte.

Violet und Colin verbrachten eine Woche damit, sich einen Überblick über die dringendsten Arbeiten am Haus und auf den Feldern zu verschaffen, schätzen die benötigten Ausgaben und stellten fest, dass Violets Geld reichen würde, um das Gut wieder halbwegs rentabel zu machen.

Gut eine Woche nach ihrer Ankunft saßen sie bei einem

Tee und Sandwiches in dem kleinen Salon, den Violet mit Hilfe einiger Frauen aus dem Dorf und wenigen Mitteln wohnlich und freundlich gestaltet hatte. Der Staub war verschwunden, die Möbel neu im Raum arrangiert, die Gardinen, soweit noch brauchbar, gewaschen und die Fenster geputzt. Auf den Fensterbänken standen Vasen mit selbst gepflückten Blumen und gaben dem Raum einen heimeligen Charakter.

„Violet, ich möchte so schnell wie möglich nach London aufbrechen." Noch immer fühlte sich Colin schlecht, wenn er auf Violets Geld zu sprechen kam. Er konnte sich nicht erklären, warum er dieses Gefühl nicht ablegen konnte, denn bei keiner anderen Frau, die er zuvor umworben hatte, hätte er auch nur im Ansatz so gedacht.

„Ich muss so schnell wie möglich die Heiratspapiere einreichen und alles weitere zur Auszahlung des Geldes veranlassen." Vorichtig sah er Violet an, die gerade herzhaft in ein Sandwich mit kaltem Braten biss. Aber sie nickte nur zustimmend und kaute weiter.

„Das solltest du in der Tat." Sie hatte den Bissen heruntergeschluckt und tupfte sich den Mund an einer Serviette ab.

„Mein Bruder war Kunde der Bank of England. Unser Notar hat dort ein Sperrkonto für mich eröffnet, über das entweder mein Ehemann oder ich selbst an meinem fünfundzwanzigsten Geburtstag verfügen kann." Insgeheim hoffte sie, dass Henry nicht doch noch irgendeinen Weg gefunden hatte, ihr oder Colin diese Summe vorzuenthalten.

„Gut, dann werde ich morgen früh aufbrechen." Colin

beugte sich zu Violet hinüber und nahm ihre Hand.
„Da ist noch etwas. Ich möchte dich hier nicht alleine lassen, Liebes." Er brauchte nicht näher auszuführen, warum er sich um sie sorgte. Beide hatten Angst, Henry würde seine Niederlage nicht einfach so hinnehmen, und nur auf einen günstigen Augenblick warten, sich zu rächen.
„Ich möchte einen Umweg über Ashford Hall machen und dich dort für ein paar Tage bei dem Duke und der Duchess lassen. Hier gibt es nicht genug Personal, um dich im Falle eines Falles zu schützen." Wenn er gefürchtet hatte, Violet würde ablehnen und darauf bestehen, hier zu bleiben oder ihn sogar nach London zu begleiten, dann sah er sich getäuscht. Ein freudiges Lächeln glitt über Violets Gesicht und sie nickte zustimmend.
„Das ist eine wunderbare Idee, Colin! Ich habe Ava eine Menge zu erzählen. Ganz sicher platzt sie vor Neugier und will ganz genau wissen, was wir alles erlebt haben." Sie hatten ihren Freunden nur eine kurze Nachricht zukommen lassen, in der sie von ihrer geglückten Flucht und anschließenden Heirat berichtet hatten und ebenfalls nur eine kurze Antwort mit Glückwünschen und der Einladung, so bald wie möglich nach Ashford Hall zu kommen, erhalten. Darüber hinaus hatte Ava kurz angerissen, Henry sei zwar außer sich gewesen, als er Violets Flucht bemerkt hatte und er hatte in der Tat einige Männer nach ihnen ausgeschickt, aber entweder wollten diese Violet nicht finden oder waren gänzlich unfähig, denn sie waren nach zwei Tagen unverrichteter Dinge und ohne eine Spur zurückgekehrt.

Violet stand auf und strich sich den Rock ihres einfachen Kleides glatt. Sie hatte in Swindon eine Schneiderin aufgesucht, die einfache und zweckmäßige Kleider nähte und zwei Modelle aus Musselin in Braun und Blau erstanden. In London hätte man über diese Auswahl den Kopf geschüttelt, denn sowohl vom Schnitt als auch von den Farben waren diese Kleider im günstigsten Fall praktisch zu nennen. Für das Geld, das sie gekostet hatten, hätte man bei Madame Angelique höchstens ein paar Schuhe oder einen modischen Hut bekommen, aber Violet war das egal, denn sie fühlte sich wohl darin.

„Dann gebe ich in der Küche Bescheid und veranlasse die nötigsten Arbeiten, die in unserer Abwesenheit ausgeführt werden müssen." Sie ging auf Colin zu und küsste ihn auf die Wange. Er hielt sie fest und zog sie auf seinen Schoß.

„Ich weiß nicht, womit ich dich verdient habe", raunte er ihr ins Ohr und küsste sie lange und zärtlich, bis sie leise seufzte und ihm ihrerseits etwas ins Ohr flüsterte, was ihn augenblicklich dazu brachte, sie in seine Arme zu heben und nach oben zu tragen.

„Violet, ich freue mich so, euch zu sehen!", begrüßte Ava ihre beiden Gäste überschwänglich und zog Violet in ihre Arme. Aufgrund der fortgeschrittenen

Schwangerschaft gestaltete sich das etwas schwierig, aber das tat der Herzlichkeit der Begrüßung keinen Abbruch.

„Ich will alles, hörst du!, *alles* wissen, liebste Freundin", raunte Ava Violet ins Ohr, „und vor allem, warum du strahlst wie ein Honigkuchenpferd!"

Violet wand sich lachend aus Avas Umarmung und zog Colin an ihre Seite.

„Das ist schnell erklärt." Sie stellte sich auf die Zehenspitzen und gab dem sichtlich verdutzten Colin einen schnellen Kuss.

„Weil ich mit dem Mann verheiratet bin, den ich über alles liebe!"

Ein zufriedenes Grinsen huschte über Avas Gesicht.

„Ich will ja nicht sagen, das habe ich gleich gewusst, aber: Das habe ich gleich gewusst!" Beide Frauen brachen in helles Gelächter aus, während Colin fragend die Stirn runzelte.

Auf dem Weg in den Salon kicherte Violet noch immer.

„Das ist eine längere Geschichte, ich erzähle sie dir nachher."

Nachdem Ava nach Tee und Gebäck geläutet und sich selbst umständlich auf ein niedriges Sofa gesetzt hatte, sah sie Colin und Violet auffordernd an.

„Im Moment reicht mir die Kurzfassung. Also, wie ist es euch ergangen?"

Colin lehnte sich amüsiert zurück und nahm einen Schluck Tee. Wenn er richtig lag, würde er die nächsten Minuten nicht zu Wort kommen und das war ihm nur recht. Er hätte gerne mit Nicholas gesprochen, aber der weilte, wie Ava ihnen berichtet hatte, zur Zeit in London.

Unter viel Gekicher und Ohs und Ahs beendete Violet nach einer Weile ihre Erzählung und Ava nahm ihre Hände in die ihren.

„Du weißt gar nicht, wie froh ich bin, dass ihr endlich zueinander gefunden habt."

„Wie hat Henry es aufgenommen, dass ihm seine Braut sozusagen vor der Nase weggeschnappt wurde?", fragte Colin nach einer Weile.

„Oh, er hat getobt und war wütend, aber ändern konnte er nichts." Ava deutete auf ihren Bauch.

„Ich hatte einen kleinen Schwächeanfall und Nicholas hat alles zusammen gebrüllt, dass man mir gefälligst sofort helfen solle, nach dem Arzt schicken und so weiter. Das brachte ganz schön Verwirrung in die Veranstaltung und bescherte euch ganz gewiss einen kleinen Vorsprung. Man merkte ihm deutlich an, dass er uns in Verdacht hatte, euch geholfen zu haben, aber beweisen konnte er ja nichts, so dass er sich wohl oder übel damit abfinden musste, dass Violet fort war." Sie senkte die Augen und aller Schalk war aus ihrem Blick verschwunden.

„Allerdings glaubt Nicholas nicht, dass er so schnell aufgeben wird. Und ich auch nicht. Er war kurz nach eurer Flucht bei uns zu einem Antrittsbesuch, aber wir hatten das Gefühl, er wolle sich hier nur umsehen. Er sah sehr entschlossen aus und irgedwie vermute ich, dass er etwas ausbrütet." Für einen Augenblick herrschte angespannte Stille, aber dann wedelte sie abwehrend mit der Hand, wie um alle bösen Gedanken zu verscheuchen.

„Ich freue mich jedenfalls, dass ihr so schnell hierher gekommen seid und lasse euch Zimmer für die Nacht

vorbereiten.“
Violet grinste erst ihren Mann, und als der ergeben
nickte, Ava an.
„Oh, mach dir keine solchen Umstände. Ein
Schlafzimmer reicht vollkommen!“
Nach kurzem Stutzen glitt ein erfrischendes Lächeln
über Avas Gesicht.
„Oh, ich verstehe. Vollkommen!“

Am nächsten Morgen machte sich Colin schon früh auf
den Weg nach London. Wenn alles glatt lief, würde er
in ein paar Tagen zurück sein und sie konnten zurück
nach Fairmont House. Schon jetzt fühlte Violet ein
unerklärliches Heimweh nach dem baufälligen
Gebäude. In den wenigen Tagen ihres Aufenthalts dort
hatte sie das Haus, aber vor allem die tapferen und
genügsamen Bewohner und Pächter, lieb gewonnen.
Und sie war sich sicher, dass das Geld, über das sie nun
verfügen konnten, viel Leid lindern und
Lebensumstände verbessern konnte. Und das gab ihr
ein Gefühl von Zufriedenheit, wie sie es nie vorher
verspürt hatte. Sie liebte Colin für sein
Verantwortungsbewusstsein und verstand nun auch viel
besser, warum er so verzweifelt gewesen war,
irgendeine Frau heiraten zu wollen, Hauptsache sie
hätte ausreichend finanzielle Mittel.

Sie genoss die Zeit mit Ava und den Kindern, und als sich zwei Tage später ein junger Mann mit dunklen Locken und tiefblauen Augen vor ihr verbeugte, nachdem er in gestrecktem Galopp in den Hof geprescht, Lizzy und Edward erschreckt hatte, und dann vom Pferd gesprungen war, hatte sie endgültig das Gefühl von Familie.

„Jack!" Sie zog den grinsenden Heranwachsenden an sich und er ließ es sich gnädig gefallen. Er musste jetzt etwa fünfzehn Jahre alt sein und war vor Jahren trotz seines jungen Alters maßgeblich an ihrer Rettung aus Bedlam beteiligt gewesen. Damals hatte er sein Leben riskiert, um sie zu befreien und Ava und Nicholas hatten den Jungen danach bei sich aufgenommen und zur Schule geschickt. Er hätte nicht zurück nach Whitechapel gehen können, denn er hatte sich durch seine mutige Tat mächtige Feinde dort geschaffen und Ava und Nicholas hätten das auch nie zugelassen. Er nörgelte und schimpfte zwar immer über sein Los, nun eine Schule besuchen zu müssen, aber insgeheim war er wissbegierig und froh, dass ihm diese Möglichkeit geboten wurde.

„Ich musste unbedingt herkommen um Ihnen persönlich zu gratulieren, Mylady!" Er zwinkerte ihr zu und sein Charme in Verbindung mit seinem verwegenen Aussehen ließ darauf schließen, dass er noch viele Frauenherzen brechen würde.

„Ich danke dir, Jack. Und lass das dumme 'Mylady' weg, du bist wie ein Bruder für mich." Kurz schlich sich die Trauer um William wieder in ihr Gemüt, aber sie verbannte sie schnell. Der Gedanke an William und seinen Tod würde sie immer traurig machen, aber sie wollte sich hier und jetzt nicht dem Schmerz hingeben, den die Erinnerung in ihr auslöste.

Lizzy hatte sich zwischen sie gedrängt und stemmte ihre Hände in die Hüften. Sie war schon immer ganz vernarrt in Jack gewesen, schon seit sie ihm zum ersten Mal in einem Waisenhaus in Whitechapel begegnet war. Und damals war sie erst zwei Jahre alt gewesen.

„Willst du mir nicht auch 'Guten Tag' sagen, Jack?", forderte sie selbstbewusst und Jack beugte sich lächelnd zu ihr hinunter.

„Aber selbstverständlich, Lizzy! Wie könnte ich dich übersehen. Du wirst mit jedem Besuch hier schöner, kleine Dame", neckte e sie, aber Lizzy kniff nur verärgert die Augen zusammen.

„Du musst nicht so einen Unsinn reden, Jack. Ein einfaches 'Hallo Lizzy' hätte gereicht." Ava unterdrückte ein Lachen, indem sie die Hand vor den Mund hielt und hüstelte und auch Violet konnte nicht verbergen, dass sie amüsiert war. Lizzy war für ihre acht Jahre sehr selbstbewusst und schlagfertig.

„Deine Komplimente kannst du dir für später aufsparen, wenn du um meine Hand anhältst!" Energisch trat sie zurück und hob das Kinn, während Jack sie verblüfft ansah.

Ava klopfte ihm auf die Schulter und grinste.

„Dann herzlich willkommen in unserer Familie, Jack. Soll ich gleich mit Nicholas reden, wenn er aus London zurück kommt?"

Jack war blass um die Nase herum geworden.

„Äh, Lady Ashford, ich..."

„Komm, lass uns hinein gehen, Jack. Das war nur ein Spaß. Aber ich warne dich jetzt schon einmal: Für

274

gewöhnlich bekommt Lizzy, was sie sich in den Kopf setzt!"

Halbwegs erleichtert stimmte Jack in das allgemeine Gelächter ein, nur Lizzy zog schmollend einen Flunsch. So vergingen die Tage wie im Flug und Violet genoss das Gefühl, bei Freunden zu sein und umsorgt zu werden. Als Colin nach einer Woche immer noch nichts von sich hatte hören lassen, erfasste sie allerdings eine unbestimmte Unruhe. Es vergingen weitere drei Tage und das beklemmende Gefühl der Bedrohung ließ sich nicht länger unterdrücken. Auch Ava hatte eine gewisse Unruhe erfasst, obwohl sie versuchte, sich nichts anmerken zu lassen.

Zwei Wochen nach Colins Aufbruch kehrte Nicholas aus London zurück und als er Violet im Salon gegenüberstand und nach den passenden Worten suchte, legte sich ein Stein auf ihre Brust. Sie konnte nicht atmen, nicht schlucken, weil sie ahnte, dass er schlechte Neuigkeiten hatte, und als Nicholas endlich zu reden anfing, war ihr, als setze ihr Herzschlag für eine Weile aus.

„Violet, es tut mir leid, aber...", begann er und eine eisige Kälte breitete sich in ihr aus.

„Man hat Colin verhaftet." Es dauerte eine Weile, bis die Worte sich in ihren Kopf zu einem sinnvollen Ganzen zusammengesetzt hatten.

„Verhaftet? Aber warum denn? Er hat mir zwar erzählt, dass er Schulden bei Mr. Windhurst hatte, aber die solltest du doch begleichen? Deswegen kann man ihn doch nicht einsperren?" Verwirrt sah sie Nicholas an, aber ein Schatten verdunkelte seine Augen.

„Er ist nicht wegen seiner Schulden verhaftet worden.

Er sitzt... in Newgate. Er soll deinen Bruder
umgebracht haben!"
Violet wurde schwindelig und Nicholas' Worte wollten
keinen Sinne ergeben.
„Er soll William umgebracht haben? Aber das ist
absurd! Warum sollte er das denn getan haben?",
flüstere sie als ihre Stimme ihr wieder gehorchte.
„Es sieht so aus, als ob sich ein Zeuge gemeldet hat, der
ihn dabei beobachtet haben will. Er hat ihn identifiziert
und daraufhin hat man Colin verhaftet."
Nicholas sprach zwar ruhig, aber Violet hörte deutlich
den besorgten Unterton heraus.
„Aber das ist unmöglich, Nicholas. Colin hat William
nicht umgebracht! Der Zeuge lügt!" Aufgebracht
schüttelte sie den Kopf.
„Ich weiß, Violet, aber im Augenblick können wir
nichts tun." Nicholas hoffte, dass sie nicht hörte, wie
beunruhigt er wirklich war. Was er ihr nämlich
verschwiegen hatte, war, dass die Verhandlung bereits
in der nächsten Woche anberaumt war. Ganz
offensichtlich wollte man den Mord an einem
angesehenen Mitglied des *Tons* schnellstmöglich
aufgeklärt haben und war gewillt, ein hartes Exempel
zu statuieren. Nicholas hatte sich an seinen alten
Bekannten, Konstabler Burns, gewandt, um
Einzelheiten zu erfahren, aber der konnte ihm auch nur
sagen, dass es nicht gut für Colin aussah. Der Zeuge
hatte unter Eid ausgesagt, er hätte Colin in der
fraglichen Nacht gesehen, als dieser William das
Messer in den Körper gerammt hatte. Er hätte sich
zunächst nicht getraut, eine Aussage zu machen, weil er
befürchtet hatte, man würde ihm nicht glauben, weil er

auf der Straße lebte. Aber dann hätte ihn das schlechte Gewissen geplagt und so sei er schließlich doch noch zur einem Konstabler gegangen und hätte eine Aussage gemacht.

„Aber das ist absurd! Warum hätte Colin William denn umbringen sollen?", flüsterte Violet entsetzt.

Nicholas räusperte sich. Leider war das ihm unterstellte Motiv nicht von der Hand zu weisen.

„Weil... nun, man hat durchaus mitbekommen, dass er dringend Geld brauchte. Als er bei keiner der Damen mit seinem Ansinnen Erfolg hatte, fasste er dich ins Auge. Es wird angenommen, dass William sein Ansinnen, um deine Hand anzuhalten, abgelehnt hat."

„Aber das ist doch alles hanebüchener Unsinn! William hätte einer Heirat mit Freuden zugestimmt!"

„Das wissen wir, aber leider sieht das Gericht das anders." Nicholas sah sie mitleidig an, denn das war noch nicht alles, was er herausgefunden hatte.

„Henry hat ausgesagt, dass er mit William bereits einen Heiratsvertrag ausgehandelt hatte." Violet keuchte entsetzt auf.

„Der Logik der Ankläger folgend musste Colin also verhindern, dass es zu dieser Hochzeit kam. Und darum musste William zunächst sterben." Er beobachtete, wie sich Violets Augen weiteten als sie die Tragweite dieser Schlussfolgerung begriff.

„Dann hat Colin dich quasi im letzten Augenblick entführt und nach Gretna Green verschleppt, um doch noch an sein Ziel zu gelangen."

Als Violet den Mund aufmachte, um etwas dazu zu sagen, verstummte sie, als sie das dunkle Flackern in Nicholas' Augen sah.

„Violet, man plädiert auf...", er beobachtete sie bei den folgenden Worten genau,"... Tod durch den Strang!"
Vor Violets Augen verschwammen die Konturen des Raumes. Das Rauschen in ihrem Kopf erfüllte ihr gesamtes Sein und dann wurde es dunkel um sie.

Als Violet erwachte, war für einen kurzen Augenblick alles wie immer. Die Sonne schien fröhlich durch einen Spalt in den Vorhängen, neben ihrem Bett stand ein Tablett mit frischem Wasser und die Vögel zwitscherten ihr immer gleiches Lied. Es musste früher Morgen sein, wenn sie Geräusche, die zu ihr hinauf drangen, richtig deutete.
Dann kam schlagartig die Erinnerung an das zurück, was Nicholas ihr eröffnet hatte, und mit seinen Worten kam auch der Schmerz und die scheinbare Ausweglosigkeit der Situation zurück. Violet brauchte etwas, bis sich ihr Herzschlag beruhigt und ihr Verstand sich geklärt hatte. Dann stand sie entschlossen auf und klingelte nach dem Mädchen, das Ava ihr freundlicherweise während ihres Aufenthaltes hier zur Seite gestellt hatte. Als sie fertig angezogen war, ging sie entschlossen die Treppe hinunter und betrat den Salon, in dem sich die Familie für gewöhnlich aufhielt, wenn sie zusammen frühstückte. Als sie eintrat,

278

verstummten die Gespräche und die Blicke der Anwesenden richteten sich auf sie. Violet atmete tief durch, dann setzte sie sich zu Nicholas, Ava und Jack an den Tisch. Die beiden Sprösslinge der Familie hatten bereits gefrühstückt und befanden sich offensichtlich bereits mit ihrer Gouvernante im Spielzimmer oder sonst wo.

Violet setzte sich und sah in die Runde.

„Ich muss so schnell wie möglich nach London."

„Violet...", setzte Nicholas an, aber Violet unterbrach ihn unwillig.

„Sag mir jetzt nicht, dass das keinen Sinn macht." Sie funkelte ihn wütend an.

„Ich muss das mit der Heirat unbedingt richtig stellen! Ich muss klarstellen, dass Colin kein Motiv hatte und... und..." Ein hysterisches Schluchzen stieg in ihrer Kehle auf. Sie hatte kühl und sachlich bleiben wollen, aber die Verzweiflung gewann die Oberhand und Tränen liefen ihr über die Wangen. Sie schlug die Hände vor das Gesicht und überließ sich dem Schmerz, der seit gestern in ihrer Brust tobte.

Ava war aufgestanden und legte ihr beruhigend einen Arm um die bebenden Schultern.

„Bitte, Violet, du musste jetzt vernünftig sein. Wir helfen Colin nicht, indem wir Hals über Kopf etwas Unüberlegtes tun. Was wir brauchen, ist ein Plan. Einen guten Plan, denn deine Aussage, dass er dich nicht zur Heirat gezwungen hat, wird allein nicht reichen, um seine Unschuld zu beweisen!" Sie strich beruhigend über Violets Rücken.

„Es bleibt immer noch der Zeuge, Liebes."

„Und genau da setzten wir an!", ließ sich Nicholas

plötzlich vernehmen. Sein Blick ruhte auf Jack.

„Wir müssen diesem Kerl unbedingt auf den Zahn fühlen. Ich glaube, hinter dem Ganzen steckt mehr als wir annehmen." Er sah in die Runde und fuhr sich durch sein Haar.

„Wer hasst Colin so sehr, dass er seinen Tod wünscht?" Nicholas wandte sich an Violet.

„Weißt du, ob er Feinde hat? Wer könnte ihm einen Mord anhängen wollen?"

Violet versuchte, einen klaren Gedanken zu fassen. Die Angst um Colin lähmte ihren Verstand. Wortfetzen vermischten sich mit Begebenheiten, aber alles ergab im Zusammenhang keinen Sinn.

„Vielleicht dieser Mr. Windhurst", sagte sie schließlich matt.

„Colin hat mir erzählt, dass er sehr aufgebracht war, als er ihm mitteilte, er ziehe eine Heirat mit Amelie nicht länger in Erwägung."

„Hmm...", Nicholas zog die Stirn in Falten und dachte nach.

„Ich war erst kürzlich bei ihm um Colins Schulden zu begleichen. Da erschien er mir immer noch sehr aufgebracht. Ich weiß nicht, ob ihn die Tatsache ärgerte, dass er Colin nun nicht länger mit seinen Schulden erpressen kann oder ob seine Wut nicht doch tiefer wurzelte."

„Wenn ich auch etwas dazu sagen darf", ließ sich plötzlich Jack vernehmen, der bis dahin nur aufmerksam zugehört, aber noch nichts gesagt hatte.

„Ich denke, es bringt an dieser Stelle nichts, wenn wir überlegen, wer ein Motiv hätte. Wir sollten uns lieber mit dem Zeugen befassen. Wenn er lügt, sollten wir herausfinden, warum man ihn und *wer* ihn dazu angestiftet hat." Alle Augenpaare ruhten nun auf dem jungen Mann.

„Das ist eine gute Idee, Jack. Nur... wie sollen wir an diesen Kerl herankommen, wenn er auf der Straße lebt? Da gibt es keine Klingel." Spöttisch sah Nicholas seinen Schützling an. Jack allerdings bedachte seinen Ziehvater mit einem überheblichen Grinsen.

„Mylord, mit Verlaub, auch wenn ich jetzt eine Schule besuche, besuchen *muss*", er grinste, „heißt das noch lange nicht, dass ich mein Leben in Whitechapel vergessen habe. Ich kenne die Plätze, wo sich derlei Männer aufhalten. Und wenn Sie gewillt sind, tief in die Tasche zu greifen, dann kann ich an den entsprechenden Stellen ganz bestimmt ein paar nützliche Informationen bekommen!"

Nicholas sah ihn mit großen Augen an.

„Soll das heißen..."

„Das soll heißen, dass ich mich dort immer noch auskenne." Jetzt grinste Jack bis über beide Ohren.

„Jack!" Fast einstimmig schlug ihm die Empörung seiner Zieheltern entgegen.

„Du willst damit nicht sagen...."

Aber Jack ließ sich nicht aus der Ruhe bringen.

„Ich denke, wenn es so ist, wie Sie sagen, hat jemand diesem Mann Geld dafür angeboten, dass er Lord Fairmont beschuldigt. Und da ich wie gesagt weiß, wie dort Geschäfte ablaufen, denke ich, dass mit einer entsprechend höheren Summe der Name des Auftraggebers zu erfahren sein wird."

„Und wie sollen wir diesen Kerl ausfindig machen?" Nicholas klang immer noch skeptisch.

„Wir bestimmt nicht, Mylord. *Sie* sind vor fünf Jahren dort schon aufgefallen wie ein Goldstück in der Gosse." Nicholas' Miene verzog sich pikiert, aber er sagte nichts.

„Ich werde gehen. Ich habe immer noch Freunde dort und wenn ich will, fall' ich da gar nich' auf!" Er war in den für die unteren Schichten typischen Cockney Dialekt verfallen und blickte amüsiert in die Runde. Kurz entstand Stille am Tisch, dann nickte Nicholas Jack zu.

„Gut, aber bring dich nicht in Gefahr, Jack. Du hast mindestens so viele Feinde wie Freunde in Whitechapel. Und ich will trotz allem nicht, dass dir etwas passiert."

„Dann ist es abgemacht. Wir brechen noch heute nach London auf!" Entschlossen war Violet aufgestanden und aller Augen richteten sich auf sie.

„Violet, du kannst nicht... also ich meine, bevor wir nicht wissen, wie alles zusammenhängt, ist es nicht ratsam, wenn du...", mischte Ava sich nun ein. Aufrichtige Sorge klang in ihrer Stimme mit.

„Ich muss nach London, Ava. Ich kann nicht hier sitzen und nichts tun, während Colin dort auf... auf..." Ihre Stimme brach und Tränen schossen in ihre Augen. Es war zu schrecklich, es auszusprechen.

„Also ich muss wenigstens meine Aussage bezüglich unserer Hochzeit machen und dass er mich nicht gezwungen hat. Und vielleicht... vielleicht kann ich ihn ja in Newgate besuchen?" Hilfesuchend und verzweifelt sah sie Nicholas an. Der kniff die Augen zusammen, so als halte er das für keinen guten Plan, gab aber schließlich nach.

„Also gut, Violet, ich werde versuchen, eine
Besuchserlaubnis für dich zu bekommen. Mein alter
Bekannter, Konstabler Burns, schuldet mir noch einen
Gefallen und vielleicht kann er uns auch bei der Suche
nach dem Zeugen behilflich sein." Er stand auf.
Niemand am Tisch wusste, wie sehr die Zeit wirklich
drängte, und er hatte auch nicht vor, Violet und Ava
jetzt schon zu beunruhigen, aber tatsächlich war Eile
geboten. Er nickte Jack und Violet zu und ging dann zu
seiner Frau, der er einen Kuss auf den Scheitel drückte,
bevor er seine Hand auf ihren Bauch legte.
„Und du passt in der Zwischenzeit gut auf euch auf!"
Keine Stunde später waren Jack, Nicholas und Violet
auf dem Weg nach London.

Violet ging nervös in ihrem Zimmer im Stadthaus des
Dukes of Ashford auf und ab. Jack war noch am Tage
ihrer Ankunft verschwunden und bis jetzt nicht wieder
aufgetaucht. Und das war vor drei Tagen gewesen!
Auch Nicholas war kaum zuhause. Er bemühte sich um
eine Besuchserlaubnis und versuchte, über Konstabler
Burns mehr Einzelheiten über die Anklagepunkte
herauszufinden. Sie selbst hatte inzwischen ihre
Aussage vor den Richtern gemacht, aber man hatte ihr
unmissverständlich klar gemacht, dass das allein Colin

nicht entlastete.

Und so vergingen die Tage ohne neue Erkenntnisse und der Termin der Verhandlung rückte unaufhörlich näher. Und damit auch Colins mögliche Verurteilung zum Tod.

Als sie Schritte in der großen Eingangshalle vernahm, holte sie tief Luft und wappnete sich. Sie wusste, dass sie die Hoffnung nicht verlieren durfte, aber das Warten und die Verzweiflung hatten sie zermürbt. Noch immer würde sie alles dafür tun, Colin zu retten, aber sie war leider zur Untätigkeit verdammt.

Entschlossen straffte sie die Schultern und ging die Treppe hinunter. Als sie Jack in der Halle erblickte, setzte ihr Herz einen Schlag aus. Sie war sich sicher, keine weiteren schlechten Nachrichten mehr verkraften zu können, aber Jack nickte ihr nur kurz zu und verschwand dann in Nicholas' Arbeitszimmer. Unbehaglich folgte sie ihm. Alles war besser als diese Ungewissheit!

Ohne anzuklopfen trat sie ein und fand Jack vor, wie er mit einem Schlüssel an einer Schublade des Sekretärs hantierte und sie schließlich aufschloss. Irgendetwas irritierte sie daran, aber schon sah Jack sie grinsend an. „Es ist nicht so, wie Sie denken, Lady Violet. Der Duke selber gab mir diesen Schlüssel. Es ist seiner. Ich brauche nur noch weiteres Bargeld, aber ich weiß jetzt, wer dieser Zeuge ist und auch, wo ich ihn finde."

Ein verschwommenes Bild tauchte vor Violets Augen auf. *Ein Schlüssel. Eine Schublade.* Es ist *sein* Schlüssel. *Es gibt nur den einen.*

Entsetzt keuchte sie auf und Jack sah sie erstaunt an. „Es ist wirklich Lord Ashfords Schlüssel. Ich stehle nicht!", versuchte er sich zu entschuldigen, aber Violet nahm ihn gar nicht wahr. Bilder, Worte, Erinnerungen schossen wie Blitze durch ihren Kopf und schließlich lag die Wahrheit so klar vor ihr, dass sie sich fragte, wie sie sie so lange hatte übersehen können.

„Jack!", keuchte sie. Ihr war schwindelig und übel, aber dennoch zwang sie sich, tief durchzuatmen.

„Jack, ich weiß jetzt, wer meinen Bruder getötet hat. Oder zumindest dafür verantwortlich ist."

Jack sah sie verständnislos an, aber Violet war zu aufgewühlt, um seine Zweifel zu bemerken.

„Jack, es war Henry, mein Cousin. Und jetzt ergibt auch alles einen Sinn. Das Motiv, Colin diesen Mord anzuhängen bin... ich!" Violet flüsterte nur noch, ihre Stimme war kaum mehr zu hören, als sie fortfuhr.

„Er hat einmal zu mir gesagt, dass er immer alles bekommt, was er will. Und er wollte mich! Und wenn Colin tot ist, dann... glaubt er, mich zwingen zu können, ihn zu heiraten! Oder vielleicht will er auch einfach nur Rache dafür, dass er dieses Mal nicht bekommen hat, was er wollte!"

„Lady Violet, ich... also das ist ziemlich weit hergeholt." Jack sprach ruhig auf sie ein, fast so, als würde er annehmen, sie hätte den Verstand verloren. Aber Violet hatte sich gefangen und verengte verärgert die Augen.

„Sieh mich nicht so an und vor allem, sprich nicht so mit mir wie mit einer Frau, die den Verstand verloren hat!", zischte sie leise und Jack zuckte betroffen zurück. Er hatte ihr nicht das Gefühl geben wollen, an ihrem Geisteszustand zu zweifeln. Zu genau wusste er, wie sehr Violet darunter litt, dass manche Menschen sie immer noch für verrückt hielten. Er räusperte sich verlegen.

„Entschuldigen Sie, Mylady, ich wollte nicht..." Aber sie unterbrach ihn.

„Schon gut, Jack. Wir haben jetzt keine Zeit für so was. Ich weiß, dass Henry etwas mit dem Tod meines Bruders zu tun hat, und wir müssen überlegen, wie wir das beweisen können."

„Entschuldigen Sie, aber warum sind Sie sich da so sicher?"

„Weil... weil... als Henry damals nach dem Tod meines Bruders nach Banbury House kam, um die Vormundschaft für Williams Tochter und das ungeborene Kind zu übernehmen, da schloss er mit Williams Schlüssel die Schublade auf! Verstehst du? William trug diesen Schlüssel immer an seiner Uhrenkette bei sich, der zweite lag immer *in* der Schublade, und man sagte uns damals, dass man bei ihm keinerlei Wertgegenstände mehr gefunden hätte! Und selbst wenn ein anderer William getötet und ausgeraubt hat, wie kam Henry dann an diesen Schlüssel? So kurz nach der Tat?" Violets Wangen waren vor Aufregung gerötet und in ihren Augen konnte Jack eine grimmige Entschlossenheit erkennen.

„Wir müssen sofort zum Gericht gehen. Ich muss ihnen dort sagen, was ich weiß!" Sie ging zur Tür, aber Jack vertrat ihr den Weg.

„Lady Violet, bitte, das wird nichts bringen!", hielt er sie zurück.

„Ohne Beweise wird man Ihre Version nur für eine Erfindung halten, um Colin zu entlasten!"

„Aber irgendetwas müssen wir doch tun!"

Verzweiflung klang in ihrer Stimme mit. Beide fuhren herum, als plötzlich Nicholas durch die Haustür trat. Er schüttelte den Regen, der so typisch für das Londoner Wetter war, von seinem Umhang und reichte seinen Hut dem Butler, der ihm die Tür geöffnet hatte. Überrascht blickte er daraufhin zu Jack, der sich vor Violet in der Tür zum Schreibzimmer aufgebaut hatte und ihr mit seinem ausgestrecktem Arm den Durchgang verwehrte. Seine Augenbrauen zogen sich fragend zusammen, aber er kommentierte die Situation nicht. Stattdessen zuckte er die Schultern und fuhr sich müde über das Gesicht.

„Ich habe Neuigkeiten", sagte er matt und die beiden machten ihm den Weg in sein Arbeitszimmer frei.

„Ich auch." Violet stand vor dem Tisch, an den Nicholas sich gesetzt hatte, aber er winkte ab.

„Colin hat ein Alibi."

Violet und Jack sahen ihn ungläubig an.

„Aber dann...", begann Violet und zum ersten Mal seit Tagen verspürte sie so etwas wie Hoffnung.

„Das ihm nichts nützt, weil der Mann, der es bestätigen könnte, genau das nicht tut", fügte Nicholas wütend hinzu.

„Was? Aber... woher weißt du das alles? Und was ist das für ein Alibi?" Violet starrte ihn fassungslos an.

„Ich war heute bei Colin."

„Nicholas! Ich wollte doch..." Aber er unterbrach sie, indem er die Hand hob.

„Ich weiß, Violet, aber ich konnte nur eine Besuchsgenehmigung aushandeln. Und ich musste dringend mit ihm sprechen." Entschuldigend zuckte er mit den Schultern, aber Violet presste verärgert die

Lippen zusammen und versuchte, die Enttäuschung herunterzuschlucken, die sie empfand. Sie hatte so sehr darauf gehofft, Colin besuchen zu dürfen!

„Was ist das für ein Alibi? Und warum bestätigt dieser Mann das nicht? Wer ist er?" Jack hatte sich auf die Schreibtischkante gehockt und sah Nicholas neugierig an.

„Colin sagt, dass er an dem Abend bei Mr. Windhurst war, um ihm zu sagen, dass er nicht länger um dessen Tochter werben würde." Nicholas rieb sich über die Augen.

„Ich war bei diesem aufgeblasenem Banker, aber er lachte mir nur ins Gesicht und sagte das gleiche, das er auch den Konstablern gesagt hatte: dass Colin an diesem Abend *nicht* bei ihm war!" Er ballte die Fäuste und knurrte unwillig.

Jack pfiff durch die Zähne und stand auf.

„Ich kümmere mich dann mal um diesen Zeugen." An Violet gewandt fügte er hinzu: „Vielleicht kann er seinen Auftraggeber identifizieren. In jedem Fall muss ich ihn dazu bringen, seine Aussage zurückzuziehen." Ein verschlagenes Lächeln zuckte um seine Mundwinkel.

„Und Sie erzählen dem Duke, was Sie herausgefunden haben. Wir haben jetzt drei Möglichkeiten, Fairmont aus dem Gefängnis zu holen." Er verbeugte sich vor Nicholas und Violet und verschwand durch die Eingangstür in den Regen.

Fragend sah Nicholas sie an.

„Was hast du herausgefunden? Und wieso drei Möglichkeiten? Was meint Jack damit?"

„Wir haben drei Ansatzpunkte: den Zeugen, Mr.

288

Windhurst und... ich habe mich erinnert, Nicholas. Ich weiß jetzt, dass Henry etwas mit Williams Tod zu tun hat." Violet setzte sich ihm gegenüber und erzählte ihm, was ihr eingefallen war und welche Schlüsse sie daraus zog. Als sie geendet hatte, sagte er zunächst nichts. Dann schlug er mit der Faust auf den Tisch. „Dieser Bastard!" Seine Stimme zitterte vor Wut. „Aber Jack hat recht. Wir können ihn nicht anklagen, bevor wir stichhaltige Beweise haben. Also hilft uns das jetzt nicht. Hoffen wir, dass Jack diesen Zeugen ausfindig macht und zum Reden bringt. Ob das allein ausreicht, um Colin zu entlasten, werden wir sehen." „Wenn Mr. Windhurst Colins Alibi bestätigt, dann schon." Entschlossen stand Violet auf und ging zur Tür. „Und genau darum werde ich mich jetzt kümmern." Nicholas rief ihr etwas hinterher, aber sie hörte es schon nicht mehr.

❧

Violet atmete einmal kurz durch, bevor sie sich die Tür öffnen ließ und auf die belebte Straße hinaustrat. Sie hatte entschieden, ohne das Mädchen, das Nicholas ihr als Zofe zur Verfügung gestellt hatte, bei Mr. Windhurst vorzusprechen. Leider hatte sie unterschätzt, dass sie noch lange nicht so selbstbewusst war, wie sie es sich wünschte. Aber hier ging es um Colin, um den Mann, den sie liebte, und für den sie alles tun würde. Sie stieg in eine Mietdroschke, die der Butler für sie angehalten hatte, und nannte dem Kutscher die Adresse von Mr. Windhursts Bank. Um diese Zeit war es wahrscheinlich, dass er dort sein würde, aber als sie eine halbe Stunde später wieder aus der Bank herauskam, hatte sie nichts erreicht. Mr. Windhurst verbrachte den heutigen Tag bei sich zuhause. Man hatte ihr freundlicherweise die Adresse genannt und nun hielt die Kutsche vor dem imposanten Backsteinbau und Violet atmete noch einmal durch. Dann stieg sie aus, bat den Kutscher, auf sie zu warten, und ging die Stufen zum Eingang hoch. Mit klopfendem Herzen betätigte sie den Türklopfer und wartete. Der Mann, der ihr die Tür öffnete, trug eine aufwändige Livree und sah sie abwartend an.

„Ich möchte zu Mr. Windhurst."

„Wen darf ich melden?"

„Die Viscountess Fairmont." Wenn der Mann diesen Namen zuordnen konnte, ließ er sich jedenfalls nichts anmerken. Er verbeugte sich und bat Violet, im Salon zu warten.

Neugierig sah sie sich um und entschied sofort, dass der Raum ungemütlich war. Die Möbel waren allesamt erlesen, aber sie wirkten in ihrer Zusammenstellung und Ordnung im Raum nicht harmonisch. Auf jedem Tischchen, jeder Kommode und jedem Fensterbrett standen kostbare Vasen oder sonstige Pretiosen, die den Eindruck von Reichtum vermitteln sollten, aber eher unangenehm protzig wirkten.

Violet spürte Nervosität aufkommen, weil sie sich keine Gedanken gemacht hatte, wie sie dieses heikle

Gespräch angehen sollte. Andererseits hatte sie auch nichts zu verlieren. Als sie hörte, wie die Tür geöffnet wurde, hielt sie die Luft an und drehte sich um.

Aber es war nicht Mr. Windhurst, der den Raum betrat, sondern seine Tochter, Amelie. Sie knickste höflich, dann lächelte sie Violet freundlich an.

„Als ich hörte, dass Sie uns einen Besuch abstatten, wollte ich Sie unbedingt begrüßen, Lady Fairmont. Und Ihnen von Herzen zu Ihrer Hochzeit gratulieren." Sie sagte das so aufrichtig, dass Violet kurz verwirrt war. Dann kniff sie die Lippen zusammen.

„Sie können sich Ihre falsche Freundlichkeit sparen, Miss Windhurst", presste sie wütend hervor.

Amelie hielt die Luft an und sah sie verständnislos an.

„Äh, Mylady, ich... verstehe nicht?" Fragend sah sie ihr Gegenüber an, aber Violet hatte die Arme vor der Brust verschränkt und musterte die junge Frau abschätzend.

„Ach nein? Werden Sie auch die Impertinenz haben, mir in ein paar Tagen zu kondolieren?"

Amelie wurde blass.

„Ich verstehe wirklich nicht, Lady Fairmont. Wieso kondolieren?"

„Weil mein Ehemann in Newgate auf seine Verurteilung wartet." Sie machte einen Schritt auf Amelie zu und bedachte sie mit tödlichen Blicken.

„Aber was... ich meine, was ist passiert und warum sagen Sie das so, als könne ich etwas dafür?" Irritiert sah Amelie die wütende Frau an, von der sie gedacht hatte, sie wäre die Freundlichkeit in Person.

„Ist Ihnen Ihre Rache so viel wert, dass Sie dafür sogar ein Menschenleben opfern? Fühlen Sie sich tatsächlich jetzt besser?" Violet konnte nicht verhindern, dass ihre

Stimme vor Wut zitterte. Wenn das möglich war, wurde Amelie noch blasser.

„Ich verstehe immer noch nicht", flüsterte sie betroffen.

„Wollen Sie etwa behaupten, dass Sie nicht wissen, dass mein Mann wegen eines Mordes im Gefängnis sitzt, den er nicht begangen hat und Ihr Vater sich weigert, sein Alibi zu bestätigen?"

„Was?", hauchte Amelie und schwankte etwas. Vorsichtshalber hielt sie sich an einem Chippendalestuhl fest. Ihre Reaktion verunsicherte Violet. Konnte es sein, dass sie tatsächlich nichts davon gewusste hatte?

„Colin soll meinen Bruder ermordet haben. Aber er war zur Tatzeit bei Ihrem Vater um ihn davon zu unterrichten, dass er sich gegen eine Hochzeit mit Ihnen entschieden hat."

„Oh mein Gott", hauchte Amelie. Sie setzte sich nun doch und schlug die Hand vor den Mund.

„Das kann er doch nicht tun?!"

„Er kann und er hat sogar!" Violets Stimme hatte etwas von ihrer Schärfe verloren. Amelies Reaktion schien echt zu sein. Aber konnte es wirklich sein, dass sie ahnungslos war? Oder war sie nur eine gute Schauspielerin, die ihren Vater aus Eifersucht und verschmähter Liebe dazu angestiftet hatte?

Violet hatte keine Zeit mehr, sich weiter Gedanken darüber zu machen, ob Amelie davon gewusst hatte oder nicht, denn die Tür öffnete sich und Mr. Windhurst trat ein. Für einen Moment blickten Violet und er sich an und ihr lief es eiskalt den Rücken herunter. Hass und Verachtung, aber auch eine gewisse Selbstzufriedenheit konnte sie erkennen. Dann kniff er die Augen zusammen und deutete auf ein zierliches Sofa.

„Lady Fairmont, nehmen Sie doch Platz. Was führt Sie zu mir?" Seine Stimme war im Gegensatz zu seinem Blick kalt und abweisend. Heiße Wut fraß sich durch Violets Eingeweide und sie musste sich zügeln, um nicht die Fassung zu verlieren.

„Mr. Windhurst, ich bin gekommen, weil ich Sie bitten möchte, die Wahrheit zu sagen. Dass mein Ehemann an dem besagten Abend bei Ihnen war." Sie wunderte sich selbst, wie ruhig ihre Stimme klang.

„War er?" Er lächelte sie kalt an.

„Mr. Windhurst, wir beide wissen, dass er hier war! Warum lügen Sie also? Wollen Sie sich am ihm rächen? Dafür, dass er nicht Ihre Tochter sondern mich geheiratet hat?" Sie machte einen Schritt auf ihn zu und hob kämpferisch ihr Kinn.

„Oder ärgert es sie, dass Ihre Tochter nun doch keine Viscountess geworden ist?" Ein kurzes Zucken seines Augenlides bestätigte ihre Vermutung.

„Vater, bitte...", flüsterte Amelie und beide drehten sich zu ihr um. Sie war blass und über ihre Wangen liefen Tränen. Sie hatte die Stuhllehne so fest umklammert, dass ihre Fingerknöchel weiß hervortraten.

„Halt du dich da raus, Amelie. Du", er zeigte mit dem Finger auf sie, „hast es verpatzt! Was hast du getan, dass er dich plötzlich nicht mehr wollte?" Wütend machte er einen Schritt auf seine Tochter zu und Amelie zuckte zurück. Angst flackerte in ihren Augen auf. Violet erkannte plötzlich, dass Amelie für ihren Vater nur ein Mittel zum Zweck war. Ein Mittel, um durch eine Heirat in die Gesellschaft des *Tons* aufzusteigen. Sie war ebenso ein Opfer des Ehrgeizes und der Verblendung ihres Vaters wie Colin. Mr. Windhurst, das wurde ihr klar, würde buchstäblich über Leichen gehen, um sein Ziel zu erreichen! Und plötzlich wusste Violet, wie sie vorgehen musste, um noch eine Chance zu haben, dass er doch noch die Wahrheit sagte.

„Nun, Mr. Windhurst, wie ich sehe, bedeutet Ihnen der gesellschaftliche Aufstieg viel." Sie drehte sich scheinbar gelassen um und ging in Richtung Tür. Ihr Herz klopfte ihr bis in den Hals und sie betete insgeheim, dass sie die richtigen Worte finden würde. Sie hatte die Hand schon auf dem Türgriff, als sie sich noch einmal umdrehte.

„Ich kann Sie nicht zwingen, die Wahrheit zu sagen, aber ich schwöre Ihnen, wenn Sie es nicht tun, wird man Ihren Namen und den Ihrer Familie in *meinen* Kreisen", sie setzte ein blasiertes Lächeln auf, „demnächst nur noch beschämt flüstern. Jemand, der auch nicht vor einer Erpressung zurückschreckt, um eine Heirat zu erzwingen, wird niemals vom *Ton* geachtet werden!"

„Erpressug?", keuchte Amelie. „Wieso?"

„Ach, das wussten Sie auch nicht?" Violet zog überheblich eine Augenbraue hoch.

„Ihr Vater wollte meinen Mann mit seinen Schulden bei ihm erpressen. Wenn Lord Fairmont eingewilligt hätte, Sie zu heiraten, hätte er sie ihm erlassen." Amelies ersticktes Schluchzen verursachte keinerlei Genugtuung bei Violet. Im Gegenteil hatte sie Mitleid mit der jungen Frau, deren Persönlichkeit und Wille für ihren Vater so nebensächlich war wie das Wetter in London. Mr. Windhurst hatte die Augen verengt und seine Miene war zu einer starren Maske gefroren, aber er sagte nichts und hielt sie auch nicht zurück, als sie die Tür schließlich öffnete.

„Ich werde dafür sorgen, dass der Name Windhurst in einem Atemzug mit Erpressung und Korruption genannt wird, und ich werde nicht eher ruhen, bis man eher Ihren Butler zu einer Veranstaltung des *Tons* einlädt als Sie oder Ihre Familie!" Violet zitterte am ganzen Körper als sie kurz darauf durch die Eingangshalle ging. In ihren Augen schimmerten Tränen, eine hilflose Wut machte sich in ihr breit, weil sie nichts erreicht hatte. Als der Butler ihr mit einer höflichen Verbeugung die Tür öffnete, hielt eine Stimme sie zurück.

„Bitte, Lady Fairmont, ich möchte Ihnen versichern, dass ich nichts davon wusste. Ich...", Amelie war ihr gefolgt und sah so verzweifelt aus, dass Violet kurz ihren eigenen Schmerz vergaß. Die junge Frau war vollkommen aufgelöst, aber in ihren Augen stand aufrichtige Reue.

„Ich... hätte nie gedacht, dass mein Vater so weit gehen würde, das müssen Sie mir glauben." Traurig, unendlich traurig und verletzt sah sie aus, aber ihre Stimme klang fest.

„Ich könnte nicht mit der Schuld leben, dass mein Vater für den Tod eines Menschen verantwortlich ist. Ich werde dafür sorgen, dass mein Vater das Alibi ihres Ehemannes bestätigt."

Violet sah sie mit einer Mischung aus Neugier und Sorge an.

„Und wie wollen Sie das anstellen, Miss Windhurst?"
Amelie schloss kurz die Augen, dann straffte sie sich

und lächelte Violet gequält an.

„Ich tue, was er verlangt." Sie nickte Violet noch einmal kurz zu, dann ging sie zurück in den Salon.

Als Violet kurze Zeit später die Eingangshalle des Ashford'schen Stadthauses betrat, war ihre Wut weitgehend verraucht und in eine hilflose Verzweiflung umgeschlagen. Sie hatte nichts erreicht. Vielleicht hatte sie ihn sogar ganz falsch eingeschätzt und ihre Drohung, ihn gesellschaftlich zu ruinieren, ließ ihn kalt. Ganz sicher wusste auch er, dass ein Skandal nur so lange einer war, bis der nächste ihn verdrängte und das war meistens ein überschaubarer Zeitraum bei den Mitgliedern des *Tons*. So war Colins Verhaftung schon jetzt kein großes Thema mehr bei den Soireen und Bällen, die der Adel veranstaltete, weil inzwischen eine blutjunge Debütantin im Bett eines hochrangigen Adeligen erwischt worden war, der aber leider bereits eine Ehefrau hatte, so dass er die junge Frau gar nicht nicht heiraten konnte.

Thomson, der Butler, nahm ihr Cape und Hut ab und richtete ihr aus, sie möge sich bitte umgehend im Arbeitszimmer des Dukes einfinden. Als sie nach einem kurzen Klopfen die Tür öffnete, sah sie Nicholas und Jack, die ihr beide entgegen sahen. Sie versuchte, die Stimmung, die im Raum hing, einzuordnen, aber während Nicholas eher besorgt aussah, wirkte Jack zuversichtlich.

„Gibt es Neuigkeiten bezüglich dieses Zeugen?", fragte sie daher ohne Umschweife. Das Schlimmste an ihrer Situation war die Unsicherheit, das ständige Auf und Ab von guten und schlechten Neuigkeiten.

„Wie man es nimmt", antwortete Nicholas kryptisch, fragte dann aber, ohne weitere Ausführungen: „Konntest du bei den Windhurst etwas erreichen?"
Violet setzte sich und schilderte den beiden, wie ihr Besuch verlaufen war.

„Ich bin mir sicher, dass die arme Amelie nichts von den Machenschaften ihres Vaters wusste", schloss sie. „Und ich habe kein gutes Gefühl. Sie hat irgendetwas vor, um ihren Vater umzustimmen, aber ich glaube nicht, dass er sich von ihr beeinflussen lässt." Müde fuhr sie sich über die Augen.

„Nun, vielleicht schaffen wir es auch so, dass Colin frei kommt. Jack hat den Zeugen ausfindig gemacht und mit ihm geredet."

Überrascht sah Violet den jungen Mann an.

„Und? Was hat er gesagt? Wie kommt er dazu, Colin zu beschuldigen?" Aufgeregt beugte sie sich zu Jack hinüber.

„Nun, er hat steif und fest behauptet, er habe Colin dabei beobachtet, wie er auf Ihren Bruder eingestochen haben soll. Und er klang ziemlich überzeugend."
Violet sog zischend den Atem ein.

„Das ist unmöglich!"

„Nun, vielleicht nicht", korrigierte Jack sie.

„WAS?! Aber Jack, das *ist* unmöglich! Colin..."

„Was, wenn er wirklich glaubt, Colin gesehen zu

haben, aber der Mann, den er beobachtet hat, gar nicht Colin war?" Jack lehnte sich nun ebenfalls zu ihr hinüber.

Verwirrt kniff sie die Augen zusammen.

„Du meinst, dieser Mann hat tatsächlich den Mord beobachtet, aber gar nicht Colin gesehen, sondern jemand anderen?" Sie versuchte, sich die Szene vorzustellen, dann schüttelte sie irritiert den Kopf.

„Aber wieso weiß er denn, wen er angeblich gesehen hat? Und warum hat er seine Aussage nicht sofort nach dem Mord gemacht?"

„Tja, das muss ich noch klären, Lady Violet." Jack hatte sich wieder zurückgelehnt und schlug nun ein Bein über das andere.

„Und wie willst du das klären?"

„Nun ja, ich werde mir die Verhörprotokolle ansehen und auch die Zeugenaussage. Und zwar Wort für Wort. Vielleicht ergeben sich daraus neue Erkenntnisse", mischte sich nun auch Nicholas in das Gespräch ein.

„Und wie willst du an diese Protokolle kommen?" Violet sah ihn mit einer Mischung aus Neugier und Verzweiflung an.

„Nun, ich kenne da jemanden, der mir einen oder auch mehrere Gefallen schuldet. Und der wird mir helfen, die Protokolle einsehen zu können. Und bis dahin...", Nicholas beugte sich vor und nahm Violets Hände in seine, „... versprich mir, dass du das Haus nicht mehr verlässt!"

„Aber ich kann hier nicht untätig herumsitzen! Mein Mann sitzt in Newgate und soll unschuldig verurteilt werden!"

„Denk nach, Violet! Wenn es so ist, wie du vermutest,

und Henry wirklich etwas mit dem Tod deines Bruders zu tun hat, dann hat er auch dafür gesorgt, dass dieser Zeuge glaubt, Colin gesehen zu haben! Irgendwie hängt das Ganze zusammen und solange wir nicht wissen, wie, musst du vorsichtig sein." Nicholas Stimme hatte einen unnachgiebigen Tonfall angenommen.

„Aber..."

„Violet, Henry ist in London. Und wenn er dich irgendwie in seine Hände bekommt und Colin davon erfährt, wird er alles zugeben, nur um dein Leben zu retten! Und dann..."

Violet keuchte entsetzt auf, denn sie wusste, was das bedeutete.

„Also?" Nicholas sah sie durchdringend an.

„Gut. Ich werde vorsichtig sein", wiederholte sie seine Worte. Das würde sie auch, aber damit hatte sie ihm schließlich nicht versprochen, untätig hier im Haus auszuharren. Ganz langsam, erst nur undeutlich, dann immer präziser, formte sich in ihrem Kopf eine Idee, wie sie Henry überführen konnte. Das Risiko, dass er sie vielleicht durchschauen könnte, musste sie einfach eingehen.

Jack saß mit Jefferson, dem Mann, der Colin bei dem Mord beobachtet haben wollte, in einer schäbigen Schankwirtschaft in Whitechapel und spendierte dem

Kerl gerade das fünfte Ale.

„Jefferson, erzählen Sie mir bitte noch einmal, was *genau* Sie gesehen haben." Jacks Stimme klang geduldig und freundlich.

„Hab' ich doch schon." Der Mann hatte inzwischen eine etwas verwaschene Stimme und einen leicht unsteten Blick. Das lag daran, dass hier in dieser Spelunke das mit Abstand stärkste Ale in ganz London ausgeschenkt wurde. Was Jack natürlich wusste. Und sich zunutze machte.

„Ja, das haben Sie, Jefferson, aber ich habe Ihnen auch gesagt, dass das nicht sein kann."

Unwillig knallte der Angesprochene den Krug auf den dreckigen Holztisch.

„Willse sagen, ich lüge, Bürschchen?", donnerte er.

„Nein, natürlich nicht", versicherte Jack ihm.

„Ich möchte nur wissen, wen Sie wirklich gesehen haben."

„Na diesen Fairmont!" Jeffersons Stimme klang nun gereizt.

„Gut." Jack winkte dem Wirt, der sofort ein weiteres Ale zapfte.

„Sie haben also Viscount Fairmont dabei beobachtet, wie er den Earl of Banbury erstach."

Jefferson nickte und trank hastig den letzten Schluck Ale, bevor der Wort ihm einen neuen Krug hinstellte. „Genau."

„Und woher wusste Sie, dass es Viscount Fairmont war?"

„Herrgott, Arsch und Zwirn! Hab ich doch schon gesagt. Er hat's mir doch gesagt."

„Lord Fairmont?"

Jefferson verdrehte die Augen und trank einen weiteren großen Schluck.

„Sach ma, biste so dämlich oder tuste nur so? Natürlich nich' er selbst. Der war ja gerade dabei, den anderen abzustechen!"

„Also wer?"

„Irgend so ein Typ. Der hat mir gesagt, ich soll besser den Mund halten, denn dieser Lord Fairmont hätte nichts zu verlieren. Und nach einem wie mir würde sowieso kein Hahn krähen, wenn ich plötzlich verschwinden würde. Und so, wie er das sagte, war mir klar, dass er damit...", er fuhr sich mit der Handkante über die Kehle.

„Weißte, was ich meine?" Er nickte Jack wissend zu. Und ich hab' ja auch gesehen, was der mit dem anderen gemacht hat. War ganz schön brutal wie der zugestochen hat."

Jack zog kurz eine Augenbraue nach oben, dann wurde seine Miene wieder unbeweglich.

„Und warum haben Sie sich dann schließlich doch dazu entschlossen, diesen Fairmont bei den Kostablern anzuzeigen?"

„Weil..." Jack bemerkte ein kurzes Zögern, aber dann zuckte der Mann die Schultern.

„Weißte, Bürschchen, hier in Whitechapel zählt Angst vor Rache wenig, wenn 'se Hunger hast." Er grinste plötzlich vergnügt.

„Oder Durst! Und Moral, na ja, wer's sich leisten kann... Jedenfalls kam vor zwei Wochen oder so jemand zu mir, der mir ein hübsches Sümmchen anbot, wenn ich dem Gericht sagen würde, was ich gesehen habe. Ich hab' ihm gesagt, dass ich nix damit zu tun

haben will, aber er hat gesagt, dass man diesem
Fairmont das Handwerk legen muss. Und dass er mir
versichern würde, dass man meine Aussage so lange...",
er schien nach dem richtigen Wort zu suchen, denn er
zog die Stirn in Falten und schien zu überlegen, „äh...
vertraulich behandeln würde, bis man den Kerl
eingebuchtet hätte. Dann hätte ich ja nix mehr zu
befürchten." Er grinste, trank den letzten Schluck und
leckte sich über die rissigen Lippen.
„Und der schöne Batzen Geld hat mich dann
schließlich überzeugt, ein gutes Werk zu tun und den
Kerl ans Messer zu liefern!" Verschlagen zwinkerte er
er Jack zu.
„Und dann hab ich ihn ja auch wiedererkannt. Also, bei
dieser.... äh... also als die Konstabler mich gefragt
haben, ob er's is'."
„Es gab eine Gegenüberstellung?" Nun war Jack
verblüfft.
„Bin da nich' gerne hin, kannste mir glauben. Einer wie
ich hat da nich' so gute Erfahrungen mit diesen
aufgeblasenen Arschpfeifen." Er kicherte plötzlich wie
ein kleines Kind.
„Bin meistens auf der anderen Seite, wenne weiß' was
ich meine."
„Und dann'?"
„Dann ham' se den Kerl in diesen Raum geholt und
mich gefragt, ob ich Lord Faimont wiedererkenne."
„Und? Haben Sie ihn wiedererkannt?"
Irritiert zog Jefferson die Augenbrauen zusammen.
„Hä? Klar hab' ich. Sie haben ja gesagt, dass er
Fairmont ist."
Jack zog scharf die Luft ein, als er darauf kam.

Jefferson hatte Colin nur deswegen als Täter identifiziert, weil man ihn schon als Fairmont vorgestellt hatte! Er versuchte, sich weiter zu konzentrieren. An der Tatsache, dass die Konstabler hier einen Verfahrensfehler gemacht hatten, war auf die Schnelle nichts zu ändern. Er musste unbedingt weitere Informationen aus Jefferson herauskitzeln.

„Wie sah der Mann aus, der Ihnen gesagt hat, Lord Fairmont wäre der Täter?"

„Hä? Wie soll der ausgesehen haben? Wie... alle anderen auch." Jefferson stutzte sichtlich.

„Und wie sehen alle anderen aus?" Jack brachte schier unendliche Geduld mit, aber insgeheim verzweifelte er. Zwar ahnte er, dass alles ein abgekartetes Spiel war, aber wie sollte er das jemals beweisen?

„Er war nicht so groß, etwa so wie ich." Dann schlug er die Faust auf den Tisch.

„Hölle und Teufel, es war zappenduster! Und wie soll der schon ausgesehen haben?"

Resigniert stand Jack auf.

„Also gut, Jefferson. Eine letzte Frage noch. Würden Sie den Mann wiedererkennen, der Ihnen gesagt hat, dass Lord Fairmont der Täter ist?"

Jefferson blickte ihn aus glasigen Augen an. Sein Gesicht hatte sich deutlich gerötet. Dann grinste er.

„Nö. Aber vielleicht, wenn ich an ihm riechen dürfte. Der stank vielleicht!"

„Wie? Ich meine, wonach hat er denn gerochen?" Verblüfft hielt Jack inne.

„Weiß nich', irgendwie... nach Weib! So... süßlich." Dann legte er seine Arme auf den Tisch und bettete seinen Kopf darauf.

Mit mehr Fragen als zuvor bezahlte Jack das Ale und machte sich auf den Heimweg.

Gespannt hatte Violet Jack zugehört. Sie wussten nun, dass dieser Jefferson wirklich davon überzeugt war, Colin erkannt zu haben. Insofern war er ihnen keine wirkliche Hilfe bei dem Bestreben, das vermeintliche Komplott aufzudecken, das zu Colins Inhaftierung geführt hatte.

„Wir müssen also entweder den wahren Täter finden oder wenigstens den Mann, der behauptet hat, Colin wäre es." Nicholas versuchte, die Beunruhigung aus seiner Stimme herauszuhalten. Sie waren im Grunde nicht einen Schritt weitergekommen als noch vor wenigen Tagen. Und, was noch schlimmer war, die Verhandlung, die Colins Schicksal entscheiden würde, war schon übermorgen. Und weder Violet noch Jack hatte er bisher davon erzählt.

„Fassen wir zusammen: Jefferson glaubt wirklich, Colin gesehen zu haben. Violet dagegen glaubt, Henry hätte etwas mit dem Mord zu tun." Nicholas rieb sich müde über die Augen.

„Was bedeutet, dass Henry entweder am Tatort war oder jemanden beauftragt hat, die Drecksarbeit für ihn zu erledigen." Als Violet bei seinen Worten getroffen zusammenzuckte, räusperte er sich.

„Entschuldige, Violet. Ich wollte nicht...“

„Schon gut.“ Dann stockte sie.

„Was hat dieser Jefferson über den Mann gesagt, der ihm eingeflüstert hat, Colin wäre der Täter?“

„Dass er aussieht wie alle anderen?“ Jack zog die Stirn kraus.

„Das wird uns nicht weiterhelfen.“

„Nein, nein, ich meine, wie er *gerochen* hat!“ Violet wandte sich aufgeregt an Nicholas.

„Erinnerst du dich an den Ball anlässlich von Victorias Hochzeit? Als Henry mich... also als er...“ Noch immer konnte sie nur mit Schaudern an diesen Abend denken.

„Also, da hat Henry nach Alkohol gerochen, aber nicht nur. Mir ist sogar fast übel geworden. Er hatte irgendein Duftwasser oder Parfum benutzt, das *süßlich* roch!“

Zwei Augenpaare richteten sich auf sie.

„Wenn also dieser Mann und Henry ein und dieselbe Person sind, dann war er zumindest am Tatort. Er hat dabei zugesehen, wie William ermordet wurde! Und den Verdacht auf Colin gelenkt.“ Violet lief es eiskalt den Rücken hinunter.

„Und weil er kurz danach Williams Schlüssel besaß, kannte er den Mörder zumindest. Wir müssen also nur beweisen...“ Ihre Wangen hatten sich vor Aufregung gerötet.

„Du musst und wirst gar nichts, Violet. Wenn das so war, und ich glaube inzwischen auch, dass es so war, dann ist Henry noch skrupelloser als ich es ihm zugetraut hätte. Er ergötzt sich am Leid anderer. Schaut zu. Genießt. Und manipuliert Menschen nach seinem Belieben.“

„Und wenn das so war", ließ sich Jack plötzlich vernehmen, „dann hatte er bereits zu diesem Zeitpunkt einen Plan." Er sah Violet warnend an.

„Und zwar William aus dem Weg zu räumen um freie Hand bei Lady Violet zu haben und sich gleichzeitig sein Vermögen anzueignen."

„Aber Richard war doch Williams Erbe." Violet riss die Augen auf, als sie die Ungeheuerlichkeit erfasste, die hinter dieser Erkenntnis lauerte.

„Aber dann..."

„Ist er sehr wahrscheinlich auch für den Tod dieses Mannes verantwortlich!", fasste Nicholas erschüttert zusammen.

Eine ganze Weile sagte niemand etwas, zu ungeheuerlich erschien diese Schlussfolgerung.

„Aber warum hat er... ich meine, zu dem Zeitpunkt, als William starb, konnte er doch noch gar nicht wissen, dass Colin und ich..." Ihre Stimme erstarb.

„Vielleicht wollte er sich nur rückversichern, für den Fall, dass man ihn irgendwie mit Williams Tod in Verbindung bringen würde, wenn er dich so kurz nach dem Tod deines Bruders geheiratet hätte. Und ganz sicher war er nicht gut auf Fairmont zu sprechen. Er war ihm zu diesem Zeitpunkt ja bereits mehrfach in die Quere gekommen, was dich anging." Nicholas nickte Violet zu.

„Dazu würde auch passen, dass er Jefferson erst nachdem er von eurer Heirat erfahren hatte, aufforderte, sich bei den Konstablern zu melden. Mit Colins Inhaftierung und Verurteilung wäre er ihn elegant losgeworden, ohne den Verdacht auf sich zu lenken."

„Zwei Fliegen mit einer Klappe, sozusagen",

resümierte Jack trocken.

Violet hatte lange geschwiegen, jetzt aber meldete sie sich zu Wort. Der Plan, den sie am Tag zuvor gefasst hatte, nahm immer mehr Gestalt an. Mit diesen zusätzlichen Informationen hatten sie eine Chance. Aufgeregt schilderte sie, was sie vorhatte, aber mit jedem Wort, das sie aussprach, verschlossen sich die Gesichter der beiden Männer.

„Nein!", riefen beide unisono als sie geendet hatte.

„Auf gar keinen Fall."

„Zu gefährlich!"

Trotzig hob Violet ihr Kinn.

„Gut, wenn ihr mir nicht helfen wollt! Dann mache ich es eben alleine."

„Violet", Nicholas Stimme klang jetzt sanft, „ das ist viel zu gefährlich. Das ist... Wahnsinn."

Violet verschränkte die Arme vor ihrer Brust und funkelte die beiden Männer abwechselnd an.

„Wisst ihr, was Wahnsinn ist? Dass man Colin für etwas verurteilen will, das er nicht begangen hat! Dass Henry vielleicht mit dieser Farce durchkommt! Und dass ich den Mann verlieren werde, den ich mehr liebe als mein Leben, wenn ich nichts tue!" Ein leises Schluchzen entrang sich ihrer Kehle.

„Und dass ich damit nicht weiterleben könnte", fügte sie leise an.

Wieder entstand eine angespannte Stille. Nur das Ticken der Uhr war zu hören, bis Nicholas sich schließlich räusperte.

„Also gut, Violet, aber gib mir einen Tag, um alles vorzubereiten."

Violets Herz klopfte ihr bis in den Hals, als sie Henry in den Weg trat. Er schlenderte gut gelaunt die Bond Street entlang, lüftete elegant seinen Hut, wenn ihm Bekannte begegneten, und niemand, der ihn so sah, hätte vermutet, welch dunkles Geheimnis er hütete.

„Henry, wie gut, dass ich dich hier treffe", raunte sie ihm verschwörerisch zu, während er sie anstarrte wie einen Geist.

„Können wir ein Stück zusammen gehen? Ich muss dringend mit dir sprechen." Wenn er irritiert war, dann ließ er sich jedenfalls nichts anmerken.

„Liebste Cousine, Violet, welch eine Freude, dich hier in London zu treffen." Jovial nahm er ihre Hand und hauchte einen Kuss darauf.

„Ich hätte nicht gedacht, dass du..." Aber sie unterbrach ihn.

„Ich auch nicht, Henry, glaub mir. Ich muss unbedingt mit dir reden. Du weißt bestimmt, dass mein *Ehemann*", im Stillen leistete sie Abbitte, weil sie es so verächtlich wie möglich klingen ließ, „hier in Newgate sitzt? Weil er William umgebracht hat?"

Neugierig musterte Henry sie.

„Falls du mich bitten willst, dir zu helfen...", er zuckte entschuldigend die Schultern, „dann..."

Verstohlen sah Violet sich um, damit es glaubwürdiger wirkte. Innerlich zitterte sie vor Anspannung, aber es war wichtig, dass sie ihre Rolle gut und überzeugend spielte.

„Nicht hier, Henry. Der Duke of Ashford will meinen Mann um jeden Preis frei bekommen. Und das will ich um jeden Preis verhindern."

Erstaunt riss Henry die Augen auf.

„Du willst das um jeden Preis *verhindern*?" Ungläubig sah er sie an.

„Psst, nicht so laut. Ich weiß nicht, was sie dir erzählt haben, aber ich bin ganz bestimmt nicht freiwillig mit diesem Mann mitgegangen!"

„Du bist nicht..."

„Nein, Henry, das bin ich nicht. Dieser Kerl hat mich gezwungen!" Wieder sah sie sich ängstlich um.

„Ich wohne zur Zeit bei den Ashfords. Wie du weißt, bin ich mit ihnen befreundet. Daher weiß ich auch, was Nicholas alles unternimmt, um meinen Mann frei zu bekommen." Gespielt ängstlich riss sie plötzlich die Augen auf und deutete unauffällig die Straße hinauf.

„Um Gottes Willen, Henry, da kommt Nicholas. Bitte, er darf uns auf keinen Fall zusammen sehen!" Verdutzt nahm er zur Kenntnis, dass sie ihn in einen Hauseingang drängte.

„Ich muss in Ruhe mit dir reden, Henry. Ich weiß, dass du etwas mit Williams Tod zu tun hast. Aber das ist unwichtig. Ich will nur, dass mein Mann für all das büßt, was er mir angetan hat." Ihr Herz pochte aufgeregt und weil sie so dicht bei Henry stand, bemerkte er es ebenfalls. Grinsend nahm er es zur Kenntnis.

„Ich hätte nicht gedacht, dass du..." Seine Miene nahm einen verschlagenen Ausdruck an.

„Wie weit wärst du bereit zu gehen, wenn ich dir helfe?" Er zog sie dicht an sich und Violet musste den

Brechreiz unterdrücken, den sie in der Nähe dieses Mannes empfand. Tapfer schluckte sie.

„Stell' mich doch auf die Probe, Henry", flüsterte sie und hoffte, dass er ihr Krächzen eher als verführerisch denn als entsetzt empfinden würde. Aber er war zu sehr von sich überzeugt, als dass er ihre wahren Gefühle erkannt hätte.

„Komm heute Abend zu mir. Kannst du das einrichten?" Mit einem Glitzern in den Augen zog er sie an sich.

„Dann werden wir sehen, wer was für wen tun kann", raunte er ihr anzüglich ins Ohr. Kurz darauf ließ er sie unvermittelt los und trat aus dem Hauseingang hinaus. Violet taumelte zurück und wusste nicht, was das zu bedeuten hatte. Hatte sie ihn überzeugt oder hatte er sie durchschaut? So oder so würde sie die Antwort erst in einigen Stunden erhalten.

Mit einem diabolischen Grinsen verbeugte er sich leicht und verschwand kurz darauf in der Menschenmenge.

Entschlossen atmete Violet durch und betätigte dann den imposanten Türklopfer, der ihr so vertraut war. Zwar hatte sie das Stadthaus ihrer Familie in den letzten Jahren nicht mehr häufig besucht, aber dennoch war ihr jeder Winkel, jedes Detail dieses Hauses wohlbekannt. Und das würden sie heute Abend ausnutzen. Wenn alles so kam, wie sie es sich ausgedacht hatten.

Ein fremder Bediensteter öffnete ihr, aber damit hatte sie schon gerechnet. Natürlich hatte Henry auch das Personal des Stadthauses ausgetauscht.

„Sie wünschen, Mylady?", fragte der Mann dann auch unpersönlich.

„Lord Banbury erwartet mich." Sie ging ohne Aufforderung an dem verdutzten Mann vorbei und reichte ihm in der Halle ihren Spencer und ihren Hut. Ein rascher Blick sagte ihr, dass Henry ganz offensichtlich im Inneren des Hauses nicht viel verändert hatte.

„Melden Sie Lady Fairmont", forderte sie ihn auf.

„Äh ja, sofort." Dienstbeflissen eilte der Mann fort, kam aber schon nach kurzer Zeit wieder zurück.

„Lord Banbury lässt bitten." Er deutete zum Salon, was Violet innerlich aufatmen ließ. Sie folgte ihm und trat nach Aufforderung ein.

Henry saß entspannt auf einem Sofa, erhob sich aber, als sie eintrat. Mit einem wachsamen Ausdruck in den Augen musterte er sie, aber Violet trat mit einem, wie sie hoffte, erleichterten Seufzen auf ihn zu und lächelte ihn an.

„Ich hätte nicht gedacht, dass du wirklich kommst", begrüßte er sie.

„Ich denke, ich bin dir eine Erklärung schuldig, Henry." An seiner versteiften Haltung und dem abschätzenden Blick erkannte sie, dass er misstrauisch war.

„Darf... darf ich mich setzen?", fragte sie daher unsicher. Und das musste sie noch nicht einmal spielen.

Sie *war* unsicher. Und ängstlich. Aber das musste sie überspielen, wenn er ihr die Geschichte abnehmen sollte. Er nahm ihre Hand und führte sie zu dem Sofa, auf dem er bis gerade noch gesessen hatte.

„Ich weiß nicht, was ich von der ganzen Situation halten soll, Violet. Was willst du mit deinem Besuch bei mir bezwecken?" Herausfordernd sah er sie an. Violet setzte sich auf die Kante des Sofas und unterdrückte ihren Widerwillen, als er sich so dicht neben sie setzte, dass sein Bein das ihre berührte. *Stillhalten*, rief sie sich zur Ordnung, *er will dich prüfen*.

„Ich weiß, wie das Ganze auf dich wirken muss, Henry, aber glaub mir", sie sah ihn direkt an, „ ich habe die Hölle auf Erden hinter mir." *Konzentriere dich*, Violet. Verlegen schlug sie daraufhin die Augen nieder und hoffte, er würde es als Verletztheit deuten.

„Dieser Bastard hat mich gezwungen, ihn zu heiraten, weil er mein Geld wollte." Sie schluchzte.

„Er... hat mir Gewalt angetan und..." Jetzt war es an der Zeit, die Taktik zu ändern. Sie straffte die Schultern und die Wut, die in ihr hoch kroch, war noch nicht einmal gespielt. Sie saß hier mit dem Mann auf einem Sofa, der für den Tod ihres Bruders verantwortlich war und möglicherweise, wenn ihr Plan misslang, auch für Colins Tod. Und dabei sah er sie so unbeteiligt an, als spräche sie über das Wetter!

„Dann hat er mich nach Fairmont House gebracht, meinem neuen *Zuhause*", sie spuckte das verachtend aus, „und das war nicht mehr als eine Ruine!" Sie legte ihm wie unabsichtlich eine Hand auf den Oberschenkel und beugte sich näher zu ihm hin.

„Ich hätte Banbury House als Zuhause haben können,

aber stattdessen hatte ich..." Er zog irritiert eine Augenbraue hoch, rührte sich aber nicht.

„In dem Augenblick wurde mir klar, dass ich einen großen Fehler begangen habe, als ich dich zurückwies."Sie hoffte, dass er den Ekel nicht bemerken würde, den inzwischen sämtliche Poren ihres Körpers ausstrahlen mussten. Schnell zog sie sich ein kleines Stück zurück, damit es nicht zu offensichtlich wurde, was sie vorhatte.

„Du sagtest, du weißt, dass ich etwas mit Williams Tod zu tun haben soll. Woher willst du das wissen?" Sein Blick bohrte sich ihren, aber sie hielt tapfer stand.

„Ich bitte dich, Henry, das war mir in dem Augenblick klar, als du die Schublade in Williams Arbeitszimmer aufgeschlossen hast!" Spöttisch lächelte sie ihn an und stand auf. Die Hände verschränkt, begann sie, auf und ab zu gehen. Sie ertrug seine Nähe nicht länger, aber das musste sie irgendwie überspielen.

„Es gibt nämlich nur zwei Schlüssel zu dieser Schublade, Henry. Einer liegt in der Schublade, die du aufgeschlossen hast und den anderen trug William immer bei sich. Also konntest du ihn nur von ihm haben und freiwillig wird er ihn dir bestimmt nicht gegeben haben, habe ich recht?"

Aber Henry tappte nicht in die Falle, die sie ihm gestellt hatte.

„Hm, wenn es so wäre, was erhoffst du dir dann von mir? Ich meine, in Bezug auf deinen Mann?" Er war ebenfalls aufgestanden und hinter sie getreten. Sein Atem blies ihr in den Nacken und die feinen Härchen dort stellten sich augenblicklich auf. Anmaßend legte er seine Hände auf ihre Oberarme und drückte zu. Violet unterdrückte einen Schmerzenslaut.

„Ich will, dass er für immer verschwindet, Henry. Tod oder Verbannung, mir egal. Aber ich will ihn los sein." Sie entwand sich ihm und hielt seinem Blick stand.

„Als ich erkannt habe, dass du etwas mit Williams Tod zu tun haben musst, hätte ich sofort zu den Konstablern gehen und dich anzeigen können. Aber ich habe es nicht getan, Henry." Sie hoffte, dass ihre Stimme fest und überzeugend klang, aber auch sie bemerkte ein leichtes Zittern darin. Schnell schluckte sie das Unbehagen hinunter.

„Warum wohl habe ich das nicht getan?"

Als er fragend die Schultern hochzog, legte sie ihm eine Hand auf die Brust.

„Weil ich... unsicher war, Henry. Unsicher, was ich dir gegenüber empfinde. Ich hatte Angst vor dir, das stimmt, aber da war auch etwas anderes..." Sie schlug die Augen nieder.

„Leider habe ich erst zu spät bemerkt, dass ich mich nicht so hätte zieren sollen. Ich habe durch diese Ehe alles verloren, Henry! Mein Vermögen, mein Elternhaus... Und alles nur, weil...", sie schluchzte.

„Und nun möchte ich, dass das alles ein Ende hat." Sie fuhr langsam mit ihren Fingern über die Knöpfe seiner Weste.

„Warum hast du William umgebracht, Henry? Nur des Titels wegen? Oder auch ein wenig... wegen mir? Ich möchte gerne glauben, dass du das alles getan hast, um mich zu bekommen. Weil du etwas für mich empfindest." Ihr Mund war trocken, ihr Herz hämmerte in ihrer Brust, aber sie gab sich Mühe, all das vor ihm zu verbergen und ihn sehnsuchtsvoll anzusehen.

314

Einen kurzen Augenblick musterte Henry sie sprachlos, dann brach er in Gelächter aus.

„Eine wunderbare Geschichte, liebste Cousine, nur kann...", schlagartig wurde er ernst, „ich sie dir leider nicht glauben!"

Er packte sie grob und stieß sie Richtung Sofa. Panik stieg in ihr auf als er sie grob küsste und in die Polster drückte.

„Weil ich auch so alles bekomme, was ich will!", flüsterte er ihr ins Ohr. Seine Hände umfassten ihre Brüste und für einen kurzen Moment wurde ihr schwarz vor Augen. Dann setzte ihr Denken wieder ein und sie schlug Henry ins Gesicht.

„Du Bastard!", schrie sie außer sich.

„Du Mörder! Du..." Ihre Stimme überschlug sich und sie wehrte sich heftig, aber gegen Henry hatte sie keine Chance. Er lachte böse und schlug ihr ebenfalls ins Gesicht.

„Du kleine Hure, du glaubst wohl, du kannst mich überlisten! Ich soll dir den Mord gestehen, aber weißt du was? Ich war es gar nicht." Er hielt ihre Arme mit seiner linken Hand über ihrem Kopf fest. Mit der anderen schob er ihren Rock hoch.

„Ich habe nur jemanden dafür bezahlt. Und dabei zugesehen. Und es war... äußerst befriedigend zuzusehen, wie dein blasierter Bruder sein Licht aushauchte! Aber das wird nie jemand erfahren, weil du, wenn ich mit dir fertig bin, es niemandem mehr erzählen kannst" Er beugte sich zu ihr hinunter, küsste sie abermals grob und sie fühlte bereits seine Härte an ihrem Oberschenkel...

„Das reicht jetzt, Banbury. Lassen Sie Lady Fairmont

los und heben Sie ganz langsam die Hände über den Kopf."

Violet schluchzte erleichtert auf als Henry auf ihr erstarrte.

„Was zur Hölle...", knurrte er, bewegte sich aber nicht weiter.

„Mein Name ist Konstabler Burns, bei mir sind Lord Ashford und sein Ziehsohn und...", man hörte, wie er einen Hahn spannte, „eine geladene und äußerst zuverlässige Pistole."

Langsam erhob sich Henry und der Blick, den er Violet zuwarf, war so voller Hass, dass sie ihn nie vergessen würde.

„Warum hat das so lange gedauert, Nicholas?", hauchte sie, dann wurde es schwarz vor ihren Augen.

Violet sprang aus der Kutsche, als Colin in Begleitung von Nicholas das Gefängnis verließ. Ihr saß das Erlebte noch in den Knochen, aber sie hatte sich nicht davon abhalten lassen, Nicholas zu begleiten.

Mit weichen Knien lief sie ihrem Mann entgegen und warf sich in seine Arme. Tränen liefen ihr über das Gesicht, aber die Erleichterung, ihn wiederzusehen, überwog alles. Fest nahm Colin sie in die Arme, drückte sie an sich und küsste ihren Scheitel.

„Meine mutige, tapfere, wunderschöne Frau",

murmelte er.

„Wer hätte gedacht, dass *du mich* einmal retten müsstest." An seinem Tonfall hörte sie, dass er lächelte.

„Ich wollte dich doch retten", flüsterte er ihr ins Ohr. Sie sah zu ihm auf und das, was sie in seinen Augen las, ließ einen heißen Schauer durch ihr Innerstes rasen.

„Ich bin so froh, dass du wieder bei mir bist. Und dass dieser Bastard endlich für das bezahlen muss, was er getan hat." Sie küsste Colin zärtlich auf die Lippen und er vertiefte den Kuss augenblicklich. Wie ein Ertrinkender kostete er ihren süßen Geschmack, labte sich an ihrer Hingabe und löste sich erst wieder von ihr, als Nicholas sich amüsiert räusperte.

„Also ich kann euch ja verstehen, aber...", er deutete zu einer Gruppe Passanten, die neugierig stehen geblieben waren, „aber ich denke doch, dass ihr das *Gespräch* lieber zuhause fortsetzt!"

„Ich glaube, Nicholas hat recht, Liebes." Colin nahm ihre Hand und zog sie in Richtung Kutsche. Im Inneren widmete er sich sofort wieder ihrem Mund.

„Guck woanders hin", knurrte er Nicholas an, nachdem dieser den Schlag hinter sich zugezogen und sich gesetzt hatte.

„Ach was, Londons Straßen kenne ich schon. Ihr seid viel interessanter!" Belustigt zog er die Augenbrauen hoch, sah aber dann doch diskret aus dem Fenster.

Als sie kurze Zeit später zusammen im Salon saßen, ließ Nicholas ein leichtes Essen auftragen und füllte drei Gläser mit französischem Brandy. Er drückte jeweils Colin und Violet eins in die Hand und stellte sein eigenes auf dem Schreibtisch ab. Als Violet an dem starken Getränk roch und die Nase verzog, grinste er nur.

„Den hast du dir auf den Schreck verdient, liebste Violet."

„Und was ist mit mir?", ließ sich Jack vernehmen.

„Du bist zu jung für so was", beschied Nicholas ihn, aber Violet hatte ihr Glas schon an ihn weiter gereicht.

„Ich habe das alles bis hier überlebt, da will ich nicht jetzt an einer Alkoholvergiftung sterben." Noch immer war sie etwas weiß um die Nase.

„Wobei wir beim Thema wären." Colin nahm einen Schluck und sah abwechselnd seine Frau, Nicholas und Jack an.

„Ich hatte schon jede Hoffnung verloren, Leute. Warum habt ihr verdammt nochmal so lange gebraucht, mich da raus zu holen?!" Gespielt empört wandte er sich an Nicholas, aber seiner Stimme war die Erleichterung anzuhören, die er empfand.

„Ach, das ist eine lange Geschichte, wie du dir denken kannst. Aber um es kurz zu machen: Du verdankst deiner Frau dein Leben." In Nicholas Stimme schwang aufrichtige Bewunderung für Violets Handeln mit. Er wusste nur zu gut, wie sehr sie sich hatte überwinden müssen, um Henry ein Geständnis abzupressen. Und das nicht nur, weil sie Henry aufrichtig hasste, sondern auch wegen ihrer Vergangenheit. Ava hatte ihm angedeutet, was sie in Bedlam hatte durchmachen müssen und dass sie immer wieder deswegen von Albträumen heimgesucht wurde.

„Und die lange Version?" Colin hielt Violet im Arm, die sich müde an ihn kuschelte und die Augen schon fast geschlossen hatte.

Nicholas schilderte ihm, wie sie Henry auf die Schliche

318

gekommen waren und ihn schließlich überführt hatten. Kurz verspannte Colin sich, als Nicholas ihm die Situation schilderte, die schließlich doch zu Henrys Geständnis geführt hatte, und er knurrte unwillig auf. Seine Hände ballten sich unwillkürlich zu Fäusten und Nicholas war froh, ihm nur die entschärfte Version dessen erzählt zu haben, was wirklich geschehen war. Und wie knapp es für Violet gewesen war. Er selbst wäre schon viel eher eingeschritten, aber Burns hatte ihn zurückgehalten. Mit Hilfe von Violets Ortskenntnissen waren sie durch eine Tür im Keller ins Haus gekommen, deren Schloss schon Jahre defekt und rostig war. Sie hatten alle darauf vertrauen müssen, dass Henry es noch nicht bemerkt hatte und es daher auch nicht hatte reparieren lassen. Jack hatte das Personal in Schach gehalten und er und Burns hatten sich so platziert, dass sie alles hören konnten. Für den Fall, dass es nicht funktioniert hätte, wären sie ganz offiziell durch die Eingangstür gekommen, allerdings hätten sie so nur Violet vor dem Schlimmsten bewahren können und auf ein Geständnis verzichten müssen. „Dieses sture, unglaubliche, mutige Weib!", flüsterte Colin in Violets Haare, als Nicholas seinen Bericht abgeschlossen hatte.

„Mmmhhh, versprich mir, dass ich dich niemals wieder retten muss!", murmelte sie, schon halb im Schlaf.

„Nein, Liebste, das kann ich dir nicht versprechen." Er grinste.

„Aber ich weiß ja jetzt, dass du es jederzeit könntest!"

Epilog

„Wenn du dich jetzt nicht endlich ausruhst, fessele ich dich ans Bett!", knurrte Colin, als er Violet die Harke aus der Hand nahm. Sie hatte sich in den Kopf gesetzt, einen Kräutergarten anzulegen. Rosen, das wusste er inzwischen, mochte sie nicht.

Sie fuhr sich grinsend über die Stirn und wischte sich den Schweiß ab.

„Beruhige dich, Colin. Ich bin nur schwanger, nicht krank. Und es geht mir... uns gut!"

„Aber mir nicht! Ich will mir nicht ständig um dich und meine Prinzessin Sorgen machen." Ernst legte er eine Hand auf Violets Bauch. Dann zuckte er zusammen und wurde bleich.

„Sie... sie hat..."

„*Er* tritt deine übertriebene Sorge schon jetzt mit Füßen", lachte Violet und legte ihre Hand über seine. So standen sie eine Weile und warteten darauf, dass sich das Kind noch einmal bewegen würde.

Die Ereignisse in London lagen nun gut ein Jahr zurück. Den Mord an Richard hatte man Henry nicht nachweisen können, aber für die Tötung Williams hatte man ihn zur Strafe nach Australien deportiert.

Violet hatte in der Zeit kurz nach Henrys Verhaftung wieder vermehrt Albträume gehabt, aber zusammen mit Colin, der sie jedes Mal geduldig getröstet und ihr neue Kraft gegeben hatte, hatte sie auch diese Phase überwunden.

Fairmont House hatte sich bereits in diesem einen Jahr

320

sehr verändert. Die notwendigsten Reparaturarbeiten waren abgeschlossen und die Außenanlagen wirkten wieder gepflegt. Violet ging vollkommen in dieser neuen Aufgabe, ein Zuhause für sich, Colin und nun auch ihr gemeinsames Kind zu schaffen, auf. Sie selbst hatte unermüdlich zusammen mit einigen Frauen aus dem Dorf Vorhänge genäht, Fenster geputzt und Böden geschrubbt und sich so den Respekt und die Sympathie der Menschen, für die Colin und sie nun verantwortlich waren, verdient.

Auf den Feldern rund um das Anwesen sah es dagegen nicht ganz so gut aus. Es hatte eine weitere Missernte gegeben und die lang anhaltende Trockenheit im Frühjahr ließ befürchten, dass auch die diesjährige Ernte eher mager ausfallen würde. Aber immerhin war es ihnen gelungen, die Menschen über den Winter satt zu bekommen.

Ein wenig traurig machte Violet allerdings die Entwicklung, die ihr Elternhaus genommen hatte. Die Eigentumsverhältnisse und der Titelanspruch waren immer noch nicht geklärt. Zwar gab es einen weit entfernten Verwandten, aber der war während der Sommerfeldzüge im vergangenen Jahr nach der Schlacht bei Quatre-Bras, bei der die Engländer unter Führung von General Wellington über die Franzosen siegten, verschollen. Sollte man ihn nicht ausfindig machen können oder er tot sein, fielen der Titel und die Ländereien an die Krone zurück.

Margret, ihre Schwägerin, hatte sich bis heute nicht von den Ereignissen erholt. Sie lebte zurückgezogen und einsam noch in Banbury House, einzig ihre Tochter Catherine und die Sorge um ihr Wohlergehen hielt sie noch am Leben.

Und dann dachte sie auch immer wieder an Colins Andeutung, sich irgendwann ein Schiff zu kaufen und wieder ins Meer zu stechen. Er hatte ihr viel von seiner Zeit als Kapitän im Dienste seiner Majestät erzählt und sie hatte aus jedem Wort seine Liebe zur Seefahrt und zum Meer heraushören können. Und nun fragte sie sich mit jedem Tag, den die Renovierung des Gutshauses und die Bestellung der Felder voranging, wann Colin dieses Vorhaben in die Tat umsetzen und sie allein zurücklassen würde.

„Woran denkst du gerade, Liebes?" Colins Stimme holte sie aus ihren trüben Gedanken zurück.

Er hatte schon seit einiger Zeit den Verdacht, dass Violet sich mit etwas herum quälte.

„Ich...", sie biss sich auf die Lippe. Dann aber sagte sie sich, dass sie es ebenso gut jetzt ansprechen könnte, damit sie wusste, woran sie war.

„Ich habe mich gefragt, wann du... also wann du dir das Schiff kaufen wirst, das du so gerne haben möchtest. Ich meine, wenn wir sparen und gut haushalten, könntest du schon..."

„Wovon redest du?" Verblüfft zog er sie in seine Arme und sah sie an.

„Du hast immer gesagt, dass du dir gerne ein neues Schiff kaufen würdest, wenn... wenn..." Sie konnte nicht verhindern, dass sich ihre Augen mit Tränen füllten.

„Also ich möchte dir nur sagen, dass ich damit einverstanden bin, Colin. Wir haben uns gelobt, dem anderen seine Freiheiten zu lassen, und wenn du unbedingt..."

Rasch presste er seine Lippen auf ihre. Sie schmeckte süß wie immer, aber ein bitterer Beigeschmack perlte dieses Mal auf ihrer Zunge mit.

„Violet, Liebes, hast du wirklich geglaubt, ich lasse dich und meine Tochter alleine hier zurück, während ich die Weltmeere bereise?"

„Unseren Sohn", korrigierte sie ihn tapfer, „und ja, wenn es dein Traum ist..."

Er strich ihr eine Locke aus dem verschwitzen Gesicht.

„Liebes, kein Schiff der Welt und kein Meer kann es mit dir aufnehmen. Mit dir und meinem Zuhause." Er küsste sie erneut.

„Du bist mein Hafen und sollte ich jemals fort segeln, dann verspreche ich dir, dich und all unsere Kinder mitzunehmen!"

Über dieses Buch

Seit Ava in „Ava - Vom Marquess verraten" ihr Glück gefunden hat, beschäftige ich mich mit Violet und ihrer Geschichte. Ich habe sie leiden und lieben lassen, hoffen und verzweifeln, und weil ich ein Fan von Happy Ends bin, hat sich für sie zum Schluss alles doch noch zum Guten gewendet.

Ich wollte diese kleine Serie von „Ladys mit Vergangenheit" ursprünglich mit Jacks und Lizzys Geschichte beenden, denn mit ihnen habe ich noch einiges vor, aber dann wuchs mir im Laufe dieser Geschichte Amelie so sehr ans Herz, dass ich mich entschlossen habe, ihr ihre eigene Geschichte zu gönnen.

Diese junge Frau, die Colin so treffend beschribt: jung, romantisch, ehrlich, loyal. Und von einem Vater beherrscht, der in ihr nur das Mittel für einen gesellschaftlichen Aufstieg sieht.

Ich finde, sie hat eine eigene Geschichte verdient, in der sie zeigen kann, dass mehr in ihr steckt als man ihr vielleicht zutraut!

Wenn Ihnen „Violet – Vom Viscount begehrt" gefallen hat und Sie den ersten Band dieser Reihe noch nicht kennen, können Sie „Ava – Vom Marquess verraten" selbstverständlich auch im Nachhinein noch lesen. Darin erfahren Sie, wie sich Ava und Violet kennengelernt haben und was sie verbindet. Und natürlich, durch welche Höhen und Tiefen Ava gehen musste, bis auch sie ihr Glück gefunden hatte.

Wenn Sie mehr über mich oder meine Motivation zu schreiben erfahren möchten, dann besuchen Sie meine Website www.moira-macarran.de
Unter diesem Pseudonym schreibe ich Romane, die das mittelalterliche Schottland zum Schauplatz haben.

Und wenn Sie wissen möchten, wie es mit Amelie Windhurst weitergeht, dann warten Sie auf den dritten Roman aus der Serie *Ladys mit Vergangenheit,* an dem ich momentan schreibe.